T0243904

# LO PROHIBIDO

# LO PROHIBIDO

# NINA SWEET

**T**ITANIA

Argentina • Chile • Colombia • España

Estados Unidos • México • Perú • Uruguay

1.ª edición Agosto 2024

Reservados todos los derechos. Queda rigurosamente prohibida, sin la autorización escrita de los titulares del *copyright*, bajo las sanciones establecidas en las leyes, la reproducción parcial o total de esta obra por cualquier medio o procedimiento, incluidos la reprografía y el tratamiento informático, así como la distribución de ejemplares mediante alquiler o préstamo público.

Copyright © 2024 *by* Nina Sweet
All Rights Reserved
© 2024 *by* Urano World Spain, S.A.U.
Plaza de los Reyes Magos, 8, piso 1.º C y D – 28007 Madrid
www.titania.org
atencion@titania.org

ISBN: 978-84-19131-73-7
E-ISBN: 978-84-10159-61-7
Depósito legal: M-12.103-2024

Fotocomposición: Urano World Spain, S.A.U.
Impreso por Romanyà Valls, S.A. – Verdaguer, 1 – 08786 Capellades (Barcelona)

Impreso en España – *Printed in Spain*

Si te odiara,
el mundo no se inmutaría:
nunca el mundo se ensaña
con los que odian.
En cambio, te amo
y todo es catástrofe alrededor:
las voces, las manos, los rostros,
todos quieren apedrearnos.

Susana Thénon
*La morada imposible*

# 1

# MADRID

Barrio de San Diego. Vallecas
Enero

Hasta ese fatídico día que lo cambió todo, Roque Gato solo había visto a un hombre muerto en toda su vida, el cadáver de su padre. Citarse a las afueras del barrio con aquel dominicano, definitivamente no había sido una buena idea. Pero hacía mucho que ese joven lo andaba provocando y había pensado asustarlo un poco y hacerle entrar en razón. De haber sabido cómo iba a acabar el encuentro, jamás hubiera aceptado la afrenta, pero ya nada podía hacer al respecto. Era demasiado tarde para cambiar de opinión. Mientras sujetaba con las manos la cabeza ensangrentada de Edwin Santana, que yacía en el suelo de aquella oscura y fría nave industrial de Vallecas, Roque pudo sentir cómo se le escapaba la vida al chico. No se había fijado antes, pero era solo un niño. No debía de sumar más de dieciséis años, calculó. Los tatuajes que tenía por todo el cuerpo y su expresión ruda lo hacían parecer algo mayor cuando por el barrio atemorizaba a mujeres y comerciantes. Roque lo miró a los ojos aterrorizado. Le doblaba la edad y allí estaba, como un idiota, contemplando la muerte de un joven al que apenas conocía por una absurda cuestión de orgullo. Podía sentir la agonía de Edwin y hubiera jurado que temblaba de miedo. O tal vez era Roque el que tiritaba por el horror de la escena. La sangre, caliente y espesa, brotaba a borbotones de la cabeza del chico hasta el punto de empaparle el cabello. La noche había caído, pero la luna iluminaba el antiguo almacén de construcción y se colaba por los ventanales rotos. Hacía un frío terrible, pero Roque sudaba profusamente fruto de la situación mientras sentía que el corazón se le había helado.

—¡Hey, chico! ¡No me jodas! ¡No te mueras! ¡¿Me oyes?! —acertó a decir Roque al percibir que la mirada de Edwin abandonaba su cuerpo sin cerrar los ojos—. ¡No me hagas esto! ¡No puedes morirte, cabrón!

El joven emitió un sonido gutural impreciso como si se estuviera atragantando con su propia sangre. Entonces, Roque reaccionó. Dejó reposar la cabeza del moribundo con cuidado sobre el suelo y colocó su oído sobre el pecho del dominicano. No había lugar a dudas, su corazón no latía. Inmediatamente y asustado, improvisó torpemente los movimientos que había visto en la televisión alguna vez para intentar reanimarlo. Pero no tuvo éxito. El chico estaba muerto en mitad de un enorme charco de sangre.

—¡Mierda! ¡Mierda! —gritó al vacío.

Aterrorizado por lo que acababa de ocurrir, Roque Gato entró en pánico. Se miró las manos manchadas de sangre como si no fueran parte de su cuerpo y compulsivamente quiso limpiarse frotándose con los camales de los pantalones, mientras daba vueltas alrededor del cadáver de Edwin intentando pensar con algo de claridad. Pero Roque estaba fuera de sí. Había participado en algunas peleas tiempo atrás, pero ninguna antes había terminado de aquella manera. No sabía qué hacer y no debía tardar mucho en decidirlo porque desconocía si alguien más sabía que estaba allí. Si Edwin le había contado a alguien que habían planeado encontrarse en la vieja fábrica.

Le daba vueltas al asunto intentando calmarse cuando, de repente, sintió un escalofrío recorrerle la espalda y escuchó el crujido del suelo. Roque se giró bruscamente. Un arma le apuntaba directamente a la cabeza. La empuñaba un hombre uniformado que, a juzgar por la expresión de su rostro, tenía tanto miedo como él.

—Ni se te ocurra moverte o te meto una bala entre ceja y ceja —dijo con la voz entrecortada tratando de aparentar un aplomo que no tenía. Roque levantó las manos y sin que el guardia de seguridad se lo ordenara, también se arrodilló—. Así me gusta —continuó este.

Con pasos cortos y cautelosos, sin dejar de apuntar a Roque, el hombre se acercó al cuerpo de Edwin. No pudo evitar pisar la sangre. Se agachó un poco y mientras seguía sujetando el arma con una mano, con la otra le tomó el pulso en el cuello al chico. Durante unos segundos se hizo un silencio mortuorio en el lugar.

—¡Joder! —exclamó finalmente—. ¡Lo has matado, hijo de puta! —Roque intentó decir algo, pero no le dio tiempo. El vigilante le golpeó en la cara con la culata del arma con tal fuerza que cayó al suelo desplomado.

—¡No quiero oírte decir ni una sola palabra! —le ordenó.

Entonces, la radio del vigilante sonó metálica y este toqueteó unos botones para sintonizar mejor la frecuencia.

—Aquí puesto uno, ¿me recibes? Corto —dijo una voz de hombre.

—Te recibo alto y claro puesto uno. Estoy en el viejo almacén. Los ruidos provenían de aquí. Hay un vehículo estacionado en las inmediaciones. Tras una primera inspección ocular he comprobado que estaba vacío, así que he entrado en la nave. —El vigilante hizo una pausa dramática—. No te lo vas a creer. Avisa a la policía inmediatamente. Tenemos un asesinato y he pillado al criminal infraganti. Corto —informó nervioso. Después, se colocó a horcajadas sobre la espalda de Roque, que estaba tirado en el suelo boca abajo sangrando por la boca, y le puso los grilletes con los brazos en la espalda—. De esta no te escapas, malnacido —dijo mientras apretaba con fuerza las esposas.

Minutos después, llegó la policía y, más tarde, la comitiva judicial junto con los servicios funerarios. Un reportero de sucesos merodeaba por los alrededores intentando conseguir información acerca de lo que acababa de ocurrir. Se había enterado por la frecuencia policial que tenía pinchada en su vehículo y andaba por allí cerca. Las luces azules de los coches patrulla competían en la noche con las señales rojas de las ambulancias y los servicios de emergencia. El polígono industrial de San Diego parecía una feria, ajetreada y colorida, de no ser por la bolsa mortuoria que sacaron del viejo almacén con el cuerpo sin vida de Edwin Santana. «Un chico dominicano miembro de la banda latina de los Dominican Don't Play», apuntó en una libreta el reportero. Mientras tanto, en el interior de un vehículo policial, Roque Gato reprimió las ganas de llorar. Acababa de ver morir a un chico de dieciséis años.

# 2
# PONTEVEDRA

Junio

A Cora se le antojaba que el fin de curso estaba cargado de nostalgia. Apenas llevaba cinco en su corta carrera de docente, pero no necesitaba ninguno más para preferir la algarabía del comienzo de las clases y la ilusión con la que empezaba el mes de septiembre al fin del año escolar. Aunque sus alumnos festejaban con mayor vehemencia el cierre de ciclo y las vacaciones estivales que les aguardaban a la vuelta de la esquina, Cora era de la opinión de que todos los finales tenían algo triste. Siempre lo había sentido así, incluso durante su etapa de estudiante. Sabía que iba a echar de menos a sus alumnos, porque Cora era de ese tipo de profesora que le toma cariño a sus discípulos. Además, amaba su trabajo como se aman las cosas para las que estás predestinado, sin una razón objetiva. Simplemente porque sí, porque has nacido para ello. Desde bien niña había soñado con ser profesora, pero también le gustaba escribir. Incluso había hecho sus pinitos en la literatura: tenía escondidos, a buen recaudo, un puñado de cuentos y planeaba escribir su primera novela muy pronto. «Algún día», se decía siempre, con el convencimiento de que lo que tiene que ocurrir siempre encuentra el momento oportuno para hacerlo. Así que, cuando tuvo que elegir, no había dudado en convertirse en profesora de Lengua y Literatura; sus dos pasiones unidas como medio para ganarse la vida. Tras mucho esfuerzo y trabajo, su sueño era ya una realidad.

Divagaba sobre estas cuestiones mientras corregía los últimos exámenes del trimestre. Por alguna razón, Cora se sentía dispersa y le costaba concentrarse. Fuera había comenzado a llover y la joven lo agradeció como si el cielo le diera así la razón y la tarde, definitivamente, estuviera envuelta de nostalgia. Al ver las gotas de lluvia resbalar por su ventana, parafraseó en voz alta a Borges.

—Esta lluvia minuciosa que ciega los cristales… —dijo, al tiempo que se levantaba de la silla camino de la cocina.

Su cabeza saltaba de un pensamiento a otro sin ningún orden. Sentía cierto desasosiego alojado en el pecho, pero se dijo que sería fruto del estrés. Nada que no desapareciera con unos días de vacaciones; demasiado trabajo acumulado durante las semanas finales del curso. Sin embargo, como buena gallega, era un poco meiga y presentía que su inquietud se debía en realidad a que algo iba a ocurrir muy pronto.

Últimamente no dejaba de darle vueltas a la idea de cómo había cambiado su vida en los últimos años. Le parecía increíble que estuviera a punto de cumplir treinta; los últimos cinco le habían pasado tan rápido que apenas se había dado cuenta. Tenía la ligera idea de que esa sensación era lo más parecido a convertirse en una mujer adulta y ser consciente de ello le daba vértigo. Mirar atrás y sentir que el tiempo había avanzado sin pedirle permiso le producía cierta zozobra, porque a Cora le gustaba tenerlo todo controlado. No pudo evitar acordarse de lo que siempre le decía su abuela: «Si quieres que Dios se ría de ti, querida, cuéntale tus planes». Esa frase siempre la había hecho sonreír y cuantos más años cumplía, más de acuerdo estaba con ella.

Cora miró el reloj de la cocina. Pasaban unos minutos de las seis de la tarde; el tiempo se le estaba echando encima. Preparó la cafetera y, mientras esta perforaba la cápsula y el líquido oscuro y humeante iba llenando una pequeña taza con una lentitud casi poética, abrió el congelador. Con la mano tomó un par de hielos de una bolsa y los dejó caer en un vaso grande de cristal. El sonido tintineante coincidió con el pitido de la cafetera que anunciaba que ya había cumplido con su cometido.

Con la taza en una mano y el vaso con hielo en la otra, Cora volvió a la mesa de su despacho donde se apilaban los exámenes de segundo de Bachillerato del grupo A, del que además era tutora. La joven había hecho dos montones: los que necesitaban un nuevo repaso antes de decidir la calificación y los que ya la tenían definida. El primero era mucho más alto que el segundo. Resopló. Le esperaba una tarde de duro trabajo. Quería ser concienzuda y, sobre todo, justa. Sabía cuánto se jugaban algunos chicos con las notas finales. Al fin y al cabo, no hacía tanto tiempo que ella había estado en esa misma situación. Menos mal que esa tarde no había quedado con Mason —su novio—, se dijo. Tenía una reunión muy importante, según le había escrito en un mensaje esa misma mañana, y Cora lo agradeció. Necesitaba tiempo para corregir.

Mason era abogado; uno muy bueno y también muy ambicioso. Joven, pero con un futuro prometedor. De origen británico, se había graduado en Derecho en la prestigiosa Universidad de Glasgow, en Escocia. Cora siempre bromeaba cuando su novio presumía de haberse formado en una universidad de renombre y reputación internacional; el mismo centro donde habían estudiado un puñado de premios nobel y hasta el mismísimo Albert Einstein. Ella era más de enseñanza pública y no podía evitar pensar en Harry Potter cada vez que Mason utilizaba un tono engolado para darse aires de grandeza.

—¿Qué quieres que te diga, Mason? No dejo de imaginarte con unas gafas redondas y una de esas capas —bromeaba Cora—. Dicen que J. K. Rowling se inspiró en el edificio principal de la Universidad de Glasgow para escribir sobre los colegios de Hogwarts.

—Tú y tus historias de escritores —replicaba molesto Mason.

—No deberías avergonzarte de ser un niño de papá —contraatacaba ella—. Al fin y al cabo, no decidimos en qué familia nacer.

Volvió a echar un vistazo a través de la ventana y le pareció que Pontevedra estaba preciosa en aquella época del año. Cora era una enamorada de su tierra. «La ciudad paraíso», como la había definido el diario británico *The Guardian* en 2018. Por nada del mundo hubiera elegido otro lugar para vivir. De Pontevedra le gustaba todo. Allí podía disfrutar de una vida tranquila, sin grandes sobresaltos. Ni siquiera le incomodaban los más de ciento treinta días de lluvia al año que decían los expertos que se contabilizaban en la ciudad. Al contrario, llevaba la lluvia dentro. A veces podía sentirla incluso. Cuando se enfadaba, notaba cómo se formaba una tormenta en su interior y, además, era capaz de recordar los ochenta vocablos que los gallegos tienen para referirse a los distintos tipos de lluvia. Su nona —como cariñosamente llamaba Cora a su abuela materna, la mujer que la había criado— solía decirle que estaba hecha de agua y que, a poco que la agitaran, se turbaba por dentro.

Mason, por el contrario, siempre se estaba quejando del clima de la urbe.

—Como si en Gran Bretaña no lloviera —le replicaba Cora.

—Pues por eso mismo —protestaba él—. Me he pasado la vida abriendo el paraguas. Aquí y allá. No me instalé en España para tener el mismo clima de mierda. Sería genial vivir una temporada en un lugar más seco y cálido —solía decirle.

Pero la joven no quería ni oír hablar de ello. Además, no entraba en sus planes dejar sola a la nona —casi octogenaria ya y delicada de salud—, que vivía en Combarro, un pequeño pueblo de pescadores a tan solo ocho kilómetros de Pontevedra, y a la que visitaba a menudo para leerle un libro. Hacía tres años que la abuela había perdido gran parte de la vista, por eso Cora le ponía voz a sus lecturas favoritas siempre que el trabajo se lo permitía.

La joven dejó la taza y el vaso sobre el escritorio y recorrió con la punta del dedo el mismo camino de una gota de lluvia que resbalaba por el cristal de la ventana. Después, vertió el café tiñendo de oscuro el hielo cristalino, con tal torpeza que derramó un poco sobre los exámenes.

—¡Mierda! —se lamentó.

Intentó limpiar el desastre con un pañuelo de papel que encontró en el bolsillo de su pantalón, pero la celulosa ya había absorbido el líquido. Como pudo, arregló la pequeña catástrofe y se acomodó en la silla dispuesta a centrarse de una vez en la tarea.

Sin embargo, cuando estaba a punto de hacerlo, sonó el teléfono. Cora emitió un sonido impreciso de fastidio. Estaba claro que la tarde no le era propicia para el trabajo. Dio golpes sobre la mesa buscando el móvil, que podía escuchar pero no ver, hasta que dio con él debajo de unos folios. Antes de responder, se recordó mentalmente que debía ponerlo en silencio. Era la abuela Flavia.

—Hola, nona, ¿va todo bien? ¿Ocurre algo? —preguntó Cora con un pronunciado acento melodioso que siempre le salía cuando hablaba con Flavia.

—¿*Algo ten que pasar* para hablar contigo?

—No, claro que no. Puedes llamarme cuando quieras. Solo que me preocupé porque no me lo esperaba —se excusó la joven.

—¿Vendrás hoy a casa para leer un rato? —preguntó Flavia—. Nos hemos quedado en lo mejor de la trama y me muero de ganas por saber cómo transcurre la historia.

Cora sonrió. El sentido del humor de la nona siempre la enternecía. Estaban leyendo *El nombre de la Rosa*, la novela de Umberto Eco, quizá por décima vez, si Cora no llevaba mal las cuentas.

—Pero si te la sabes de memoria —le replicó la joven—. Eso sin contar la de veces que también viste la película.

—La película solo la veía por Sean Connery. ¿Sabías que *abaixo* del hábito de monje no llevaban nada? —Cora dejó escapar una carcajada.

—Me lo has dicho un montón de veces —apuntó.

—¡Ay, mi *neniña*! Son cosas de vieja. No me lo tengas en cuenta. Cuando tú seas tan mayor como tu *avoa* te acordarás solo de las cosas que te han hecho feliz —sentenció—. Es la única forma de no llegar más loca que una cabra a estas edades.

—¿Eso quiere decir que el hábito de Sean Connery te hizo feliz? Si te acuerdas cada vez que hablamos de ello, ¿es por eso? —Cora pudo notar cómo, al otro lado del teléfono, la nona se ruborizaba un poco y ahogaba una risita picarona.

—Bueno, ya sabes que la imaginación es una de las pocas cosas gratis de la vida —dijo Flavia—. Además, aún no estoy muerta y sigo siendo una mujer. Arrugada, pero una mujer al fin y al cabo.

—Vamos a hacer una cosa —propuso Cora—. A ver qué te parece. Tengo trabajo esta tarde. Aún me quedan exámenes por corregir, pero te prometo que, en cuanto acabe, te llamo por teléfono y te leo por lo menos tres capítulos antes de que te vayas a dormir.

—Está *ben* —aceptó Flavia—. *Prométeme*.

—Te lo prometo —dijo Cora mientras se besaba el pulgar tres veces como hacía de niña cuando la nona le hacía comprometerse con algo.

—*Quérote, neniña*.

—Y yo a ti, *avoa*.

Flavia Quiroga era un pozo de sabiduría y una mujer coraje. Madre soltera en la década de los sesenta, no necesitó un hombre para criar a su hija. Un marinero la dejó preñada a los veintidós años, y a Flavia no le dio tiempo ni a contarle la buena nueva: el chico embarcó a la semana de iniciar su breve historia de amor y el Cantábrico se lo quedó para siempre. Porque no es cierto que la mar devuelva siempre lo que se traga, muchas veces es egoísta y se cobra a su manera lo que los pescadores le arrebatan; los hijos de otros a cambio del fruto de sus entrañas. Cuando los padres de Flavia supieron del estado de buena esperanza de la chica, la echaron a patadas de la casa. La vergüenza pesaba como el plomo sobre las familias de entonces. Pero Flavia, lejos de achantarse, comenzó a trabajar de sol a sol; a veces en el mar y otras muchas sirviendo. Alumbró a una niña preciosa a la que llamó Luisa, como su progenitor. La pequeña Lu, como solía llamarla Flavia, era igualita a su padre o, al menos, igual al recuerdo que la mujer había guardado en su memoria del chico del que se había enamorado perdidamente: un rostro curtido por el sol a pesar de su juventud y unos ojos azules como las mismas aguas que se lo tragaron un día. Ni siquiera habían tenido tiempo de intercambiarse una foto. «Era otra época», le explicaba la nona a su nieta. «No es como ahora que os pasáis la vida haciendo instantáneas con el teléfono móvil», solía decirle a menudo. «Qué poco valor le dais a las cosas. Antes, una fotografía era un tesoro. Algo único. Una cosa de ricos. Un momento capturado en el tiempo. Era para siempre. La gente trabajadora no podía permitirse una cámara. Y si tenía la suerte de poseer una, solo se sacaba un carrete en los viajes o en las ocasiones especiales».

Y como si la historia estuviera empeñada en repetirse, Lu Quiroga, a quien el mar le había arrebatado un apellido paterno, también fue madre soltera. El embarazo fue un secreto muy bien guardado a pesar de la extrema delgadez de Lu, fruto de su adicción a las drogas. Por entonces, ya era la década de los noventa, cuando la heroína había hecho estragos en Galicia y las madres enterraban a sus hijos a un par por semana.

Flavia nunca se había perdonado no haber sabido ayudar a su pequeña Lu. Le había dado mil vueltas al asunto y, aun así, no era capaz de precisar en qué instante su hija había dejado de pertenecerle. En qué momento se había abandonado a las drogas era un misterio para su madre. ¿Cuándo se había perdido su criatura? Primero, habían empezado las faltas de respeto; los gritos con los que terminaban cualquier conversación. Después, los silencios. Terribles, huecos y solitarios. También las malas compañías y las ausencias de casa durante un par de días sin dar señales de vida. Una vez desapareció una semana entera. Al final, Flavia ya ni se molestaba en denunciarlo porque la policía había dado por perdida a Lu mucho antes de que esta muriera. Lo habían visto tantas veces antes en los chicos del pueblo que todos sentían lástima por Flavia, una madre más de los hijos de la droga.

«No se puede ayudar a quien no quiere ayuda —explicaba la nona—. Y mi pequeña Lu estaba perdida en un mar mucho más oscuro que en el que se había perdido su padre. Las drogas son como las arenas movedizas: a veces, cuanto más te mueves para intentar salir de ellas, más te terminas hundiendo. Y si, por el contrario, no haces nada y te quedas quieto, te tragan poquito a poco».

Una tarde lluviosa de noviembre, Flavia escuchó un gemido que provenía del cuarto de su hija. Parecía el maullido de un gato, así que se dispuso a averiguar si a Lu le había dado por rescatar un cachorro a escondidas. Solía hacer esas cosas porque tenía buen corazón. Cuando entró en la habitación de la chica, descubrió el pequeño cuerpo desnudo de Cora asomando entre las piernas de su hija, todavía unida a su madre por el cordón umbilical. Estupefacta, Flavia hizo las veces de matrona improvisada. Lu había perdido el conocimiento y ella ni siquiera sabía que su hija estaba embarazada. El bebé nació con el síndrome de abstinencia y Lu murió de una sobredosis semanas después del alumbramiento. Las arenas movedizas se la habían tragado definitivamente, no sin antes traer a la vida a Cora. A partir de ese día, Flavia —la nona— se convirtió en madre por segunda vez y se prometió a sí misma no cometer los mismos errores que había cometido con su hija, aunque sin saber precisar cuáles habían sido estos exactamente.

—¿De verdad creíste que yo era un gatito, *avoa*? —solía preguntarle de niña cada vez que, acurrucadas en el sofá, le contaba la historia. Y Flavia asentía mientras le plantaba un beso en la frente evocando ese momento.

—Una diminuta gatita de color azul —contestaba Flavia recordando a la pequeña, amoratada y recién parida, mientras Cora reía.

—¡Pero si los gatos azules no existen! —replicaba la niña divertida.

—Por eso eres tan especial, *neniña* —sentenciaba la abuela.

Recordar la historia de su nacimiento entristecía a Cora sobremanera, aunque no echara de menos a la mujer que la había traído al mundo. Al fin y al cabo, no se puede añorar lo que no se ha conocido, se repetía constantemente. Además, Flavia había sido para ella su verdadera madre; una madre a la que la vida le había ofrecido en bandeja una segunda oportunidad. Y como solía decirle a menudo a su nieta: «Las segundas oportunidades te las brinda la vida para aprovecharlas». Sin embargo, a Cora le dolía el sufrimiento de Flavia: la culpa que arrastraba desde entonces, el vacío que podía sentir que llevaba alojado en el pecho y que, con los años, parecía emerger a la superficie de sus ojos ancianos…

Apuró el café y decidió dejar de pensar en ello y ponerse a trabajar de una vez.

El timbre de la casa sonó con insistencia sobresaltando a Cora. Miró el reloj. No esperaba a nadie y no había avanzado demasiado en la corrección de los exámenes que tenía pendientes, así que, algo contrariada por la interrupción, se dirigió hacia la puerta. Por el pasillo se apretó la goma del pelo con las manos y se estiró un poco la camiseta vieja que llevaba puesta. El sonido agudo del timbre volvió a sonar impertinentemente.

—¡Ya voy! ¡Ya voy! —gritó molesta—. Está visto que hoy no se puede trabajar en esta casa.

Decidida, abrió la puerta sin ni siquiera mirar por la mirilla. Era Mason luciendo una espléndida sonrisa y vestido de manera impecable, como siempre. El joven llevaba un enorme ramo de flores en una mano y, en la otra, una botella de cava. Posaba frente a ella como una figura publicitaria. En unos segundos, el perfume caro de su novio la envolvió en un abrazo.

—Pero ¿qué haces aquí? —preguntó Cora—. ¿No tenías una reunión superimportante esta tarde?

—Vaya, cualquiera diría que no te alegras de verme —respondió Mason descomponiendo la pose—. ¿Puedo pasar?

Cora se apartó de la puerta e hizo un gesto invitándole a entrar. «Se acabó terminar de corregir los exámenes», se dijo para sí. El hombre le entregó las flores y se dirigió a la cocina.

—Ponlas en agua —le ordenó—. Yo meteré esto un rato en el frigorífico para que esté a la temperatura perfecta antes de brindar —dijo.

—¿Brindar? ¿Qué celebramos? —preguntó Cora persiguiendo a su novio por el pasillo.

Mason guardó un silencio misterioso durante unos segundos hasta llegar a la cocina caminando unos pasos por delante de Cora. Era muy propio de él; le gustaba hacerse el interesante, ser el centro de atención. Después, abrió el congelador e hizo hueco para que cupiera el cava. Cerró de un portazo y se giró hacia su novia, que aún no había soltado el ramo de flores. Mason le dedicó una mirada condescendiente.

—Vas a tener que arreglarte un poco para la ocasión —dijo Mason.

—Gracias por el cumplido —ironizó Cora—. ¿Se puede saber de qué estás hablando?

Mason la sujetó por los hombros y la elevó hasta sentarla sobre la encimera de la cocina. Era un hombre corpulento y atlético y no necesitó demasiado esfuerzo para cargar con los apenas cincuenta kilos que pesaba Cora. Después, la besó en el cuello en repetidas ocasiones mientras hacía espacio entre sus piernas para acomodar su cuerpo. Entonces, le susurró al oído:

—Hoy empieza nuestra nueva vida y vamos a celebrarlo.

# 3

## MADRID

Enero

Pascual Galindo era nuevo en la redacción de *Al Minuto*, un modesto periódico local de la capital que intentaba subsistir entre la vorágine mediática de los grandes rotativos. Pertenecía a la vieja escuela. Un profesional de los de libretilla y bolígrafo en el bolsillo de la chaqueta que se pateaba las calles en busca de algo noticioso. Conocía gente en todos los rincones de Madrid. Siempre tenía un número de teléfono al que recurrir para conseguir información. Su agenda valía su peso en oro. Un periodista analógico y poco amigo de las pantallas para trabajar. Al fin y al cabo, ya pasaba de los cincuenta. Gali —como lo conocían todos— se acababa de divorciar y, junto con su matrimonio, tras unos años difíciles donde parecía haber perdido el norte, había perdido también su puesto en un periódico de los grandes. La había cagado en demasiadas ocasiones durante los últimos meses y los de arriba habían resuelto la situación con una indemnización y una carta de recomendación después de casi treinta años de trabajo. Así que allí estaba, reinventándose de nuevo en *Al Minuto* sin tener claro si moriría en el intento.

Aquella noche, Gali estaba contento. Había conseguido una noticia en exclusiva. El asesinato de un adolescente dominicano a manos de un hombre español durante una pelea en la zona industrial del madrileño barrio de Vallecas. Incluso había sacado fotos del detenido justo cuando la policía lo introducía esposado en el coche patrulla y antes de que lo echaran fuera de la cinta que delimitaba el perímetro del suceso. También había hecho unas cuantas instantáneas de la zona, con las ambulancias y la comitiva judicial, que se encontraba en el lugar para el levantamiento del cadáver. Pensaba publicar en *Al Minuto* un par de ellas y vender el resto a alguna agencia de noticias que le pagara un buen dinero para compensar su mísero sueldo.

Gracias a un dispositivo que interceptaba la señal de radio de la Policía Nacional y otros cuerpos de emergencia que su amigo Ching —que regentaba un bazar chino en Villaverde— le había instalado en el coche, había escuchado cómo uno de los vigilantes de seguridad del polígono había alertado a la Nacional del suceso. «Todas las emisoras cuentan lo mismo. Esto es mucho mejor: es radio realidad. Como lo de la tele pero solo con voz. Todo en directo», le había dicho Ching. Y estaba en lo cierto, pensaba Gali, que había necesitado muy poco tiempo para engancharse a las desgracias de los demás; al fin y al cabo, le distraían la atención de las suyas.

El reportero solía pasar muchas horas en su Ford Focus del año 2000 escuchando la emisora pirata instalada por Ching. Sobre todo, cuando no podía dormir. Era su forma de combatir el insomnio. No terminaba de acostumbrarse a dormir solo; la cama le parecía inmensa sin su esposa. Además, le gustaba su coche. Era un viejo superviviente como él y le hacía sentir como en casa, después de haber tenido que alquilarse un pequeño estudio tras el divorcio donde era un extraño. Desde el interior del vehículo, convertido en improvisado despacho, llamó a su jefe, Francisco Contreras. Necesitó cinco tonos para que este contestara.

—Ya puede ser algo bueno para que me despiertes a estas horas, pedazo de cabronazo —dijo una voz ronca y somnolienta al otro lado de la línea. Eran las tres de la madrugada—. Eso o te estás muriendo, que no sé qué sería mejor noticia, la verdad.

—Ha habido un nuevo crimen, otro de los Dominican Don't Play asesinado —explicó Gali con entusiasmo—. Con este suman cinco en lo que va de mes.

—¿Y? —preguntó Contreras sin encontrarle el mayor interés.

—Pues que han detenido a un tipo español.

—Asunto arreglado entonces. Esas bandas están plagadas de chicos españoles —sentenció—. ¿Ya podemos dormir tranquilos?

—Ahí está el asunto, Paco —interrumpió Gali—. Si la intuición no me falla, el detenido no pertenece a ninguna organización, no es uno de ellos. Ni trinitario, ni DDP, ni su puta madre. Te juro que no es uno de ellos, no lo parece, de verdad. Hasta ahora pensábamos que se trataba de un ajuste de cuentas entre bandas latinas; una especie de guerra para controlar el territorio en la que habían salido perdiendo los dominicanos. Nada que no hubiéramos visto antes en Madrid los últimos años.

—Pero... —El jefe dejó que terminara la frase su viejo amigo, con el que había estudiado la carrera y al que había rescatado del paro tras su despido, por los viejos tiempos.

—Si el detenido es un ciudadano que no forma parte de ese mundo, un tipo normal que va a trabajar y compra en el supermercado y, además, se demuestra que también es responsable de las otras cuatro muertes, estamos ante un asesino en serie. Déjame investigar esta vía, Paco. Asesinato por racismo, xenofobia, odio a estos putos violentos... No sé. Como narices sea que se llame a matar a estos delincuentes, a limpiar las calles de toda esta basura de gente. Una especie de exterminador justiciero —puntualizó.

Al otro lado de la línea se escuchó un carraspeo como si Contreras se estuviera aclarando la voz. La argumentación había despertado su interés.

—Tengo fotografías del tipo detenido —añadió Gali con la intención de seguir captando la atención de su jefe—. Y solo las tengo yo. Y declaraciones en exclusiva del *segurata* que lo pilló matando al chico.

—¿Te ha dicho la Policía que este hombre es el autor de las otras muertes? ¿Que lo sospechan al menos?

El redactor se recompuso un poco en el asiento del coche, incómodo por la pregunta, porque no tenía ninguna certeza de ello, al menos de momento.

—Aún no he hablado con ellos —aclaró—. Pero tengo un pálpito, ¿sabes? Como antes, cuando podía oler una buena historia a kilómetros de distancia. Intuición periodística. Me da en la nariz que aquí hay tema. Pensaba acercarme a comisaría mañana a primera hora. Tengo un amigo allí que puede contarme algo. Aunque ahora no es momento de ir metiendo el hocico —respondió mirando el reloj del coche.

—¿Y de despertarme sí que lo es, cabronazo? —protestó Contreras, que se había levantado de la cama y hablaba desde el baño mientras orinaba sin soltar el teléfono—. Da gracias de que Sara ni se ha inmutado. Creo que se ha tomado una pastilla de esas que tumba a un caballo; lo hace para no tener que follar conmigo, como si a estas alturas a mí me apeteciera. Pero si se llega a enterar de tu llamada, te corta los huevos y se los lleva a tu exmujer en una bandeja como trofeo entre amigas. —El hombre hizo una pausa antes de continuar—. Contrasta cada detalle, ¿me has entendido? No vayas a cagarla otra vez. Ándate con pies de plomo, que tuve que dar la cara por ti para ficharte. Tenías en contra a todo el consejo de administración. Así que no me la juegues —le advirtió.

—No me jodas, Paco. Esto tiene una pinta estupenda. No puede ser casualidad: cinco chicos asesinados en un mes. ¡Cinco! Todos en el mismo barrio, a las afueras y en lugares abandonados, y hoy pillan a un tipejo infraganti. ¿No crees que hay una pauta? —Gali guardó silencio. Pudo escuchar la respiración de su jefe al otro lado del teléfono. Sabía que estaba pensando; lo conocía bien y percibió su duda.

—No sé. Nosotros somos periodistas, no investigadores —contestó finalmente—. Eso le corresponde a la Policía decidirlo. *Al Minuto* cuenta las historias, nada más. Me la juego con estos temas sensibles. Ojito con las mujeres, los negros, los maricones y los curas. Ya no estamos en los ochenta, ¡joder! Los anunciantes ahora son muy puntillosos y los sueldos hay que pagarlos a finales de cada mes. —Francisco Contreras guardó silencio unos segundos y después prosiguió—: Desde luego, si se demuestra que también mató a los otros y que no se trataba de una guerra de bandas, tenemos una buena historia. Me parece un giro interesante —concluyó—. Pero averigua más al respecto. De momento, redacta la noticia de lo ocurrido esta noche y la subiremos a la web en cuanto la tengas lista. No quiero que se nos adelanten. Pero córtate con el amarillismo, que te conozco. Ya tendremos tiempo de tirar del hilo. Mañana saldrá en papel. Manos a la obra. Y duerme un poco, anda. Que últimamente pareces un murciélago.

Gali suspiró satisfecho antes de colgar el teléfono. Estaba convencido de su pálpito; podía notar la adrenalina correrle por el torrente sanguíneo. Cuánto echaba de menos esa excitante sensación. Estaba falto de emociones. Necesitaba como el respirar algo bueno a lo que hincarle el diente y sabía que las historias de asesinos en serie vendían muchos periódicos. Solo era cuestión de saber mostrárselas a los lectores. Además, eran como chicles, podías masticarlas una y otra vez y estirarlas a tu antojo. Si confirmaba los hechos, tenía asunto sobre el que escribir para rato. Nada gusta más que un buen crimen, pensaba él. Había gente fascinada con la maldad, y Gali la contaba como nadie. No en vano había dirigido la sección de sucesos durante una década antes de que lo cambiaran de destino al encontrar su estilo demasiado sensacionalista y poco riguroso. «Unos inútiles chupatintas recién salidos de la universidad. Qué sabrán esos niñatos que se hacen llamar periodistas. Cuando ellos chupaban teta yo ya escribía con una vieja Olivetti Lettera 32», refunfuñaba cuando alguien le sacaba el tema.

Con toda la rapidez que le permitió su sobrepeso, Gali subió los peldaños de las escaleras de dos en dos hasta llegar a su diminuto estudio en un tercer piso del barrio de Villaverde. Alguien protestó por el ruido que hizo en mitad de la noche dando un manotazo en una de las paredes de papel que separaban las casas y una voz pidió silencio. Una vez en el interior de su casa, llegó hasta la cocina dando cuatro zancadas. Escribir la historia le urgía. En mitad de la estancia tenía una pequeña mesa que utilizaba tanto para comer como de improvisado escritorio. Hacía un frío helador y se sirvió un vaso de vino tinto para entrar en calor. Un poco de alcohol le ayudaba a pensar con claridad. Después, abrió el portátil y descargó la fotografía que había elegido una hora antes en el Ford. Una en la que se veía al detenido en el interior del coche policial a través de la luna del asiento trasero. Estaba cabizbajo, con la frente apoyada en la mampara de seguridad; un mechón de pelo le caía sobre el rostro. «Es la imagen de un hombre destruido», pensó Galindo. No se le distinguía la cara porque estaba oscuro y el reportero había disparado la cámara desde la distancia, fuera del perímetro policial, pero era una buena instantánea porque al fondo se apreciaba un coche fúnebre que había llegado al lugar para llevarse el cadáver. Una estampa completa que contaba por sí misma una historia. De no haber sido trágica, la escena resultaba casi poética con las luces rojas y azules rompiendo la noche.

Después de seleccionar la fotografía que acompañaría el artículo, Gali se dispuso a escribir. Estaba ansioso por mandarle el material a la chica de pelo decolorado que se encargaba del mantenimiento de la página web del periódico. Rosaura, Rosana, Rosita… nunca era capaz de recordar su nombre. Sin demorarlo ni un minuto más, aporreó el teclado.

## Otro adolescente asesinado
## esta madrugada en Madrid

Con este, suman cinco en un mes. Un hombre de nacionalidad española ha sido detenido en el lugar del suceso después de que la Policía fuera alertada por uno de los vigilantes de seguridad de la zona industrial de Vallecas.

Madrid. Pascual Galindo.

Hace apenas cuatro días de la última trágica noticia acerca de la muerte de un chico latino perteneciente a la banda de los Dominican Don't Play (DDP). El de hoy, ocurrido hace apenas unas horas, es el quinto asesinato de las mismas características durante el último mes en Madrid.

La víctima, de la que no ha trascendido hasta el momento el nombre, solo tenía dieciséis años y, según fuentes policiales, acababa de ingresar en la banda. Alrededor de medianoche, la seguridad privada del polígono de Vallecas alertó a la Policía Nacional. El vigilante de seguridad, A. F., había sorprendido infraganti al detenido, con las manos ensangrentadas, y colocado encima del cuerpo de la víctima, según ha declarado en exclusiva a *Al Minuto*. «Le he apuntado con el arma y he logrado inmovilizarlo hasta que han llegado los agentes», asegura mientras lamenta «no haber podido evitar el crimen». «Cuando le tomé el pulso al chico ya estaba muerto. No pude hacer nada para salvarlo. Tenía una herida muy fea en la cabeza y había sangrado mucho».

La proliferación de bandas latinas en Madrid es un problema que mantiene alerta a la Policía, ya que, en el último año, ha habido un incremento de delitos violentos relacionados con ellas. Hasta este momento, se sospechaba que los crímenes del último mes estaban vinculados con una guerra de bandas entre Trinitarios y DDP, las más sangrientas y violentas de las que actúan en Madrid. Pero la detención de un joven español que, según ha podido saber este medio, no está relacionado con ninguna organización posiblemente abra una nueva vía de investigación para la Policía.

# 4

# PONTEVEDRA

Junio

Todos los preliminares de Mason fueron unos cuantos besos en el cuello mientras Cora estaba sentada sobre la encimera de la cocina donde finalmente la chica había dejado el ramo de flores. Decidido, Brown la tomó por el culo y se la acercó a su cuerpo. Cora lo abrazó con las piernas como un perezoso se agarra a un árbol y se dejó hacer. Estaba claro, por su lenguaje corporal, que Mason quería sexo como parte de esa celebración de una gran noticia que había anunciado, pero que todavía no le había contado a su novia. Tener sexo antes de hablar era muy propio de él. El abogado era un hombre dominante y tenía por costumbre marcar los tiempos, así que la joven ni siquiera se molestó en preguntar a qué se refería con esa frase misteriosa que le había dicho minutos antes.

Con Cora abrazada a su cuerpo, Mason se dirigió al baño del pequeño apartamento. Una vez allí, la volvió a dejar en el suelo al tiempo que le quitaba la camiseta.

—Estoy muy caliente —le dijo al oído casi jadeando—. No te haces una idea de lo cachondo que me pones.

La chica sonrió. Le asombraba la facilidad con la que su novio era capaz de excitarse. Eso la hacía sentirse deseada, pero al mismo tiempo vulnerable, porque tenía la sensación de estar siempre a merced del apetito sexual de Mason, como si ella estuviera en un segundo plano.

El joven apenas tardó unos segundos en desnudarse mientras Cora observaba su cuerpo perfecto y la visible erección de su novio. Ella, vestida con el sujetador y los pantalones del pijama, dejó que fuera Mason quien le quitara la ropa. Después, el abogado abrió el grifo del agua caliente de la diminuta ducha. En cuestión de segundos el vaho invadió la estancia y lo volvió todo más misterioso. Mason reguló la temperatura antes de tirar de Cora suavemente para mezclar sus cuerpos debajo del chorro. Era una sensación agradable.

Fuera seguía lloviendo.

Las enormes manos del joven recorrieron con ansia cada centímetro de la piel de Cora, cuyo cuerpo parecía perderse entre la robustez del abogado; la fragilidad de una hoja asida a un imponente tronco. El agua caía generosa sobre sus cabezas y ambos abrían la boca como peces, de tanto en tanto, para tomar una bocanada de aire en mitad de los besos. Sus lenguas ardían y Mason quiso comprobar que ella estaba húmeda y caliente, así que dirigió su mano al sexo de Cora e introdujo los dedos en su vagina. La chica dejó escapar un jadeo para satisfacción de su novio. Después, la invitó a ponerse de cuclillas empujándola suavemente hacia abajo.

—¿Te importa? —preguntó el joven.

Ella supo al instante qué deseaba Mason que hiciera, como otras muchas veces antes, así que obedeció sin responder a su pregunta. El pene de Mason le llenó la boca. El abogado apoyó su espalda en la pared y cerró los ojos para disfrutar cada segundo de la felación. Cuando terminó, abrazó a Cora al tiempo que le regalaba un beso apasionado.

—¿Qué te apetece a ti? —le preguntó a continuación—. Dame unos minutos y te haré lo que quieras.

La joven no respondió. En realidad, solo necesitaba un abrazo. No quería ser la segunda parte de aquel encuentro y no estaba especialmente predispuesta aquel día. Le hubiera gustado que su novio le hubiera consultado antes, pero estaba acostumbrada a que sus necesidades no fueran la prioridad en aquella relación, así que se agarró al pecho de Mason reclamando cariño a su manera mientras el agua le resbalaba por la espalda. Él la besó en el pelo. A Cora le agradaba escuchar el latido del corazón que, en aquel momento, trotaba como un potro salvaje fruto de la excitación.

—Está bien —dijo él finalmente—. Salgamos y abramos el cava. Seguro que ya está perfecto. Aún no te he contado la sorpresa y nos queda toda la noche para seguir celebrándola.

Sentados en la mesa de la cocina, Cora llevaba puesto un albornoz rosa y una toalla blanca en el pelo. Estaba hermosa, con el rostro ligeramente ruborizado. Mason solo se había puesto un bóxer negro ajustado. El abogado sacó del congelador la botella de cava, la descorchó en un santiamén y sirvió un poco en cada copa antes de que se derramara. Después, con un gesto de solemnidad, levantó la suya y pronunció unas palabras no sin antes aclararse la voz como si fuera a dar un discurso:

—Tengo el placer de anunciarte —hizo una pausa dramática para aumentar la tensión— que, tras muchos meses de pruebas de selección y arduas negociaciones, estás frente al nuevo miembro del prestigioso bufete de abogados García y Riquelme.

Allí plantado, en calzoncillos, con la copa en la mano, Mason esperó la reacción efusiva de su novia, pero esta no llegó. Cora estaba petrificada; hacía mucho tiempo que no le había hecho ningún comentario al respecto, por lo que dedujo que aquel asunto lo había llevado bastante en secreto.

—¿No vas a brindar conmigo? —insistió el joven—. Es la noticia de mi vida. Tu chico de Hogwarts lo ha conseguido. Deberías estar dando brincos de euforia.

—Es que no me lo esperaba. Me ha tomado por sorpresa —apuntó Cora.

—Ahí está la gracia. De eso se trata. Además, no quise molestarte con estos asuntos —se excusó Mason.

Intentando recomponer el gesto y mostrar un ápice de alegría, Cora chocó su copa con la de su novio y bebió un pequeño sorbo de cava.

—Pero ese despacho de abogados tan prestigioso, ¿no está en Madrid? —acertó a preguntar finalmente.

—Allí mismo —confirmó él—. En la capital de España. En plena zona de Gran Vía. Nos espera una nueva vida, *darling.*

Cora odiaba que le dedicara palabras cariñosas en inglés. Le hacía parecer un estirado pretencioso. Así que torció el gesto. Tampoco le había pasado desapercibida la utilización del plural por parte de Mason. ¿*Nos?* Sí, eso había dicho. Por sus palabras, daba la sensación de estar incluida en sus planes. El abogado parecía tenerlo todo organizado sin ni siquiera haberle consultado. Nada de aquella conversación le estaba resultando gratificante, pero Cora quiso confirmar sus sospechas.

—¿Te refieres a nosotros? ¿A los dos? ¿Pretendes que me vaya contigo a Madrid y deje Pontevedra? —le interrogó.

—¿Acaso tienes un plan mejor? —preguntó Mason contrariado porque no le encontraba ningún inconveniente—. En esta ciudad no hay futuro. Hace mucho que te lo vengo diciendo y tú te empeñas en echar raíces aquí.

—No echo raíces. ¡Soy de aquí! —respondió Cora molesta—. No sé si Pontevedra tendrá futuro, pero lo que tengo claro es que mi presente está en este sitio y en ningún otro.

Visiblemente enfadada, la joven se levantó de la silla y con una fuerte congoja alojada en el pecho, como si tuviera un nido de golondrinas aleteando con fuerza dentro de sí, se dirigió al salón. Por el camino se le cayó la toalla del pelo, que quedó abandonada en mitad del suelo del pasillo.

Abatida y furiosa al mismo tiempo, se dejó caer en el sofá y rompió a llorar como una niña. De reojo vio la mesa en la que un rato antes estaba corrigiendo exámenes y pensó en su trabajo. Si abandonaba Pontevedra, tendría que empezar de nuevo en Madrid y conseguir su puesto le había costado mucho esfuerzo, reflexionó.

—¡¿Y qué va a pasar con mi empleo?! ¡¿Has pensado en ello o solo te importa tu carrera?! —gritó entre sollozos.

Mason apareció rápidamente con su ropa en una mano y se sentó al lado de Cora. Intentó abrazarla, pero la chica lo rechazó de un codazo. El hombre hizo un gesto con los brazos, dando a entender que no pensaba tocarla si ella no quería.

—No te creas que no he pensado en ti —le dijo en tono dulce, casi persuasivo—. Está todo arreglado. Una de las condiciones que puse para poder aceptar el puesto fue que debían ofrecerme también un trabajo para ti.

Cora, que había escondido la cabeza entre los brazos, levantó la mirada un instante al escuchar aquello. Tenía los ojos hinchados y su habitual dulzura había desaparecido. Seguía furiosa y triste al mismo tiempo. No sabía si debía sentirse ignorada al ser ajena de toda aquella negociación o, por el contrario, saberse importante para su novio, que la había tenido en cuenta como parte de su cambio de vida.

—¿A qué te refieres? —preguntó.

—Dos por uno —respondió Mason intentando resultar gracioso—. Te han conseguido un puesto.

—¿De docente? ¿De profesora de Literatura en un instituto madrileño? —Brown torció el gesto.

—Casi —acertó a decir.

—¿Cómo que *casi*?

Mason buscó de nuevo el acercamiento. Esta vez le sujetó la mano con dulzura y se la llevó a los labios. Adoptó una actitud casi paternalista y, aunque Cora se dio cuenta de ello, no dijo nada porque le urgía saber a qué se estaba refiriendo.

—Verás —se explicó el abogado—. En una de las muchas reuniones que hemos tenido durante los últimos meses, saliste a la conversación. Les interesa mucho la vida privada de sus asociados y, al hablarles de ti, les comenté que, además del grado en Hispánicas, tenías formación como profesora de teatro con personas… especiales —acertó a decir.

—Talleres de dramatización en entornos represivos o vulnerables —puntualizó la chica.

—A eso me refiero. Como se llame —dijo Mason haciendo un gesto impreciso con la mano como si espantara su incorrección—. Bueno, pues al mencionarlo, uno de los socios del bufete me sugirió una experiencia muy enriquecedora profesionalmente para ti.

Cora escuchaba con atención y mucho recelo.

—Esta gente es muy influyente, ¿sabes? La clase de personas que tienen contactos en todas partes. Son de esos que levantan un teléfono y te consiguen lo que quieran. Entradas para el Teatro Real, pases vip para el Bernabéu, una mesa en el mejor restaurante de la capital o un puesto de trabajo. Así que, si te vienes conmigo, tienes trabajo como directora de uno de esos talleres de dramatización impartido con los presos de la prisión de Soto del Real.

Al escuchar aquello, Cora quiso que el sofá se la tragara para siempre. Amaba a Mason como se ama a alguien a quien le perdonarías cualquier cosa, pero él no debía saberlo porque, de hacerlo, ella misma le daría el poder de hacer cualquier cosa, se repetía la joven con frecuencia. Y, precisamente, eso parecía que era lo que estaba ocurriendo. La fuerza de Mason, su arrojo, su carisma… todas esas cualidades eran las que la habían fascinado al conocerlo. En aquel momento, la joven atravesaba un momento difícil y se sentía especialmente vulnerable, por lo que encontrar a un chico apuesto, capaz de desafiar a la vida cuando a ella todo se le hacía un mundo, había sido lo que definitivamente había hecho que Cora lo eligiera. Pero, después de tres años de relación, la terrible sensación de permanecer siempre en segundo plano empezaba a ahogarla y se sentía incapaz de revertir ese rol que con tanta naturalidad había asumido.

—¿Qué me dices? —interrumpió Mason sus pensamientos—. Por supuesto, no tienes que responderme ahora —dijo hábilmente al percibir su duda. El abogado la conocía muy bien y sabía manejarla.

—Sí, tengo que pensarlo.

—Lo entiendo. Solo quiero que sepas que me encantaría hacer esto contigo. Los dos juntos. Ya sabes, somos un equipo. Siempre has sabido que quería salir de aquí y hacer cosas grandes, en una capital europea. Cuando te conocí, supe que sería en España. No podía pedirte que abandonaras tu país por mí. Eso lo entiendo. Así que yo he renunciado al Reino Unido o incluso a Estados Unidos por estar contigo —dijo para persuadirla.

—¿Me estás diciendo que lo que quieres es que ahora yo te recompense renunciando a Pontevedra? —respondió Cora sabiéndose víctima de una manipulación.

—No te estoy pidiendo que hagas esto por nada. —Mason intentó rectificar su estrategia al sentirse descubierto—. Te conozco y sé que te encantaría el reto profesional que te he conseguido. Me lo has dicho muchas veces: «Acercar la literatura a través del teatro a los entornos vulnerables» —dijo Mason con la voz engolada y dibujando un título en el aire con la mano—. ¿No es cierto? —Cora asintió—. Pues la vida te brinda esa oportunidad en bandeja.

Mientras hablaba, Mason se iba vistiendo. Tal y como había transcurrido, lo que para él tendría que haber sido una gran fiesta por la noticia, se había torcido hasta el punto de hacerle enfadar. Cora y sus inconvenientes le habían enturbiado su gran día.

—Dime una cosa. Si decido quedarme, ¿te marcharás igualmente? —preguntó la chica finalmente mientras él se ponía la americana.

—No creo que haga falta que responda a eso —contestó Mason—. Sabes muy bien que es la oportunidad de mi vida. Pero me encantaría que fuera contigo.

Antes de salir por la puerta, el abogado se acercó a ella, que seguía en el sofá, y la besó en la frente.

—Te quiero —le dijo.

Y a Cora esas palabras le hicieron daño por primera vez. Siempre había pensado que el amor es desinteresado y que no se paga un precio por ser amada y mucho menos por amar, pero después de aquello, ya no lo tenía tan claro.

Mason cerró la puerta al salir dando un portazo. Era su forma de zanjar una conversación incómoda, porque él siempre tenía la última palabra. Así le hacía saber a su novia que esperaba una respuesta pronto y no cualquier respuesta. Entonces, Cora volvió a echarse a llorar en el mismo instante en el que sonaba su teléfono móvil. Era Flavia, con quien se había comprometido para leerle un rato. Al ver el nombre de su abuela en la pantalla, la joven no pudo evitar sentirse culpable y egoísta porque, hasta ese instante, no había pensado en la nona. Marcharse a Madrid con Mason no solo suponía abandonar su ciudad y el trabajo que tanto esfuerzo le había costado obtener, sino también dejar a la *avoa* sola cuando nada más la tenía a ella.

Fuera seguía lloviendo y Cora pensó que también dentro de ella se había desatado una tormenta. Llevaba razón la abuela Flavia cuando decía que estaba hecha de agua. Necesitaba calmarse, así que no atendió el teléfono y prefirió abrazarse a un cojín y acurrucarse un rato en el sofá hasta que pudiera pensar con claridad.

# 5

## MADRID

Enero

Roque Gato nunca antes había pasado una noche en el calabozo. Estaba entumecido y con una terrible jaqueca; le dolía todo el cuerpo y no había pegado ojo. Ya era de madrugada cuando los agentes lo habían metido a empujones en aquella celda fría y oscura que solo tenía una pequeña luz en el techo, protegida con una estructura metálica, que parpadeaba todo el rato.

—Intenta descansar —le había dicho el policía encargado de cerrar con llave el lugar, después de despojarlo de cualquier objeto con el pudiera autolesionarse—. Esto no ha hecho más que empezar. Como no tienes abogado, se te asignará uno de oficio. Aparecerá por aquí antes de ir a declarar ante el juez. —El hombre le lanzó una mirada condescendiente—. No me gustaría estar en tu pellejo. Pocas suertes hay peores en esta vida que un picapleitos de oficio —vaticinó.

Gato se había pasado la noche dándole vueltas a esa frase, que había recibido como una sentencia. Estaba asustado y aturdido. No era capaz de pensar con claridad. La muerte del joven le pesaba como una losa y el miedo a que nadie creyera su versión de lo ocurrido le angustiaba sobremanera. Solo tenía treinta años y no podía pasarse el resto de sus días en la cárcel, justo ahora que había enderezado su vida. Arrastraba su pasado conflictivo —siendo un adolescente— como una bola de acero encadenada a su tobillo, como si fuera imposible hacer borrón y cuenta nueva con los errores de la juventud. Pero se convencía a sí mismo de que eso había ocurrido en otro tiempo, que ya no era aquel chico. Ahora llevaba una vida tranquila junto a su perra Petra, regentaba un pequeño negocio de barrio —era el propietario de un taller mecánico— y solo aspiraba a encontrar la felicidad y, tal vez, formar su propia familia.

Pensaba en ello cuando una agente le acercó un café con leche en un vaso de plástico y un paquete de galletas a través de una apertura que había entre los barrotes del calabozo. La comisaría estaba despertando y se escuchaban voces de fondo, cierto ajetreo de ir y venir, también el timbre de los teléfonos sonar insistentemente a pesar de la hora.

—¿Alérgico a algún alimento? —preguntó la mujer policía. Gato asintió mientras buscaba una placa que siempre llevaba en el cuello sin encontrarla. Una chapa de plata con sus datos médicos y la información sobre su alergia. Cayó en la cuenta de que esa era una de las cosas que le habían requisado.

—A los cacahuetes —aclaró entonces.

—Pues échale un vistazo a los ingredientes de esas galletas, no vayamos a liarla —dijo la mujer.

Gato obedeció y rápidamente comprobó que estaba fuera de peligro; nada de frutos secos en las galletas. Después, agarró el vaso con cuidado. Pudo notar la tibieza del café a través del plástico. Instintivamente se llevó la mano a la muñeca para saber qué hora era, pero recordó al instante que también le habían quitado el reloj.

—Son las siete de la mañana —dijo la mujer antes de irse—. Hora de ponerse en marcha.

Roque Gato era un hombre bien parecido. La profundidad de sus ojos verdes parecía un abismo; en ocasiones, resultaba inquietante mirarlo fijamente. Pero, en el fondo, detrás de toda esa oscuridad, afloraba una mirada limpia y dulce que luchaba por salir a flote.

La vida no lo había tratado demasiado bien. De familia humilde, había sido un joven conflictivo. Con diez años había perdido a su padre tras un accidente laboral. El hombre era albañil y un andamio mal colocado hizo que se precipitara al vacío desde una altura de ocho metros, con tan mala fortuna que se partió la columna vertebral y quedó tetrapléjico. El empresario que lo había contratado se desentendió por completo del problema: no estaba asegurado y negó que aquel accidentado fuera uno de sus trabajadores. A partir de aquel momento, postrado en una cama, la existencia del padre de Roque pasó a depender por completo de su esposa —la madre de Gato—, que compatibilizó con mucha dificultad la limpieza de casas con el cuidado de su esposo.

Roque ayudaba en lo que podía cuando su madre se ausentaba: preparaba la cena, recogía la ropa, mantenía en orden la casa... Hacía todo lo que se esperaba de un buen niño en aquellas circunstancias. Al fin y al cabo, era hijo único y el «hombrecito de la familia», como le había dicho su madre tras lo ocurrido. Pero a su padre pronto se le agrió el carácter y empezó a pagar su frustración con el pequeño y con su esposa cuando esta estaba en casa. El alcohol se convirtió en su refugio y su hijo en un saco de boxeo. El padre de Roque nunca les levantó la mano, sencillamente porque no podía moverse apenas, pero las humillaciones eran constantes. Siempre daba voces y le profería todo tipo de insultos. Ocurría lo mismo con su madre, que empezó a volver a casa cada vez más tarde y a salir cada vez más temprano, para evitar así pasar el menor tiempo posible en el que una vez había sido el hogar familiar.

Una mañana de febrero, el padre de Roque amaneció muerto. Lo había encontrado el niño en el momento en el que le había acercado un vaso de leche con una pajita para que su padre tomara algo caliente antes de irse al colegio como hacía siempre. Su madre se ausentaba aún de noche para atravesar Madrid al amanecer con destino a una casa del barrio de Salamanca en la que llevaba muchos años sirviendo. Gato jamás había olvidado la imagen de su padre, que en aquel momento le pareció de cera. Tenía la boca abierta y un hilo de baba le colgaba de la comisura. Se le acercó despacio y temeroso; intuía que algo no iba bien. Pronunció su nombre varias veces —ahora le resultaba curioso no haberse dirigido a él llamándolo «papá»—, pero el hombre no abrió los ojos. El niño dejó el vaso de leche sobre la mesilla y acercó los dedos a la mejilla de su padre. Estaba frío como el mármol. Temblando de miedo, Roque comprobó entonces que no respiraba y luego corrió a tocar el timbre de la señora Santina, la vecina que vivía justo en la puerta de enfrente.

Tras aquel episodio traumático, Gato dejó de hablar durante seis meses. Era el efecto de un evento emocionalmente doloroso o angustiante, había dicho el médico. La madre del chico, por su parte, comenzó a frecuentar otras compañías masculinas desatendiendo al pequeño, que llegó a la adolescencia cargado de rabia y enfurecido con el mundo por la suerte que le había tocado. Después, llegaron las malas amistades, los delitos menores, las peleas en el instituto, su expulsión del centro y el internamiento en una institución tutelada hasta cumplir los dieciocho años. Una cadena de acontecimientos que afortunadamente habían ocurrido durante su minoría de edad, pero que, a pesar de ello, parecían perseguirlo desde entonces.

Pensaba en ello cuando un joven lo interrumpió. Vestía un traje de chaqueta barato y llevaba una cartera de piel que parecía antigua. Lo acompañaba la policía que poco antes le había llevado el desayuno.

—Su abogado —anunció esta con desgana. Después, procedió a abrir el calabozo para que entrara el letrado.

—Alberto Ponsoda —se presentó al tiempo que le extendía la mano. Gato se la estrechó con fuerza y calculó que debía de tener su misma edad.

El hombre tomó asiento en el banco de piedra que había en una de las paredes. La más alejada del retrete metálico, justo enfrente. Y, con un gesto impreciso, invitó a que Gato hiciera lo mismo.

—Señor… Gato —acertó a decir mientras buscaba el nombre en la documentación que sacó de la cartera.

Roque obedeció y se colocó a su lado.

—Soy inocente. Yo no he matado a ese chico —se apresuró a declarar sin que su abogado ni siquiera levantara la vista para mirarlo a los ojos.

—No tiene usted que convencerme de nada —dijo el letrado—. Lo representaré, aunque sea usted culpable. Así funciona esto. Es el sistema.

—Pero no lo soy —aseguró rápidamente Roque.

El letrado guardó silencio unos segundos. Recopiló unos cuantos papeles, los ordenó y les echó un vistazo rápido. Después se dirigió a su cliente mirándolo a la cara por primera vez.

—Esta es la situación: hay un chico de dieciséis años muerto con una fractura de cráneo. Al parecer, alguien le golpeó con tal fuerza que le partió la cabeza. En el lugar de los hechos solo había dos personas: el fallecido y usted. En una nave industrial abandonada no suele haber mucha gente a altas horas de la noche —ironizó—. Un vigilante de seguridad lo sorprendió en el lugar del crimen con las manos ensangrentadas. Según ha declarado, tuvo que reducirlo y apuntarle con el arma para que usted no escapara. Los inocentes no huyen.

—No huía —intentó explicarse Roque—. Quería reanimarlo.

—Entiendo —dijo el abogado con incredulidad.

—Mire, señor Ponsoda, sé lo que parece. —Roque intentó calmarse y respiró profundamente antes de explicarse—. Ha sido un trágico accidente. Ese chico…

—Edwin —interrumpió el letrado.

—Edwin llevaba meses buscando bronca en el barrio. Tengo un taller mecánico en Vallecas, un pequeño negocio que he abierto con mucho esfuerzo. El chico y su pandilla me han robado en dos ocasiones. Y no solo a mí. Han forzado distintos comercios de la zona. Me conozco a esta clase de gente. Créame.

—Porque usted fue uno de ellos, según consta en los archivos policiales. —Roque le dedicó una mirada enfurecida.

—Tenía entendido que los registros de condenas de los menores de edad eran secretos —dijo. Ponsoda se encogió de hombros y Gato continuó con su explicación—: Edwin era miembro de una banda latina, según tenemos entendido en el vecindario. El joven que ha muerto era especialmente violento. Una de las veces que entró en el taller, lo hizo con un bate de béisbol. Rompió la luna de tres vehículos de mis clientes y el espejo retrovisor de otros dos. ¿Sabe lo que supone eso para mi negocio? ¿Sabe lo que cuestan todos esos desperfectos? —preguntó enfurecido.

—Me lo puedo imaginar. Y eso para mí supone un móvil. A ojos del juez usted tenía un motivo para matarlo y un pasado violento.

—¡Joder! ¡Qué puta mierda! —exclamó Roque sintiéndose acorralado. Cuanto más intentaba explicarse, más culpable parecía—. ¡Solo quería darle un escarmiento! Asustarlo un poco. Meterle el miedo en el cuerpo y que me dejara en paz. Que se largara del barrio, tanto él como sus amigos los pandilleros. Hablar con él para que recapacitara.

—Hablar con él, claro… Y por eso lo citó en aquel lugar. Lo que usted quería era darle una paliza en mitad de la noche cerrada para recordar los viejos tiempos.

—Yo no… —Roque se levantó del banco. Llevaba doce años comportándose como un ciudadano ejemplar y todavía tenía que dar explicaciones. Había aprendido la lección; había estudiado mecánica y estaba orgulloso de su nueva vida. Si alguien sabía lo difícil que resulta salir de un pozo, ese era él. Pero para el resto del mundo nada de todo eso era suficiente. Parecía que llevaba la palabra «delincuente» tatuada en la frente.

Comenzó a dar vueltas compulsivamente por el calabozo mientras se agarraba la cabeza con ambas manos. Se sentía acorralado como un perro y empezaba a ser consciente de lo complicada de su situación: era su palabra contra los hechos y no tenía ni una sola prueba que corroborara su versión.

—¡Resbaló! —exclamó desesperado—. ¡Se lo juro! ¡Cayó de espaldas y se dio contra una piedra o un pedazo de hormigón! ¡Qué sé yo, no pude verlo bien! Estaba oscuro y el lugar está lleno de escombros. Solo sé que tropezó y se golpeó. Yo acababa de llegar a la nave y él me estaba esperando. Además, estaba armado. Tenía un cuchillo, una especie de machete. Apenas intercambiamos unas pocas palabras cuando, de repente, ya estaba en el suelo. Al darme cuenta de lo ocurrido intenté socorrerlo, por eso tenía las manos ensangrentadas, no porque yo le pegara. Eso no llegó a suceder nunca.

El abogado dejó escapar un hondo suspiro. Despúes, miró el reloj. Se le acababa el tiempo. En breve, iban a poner a su cliente a disposición judicial y la situación no pintaba nada bien.

—Creo que lo mejor es que se declare culpable de un homicidio imprudente. No ha aparecido ningún machete y el chico está en la morgue —le dijo a Roque.

—¿Homicidio imprudente?

—Quiere decir involuntario —aclaró Ponsoda—. Le explicaremos al juez que no tuvo intención de matarlo, pero que en el fragor de la pelea la cosa se le fue de las manos. El resultado de un mal golpe.

—Pero no fue eso lo que ocurrió —insistió Roque.

—Le caerá una pena de entre uno y cuatro años —continuaba explicando el abogado ajeno a las explicaciones de su cliente—. Eso es lo mejor que puedo conseguirle, se lo aseguro. Con buen comportamiento estará en la calle muy pronto. Ahora bien, una vez fuera, tendrá que enfrentarse a la banda de los Dominican Don't Play, y no creo que sean tan indulgentes como el sistema judicial.

Ponsoda dio por finalizada la reunión con Roque, metió todos los papeles en su cartera y golpeó la puerta metálica del calabozo para pedir que le abrieran. Aún tenía que visitar a dos detenidos más antes de ir al juzgado.

Antes de salir, se giró para hacerle una última pregunta a su cliente:

—¿Necesita que llame a alguien o haga algo por usted?

—Petra —dijo Roque—. Es una podenca que vive conmigo. Estará asustada, no está acostumbrada a pasar la noche sola. Por favor, dígale a mi vecina que se ocupe de la perra. Ella tiene llaves de la casa. Sabrá qué hacer.

—Cuente con ello —concluyó el abogado.

Cuando Ponsoda abandonó el calabozo, Roque Gato no pudo evitar acordarse de su padre y de la impotencia que había sufrido tras el accidente. La injusticia había obrado como un veneno lento y cruel. Los médicos le habían dicho a su madre que, a su marido, sencillamente, se le había parado el corazón. El señor Gato se había rendido. Así se sentía él. En ese momento, estaba tan abatido que no le hubiera importado morir en aquel rincón húmedo de una comisaría de barrio. No tenía a nadie que extrañara su ausencia ni lo que pudiera ocurrirle. Ni siquiera a su madre, a quien le había perdido la pista hacía años, después de que se hubiera vuelto a casar con un hombre de negocios de origen brasileño y se hubiera instalado en aquel país. Hay vidas a las que las separa algo mucho más profundo que un océano, pensaba Roque.

La muerte se le antojaba mucho más liberadora que la vida y, por más que lo intentaba, no hallaba un motivo para luchar y conseguir salir de aquel atolladero. Entonces pensó en Petra, la podenca que había rescatado siendo un cachorro del interior de un motor un día de Reyes. Había sido su compañera los últimos años y le había enseñado a amar sin condiciones. Estaba convencido de que en realidad había sido aquel animal el que le había salvado la vida a él y no a la inversa. A Petra no parecía importarle en absoluto el pasado de Roque ni sus maneras toscas ni sus errores de juventud. Petra era la única que solo veía en Gato un gran corazón herido.

«Homicidio imprudente», esas dos palabras le martilleaban la cabeza. Maldijo su suerte, maldijo sus malas decisiones y se maldijo a sí mismo por haber pretendido actuar como un justiciero de tres al cuarto intentando librar al barrio de aquella pandilla de delincuentes. Quién le mandaba a él meterse en aquellos líos, se dijo mientras se golpeaba la cabeza por idiota.

Acurrucado sobre el banco de cemento, se abrazó a sus rodillas y se echó a llorar en silencio, como hacía cuando era un niño para que su madre no pudiera escucharlo. Minutos después, la mujer policía apareció de nuevo.

—Espabila. Te trasladamos a dependencias judiciales. Y felicidades —le dijo con sarcasmo—. Ya eres un tipo famoso. Sales en el periódico.

# 6

# PONTEVEDRA

Julio

Para Cora, lo peor de todo fue despedirse de Flavia. Había cosas que no era capaz de meter en una maleta. Iba a añorar las playas del lugar, donde el río y el océano se dan la mano, cruzar los domingos el Ponte do Burgo, las calles empedradas de la ciudad, las hermosas plazas y la lluvia.

Dejar toda su vida en Pontevedra para acompañar a Mason a Madrid no había sido una decisión fácil. Pero Cora sabía que, de no haberlo hecho, lo hubiera perdido.

—Tú *tens que facer* tu vida, *neniña* —le dijo Flavia mientras Cora se deshacía en lágrimas sentada en el suelo y con la cabeza apoyada en el regazo de la nona, que estaba en su sillón de leer—. Yo estaré *ben* —mintió la abuela con una punzada en el corazón—. No tienes que preocuparte por una vieja. Además, ahora hay trenes y aviones y autopistas —añadió intentando consolar a su nieta y convencerse a sí misma—. En un santiamén te plantas aquí. Una *galleguiña* siempre vuelve a su tierra. Podrás estar en cualquier lugar del mundo, pero este es tu sitio. Y mira lo que te dice tu abuela: ninguna etapa dura para siempre. Como decimos por aquí: «*Nunca choveu que non escamapara*».

Flavia tomó la cara de la chica con ambas manos y una dulzura infinita. A Cora se le habían hinchado los ojos y, de tanto en tanto, se le escapaban los hipos, como cuando tenía un berrinche de niña.

—Cálmate, *muller*. Que no se ha muerto nadie y no te vas a otro continente, *carallo*. Me leerás por teléfono. *Me prometes?*

Cora asintió con la cabeza mientras se limpiaba la nariz con un pañuelo de papel e intentaba recomponerse. Era incapaz de pronunciar una palabra por la congoja.

—Y prométeme también que, si no eres feliz, no te lo pensarás dos veces y volverás con tu *avoa*.

—Te lo prometo.

—La vida solo tiene una finalidad y es la de ser lo más dichoso posible. Que ya se pone puta ella sola cuando quiere y para eso no nos pide permiso. A veces hay que ser egoísta. No tienen razón los curas que dicen que esto es un camino de lágrimas. *Non é certo.* No te lo vayas a creer todo. Tampoco hay que poner la otra mejilla. Con un golpe tenemos bastante. *Non cres?* Y lo de pensar siempre en el prójimo… Piensa en ti primero —le aconsejó.

Cora la escuchaba con atención. Flavia era una mujer sabia; poseía la sabiduría de la experiencia, la calma posterior a las tormentas y la determinación de un amanecer.

—Por eso —prosiguió—, *hai que ter* claro que eres la capitana de tu barco y la dueña de tu destino. *Entésdesme* —insistió mirándola a los ojos—. Busca tu lugar en Madrid. Sé tú misma.

A Flavia no terminaba de agradarle Mason, pero nunca se lo había confesado a su nieta. Temía que Cora terminara por convertirse en la sombra de aquel joven cuando, en realidad, debía brillar por sí misma. Era una mujer fascinante. A lo largo de su vida, la nona había conocido a muchos hombres como él: dominantes, con el arrojo y la fuerza de un ciclón; hombres arrebatadores y magnéticos que, sin embargo, no calibraban sus fuerzas a la hora de conseguir sus objetivos.

Ella misma había tenido un par de pretendientes de esas características, que después se echaban a la mar y encontraban acomodo entre las piernas de cualquier otra en cada puerto. Flavia no había necesitado a ningún hombre a su lado. Cuando había querido que su cama estuviera caliente, había abierto la puerta de su casa a algún apuesto marinero, pero se había guardado muy mucho de dejar entornada la de su corazón. «A esta vida se viene a ser feliz», decía siempre, y ella ya había sufrido bastante.

A la *avoa* le asustaba que la firmeza de Mason arrastrara a Cora y terminara por anularla. Llevaban tres años de relación y a Flavia no le pasaba desapercibida la sutil manera en la que Mason siempre conseguía que Cora terminara por hacer lo que estaba en sus planes. Pero Flavia sabía por experiencia que no debía entrometerse en los sentimientos de su nieta porque, de hacerlo —de haberle aconsejado que abandonara aquella relación—, probablemente hubiera conseguido el efecto contrario al deseado. Ese error ya lo había cometido con su hija Lu y no pensaba volver a hacerlo. «No hay más sordo que una mujer enamorada», pensaba. Así que solo le quedaba advertirle y esperar que aquel amor no terminara por dañarla.

Cora tomó la mano de su abuela; tenía los dedos como sarmientos y la piel tan fina que las venas parecían ríos azulados bajándole del brazo. La besó con ternura.

—Lo quieres mucho, ¿verdad? —se atrevió a preguntar Flavia.

—Sí, pero menos que a ti —respondió la joven.

La abuela le dedicó una sonrisa. Sabía que el amor de un hombre es como un imán y que ella no podía competir contra esa fuerza.

—Y tú, ¿te sientes querida? —La pregunta de la abuela descolocó a Cora que dudó un poco antes de contestar.

—Claro —dijo sin demasiada convicción—. Además, Mason me necesita.

—Pero necesitar a alguien no es lo mismo que amarlo —puntualizó Flavia—. El amor es generoso y desprendido, mientras que la necesidad es egoísta. *Non o crees?*

La conversación comenzaba a incomodar a Cora. Le había dado muchas vueltas a su relación y no quería pensar más al respecto. Había tomado una decisión tras llegar a la conclusión de que amaba a Mason y que mudarse a Madrid para vivir con él era la mejor de las opciones. Un acto de amor. Le había costado mucho sacudirse las dudas, que no eran pocas, como para volver a plantearse sus sentimientos en aquel instante; así que cambió de tema:

—Vendré una vez al mes. Te lo prometo —dijo convencida—. Y Carmen se pasará todos los días para ayudarte con la casa y en todo lo que puedas necesitar. No tienes que preocuparte de nada. Ella hará la compra, te acompañará al médico, a la biblioteca y estará pendiente de cualquier detalle. No tienes más que pedírselo. De los gastos se encargará Mason. —Flavia torció el gesto, no le gustaba nada la idea de tener que agradecerle al abogado, pero no dijo nada—. Hablaremos por teléfono cada noche. Voy a tener muchas cosas que contarte: la mudanza, el trabajo nuevo, las amistades, el barrio… Y en cuanto estemos más establecidos, te llevaré conmigo a Madrid.

—Eso sí que no. *O meu* lugar es este —repuso Flavia—. No *penso* moverme de Combarro.

—Está bien —concluyó Cora—. Eso ya lo discutiremos más adelante.

El sonido de un claxon sonó con insistencia. Era Mason desde el coche. Cora miró el reloj. Habían dado las doce del mediodía y el abogado pasaba a recogerla tal y como habían quedado. No podían demorar más la salida de Pontevedra. Tenían mucho que hacer y al joven le apremiaba instalarse cuanto antes, así que volvió a tocar el claxon para hacerle entender a Cora que la esperaba impaciente.

—Me tengo que ir ya, *avoa* —dijo la joven al tiempo que sacaba del bolso un par de libros. Uno era *La edad de la inocencia*, de Edith Wharton, y otro *La sombra del viento*, de Carlos Ruiz Zafón. Los dejó sobre la mesa. Eran sus próximas lecturas juntas.

—¿No va a entrar a despedirse? —preguntó Flavia.

—No hay aparcamiento —le excusó Cora—. Además, volveremos pronto. Cuando te quieras dar cuenta, estaremos haciéndote una visita. Esto no tiene por qué ser una despedida.

Las dos se fundieron en un abrazo. Cora inspiró profundamente el aroma de la colonia de la nona. Una mezcla de jazmín y naranja escarchada. Cerró los ojos al hacerlo, para así poder retener mejor el olor de su niñez. Ese recuerdo tampoco le cabía en la maleta. Apretó con delicadeza el diminuto cuerpo de su abuela contra el suyo hasta el punto de que pudo sentir el latido de su corazón. Por un instante, temió no poder separarse de ella. Se sintió débil, pero se obligó a recomponerse. Había tomado una decisión y Cora no era de las que se echan atrás. Así que, con una sonrisa forzada en los labios para no llorar, le dijo cuánto la quería.

Mason volvió a tocar el claxon.

—Vete ya, criatura —dijo la nona espantándola con la mano—, que *teu home* está esperando.

Cora se apresuró hasta la puerta de la casa sin querer mirar atrás ni un solo instante. Le dolía el corazón como si se lo estuvieran estrujando con fuerza. La abuela la vio alejarse como una sombra. La observó con el temor de que su nieta pudiera desaparecer al apagarse la luz, como ocurre con las mujeres que existen en la sombra. Al salir a la calle, había empezado a llover. Las gotas diminutas resbalando sobre el rostro disimularon sus lágrimas. Al entrar en el coche donde la esperaba Mason, Cora pensó que, definitivamente, iba a echar mucho de menos la lluvia de Pontevedra y, de nuevo, lamentó que no le cupiera en la maleta, como ninguna de las cosas importantes. Por suerte, todas ellas se las llevaba en el corazón.

# 7

## MADRID

Febrero

El taller mecánico de Roque Gato estaba ubicado en el casco histórico de Vallecas. El local contiguo estaba tapiado. Había sido una tintorería que había cerrado después de que su propietario se jubilara. En la pared, alguien había hecho una pintada en la que se podía leer: «Si Madrid es un gato, Vallekas son las garras». Al parecer era un lema de los vecinos de la zona cuyo espíritu disidente representaban utilizando la letra «k». De condición obrera y combativa, el barrio conservaba la esencia de los años sesenta, cuna de movimientos sociales y refugio de migrantes; gente de bien en busca de oportunidades. Al mecánico siempre le había hecho gracia aquella frase, justo al lado del cartel «TALLER GATO»; por su apellido, aunque todos sus clientes pensaban siempre que hacía referencia al instrumento utilizado para elevar los vehículos.

Entre los planes de Roque estaba ampliar el negocio muy pronto. Tenía mucha clientela y en ocasiones no daba abasto. Hasta había contactado con el dueño del local de al lado e incluso había pactado un buen precio por el arrendamiento. Con suerte, hubiera contratado a algún aprendiz, algún chico de la zona que tuviera ganas de aprender el oficio y enderezar su vida. A Roque, aquel trabajo le había salvado del abismo. Siempre había sido habilidoso con las manos y su pasión por los coches y todo tipo de motores le venía de niño. Había sido uno de los educadores del

51

centro en el que había estado internado quien le había orientado al respecto.

—En lugar de robar los coches, ¿por qué no te dedicas a arreglarlos? —le había dicho un día—. Tienes un don y es una pena que lo desperdicies destrozándote la vida en lugar de hacer carrera con él.

Y así fue como aquel orientador había plantado la semilla emprendedora en el espíritu de Roque. Algún tiempo después, «Taller Gato» había nacido con muchas dificultades y sin ninguna ayuda en un barrio modesto. Sin embargo, gracias al esfuerzo y el trabajo incansable de Roque, el negocio despegó pronto. Su buen hacer se transmitió de boca a oreja y la clientela comenzó a llegarle de distintos puntos de Madrid, hasta que todo parecía haberse ido al traste por una mala decisión.

Pascual Galindo hacía fotos de la fachada del negocio desde distintos ángulos. Había averiguado el nombre del hombre detenido un par de semanas antes y estaba empeñado en investigarlo todo sobre él. Gali sabía que la parte humana del asesino es la que más gusta a los lectores, así que se apresuró a indagar en profundidad todos los aspectos de la vida de Roque Gato, el mecánico de Vallecas, comenzando por su negocio.

Mientras sacaba las instantáneas, una mujer asomó la cabeza desde una de las ventanas de la primera planta del edificio de enfrente. Era un bloque de viviendas. A la señora la había alertado la presencia de un forastero asomándose al tragaluz del taller. No era la primera vez que asaltaban los negocios del barrio desde que las bandas latinas habían tomado la zona, así que no dudó en espantar al extraño dándole unas voces, aunque aquel tipo no tuviera pinta de pandillero.

—¡Váyase de aquí o llamo a la policía! —dijo la mujer enseñándole el móvil. El periodista se giró al instante—. ¡He dicho que se largue! ¿No me ha oído?

—No se preocupe, señora. Soy periodista —explicó Gali mostrando un carné arrugado que le había hecho la chica del pelo rosa y que siempre llevaba en el bolsillo—. Estoy investigando para un artículo que se publicará en *Al Minuto*.

La mujer lo miró con desconfianza. Desde donde estaba no podía distinguir nada de ese trozo de papel que el hombre le estaba mostrando. Además, ella no leía los periódicos. Solo escuchaba las noticias en la radio y, de vez en cuando, veía algún que otro telediario. No le gustaba la gente que metía las narices donde no la llamaban, por muy periodista que dijera ser.

—¿Le importa que le haga unas preguntas? —insistió Gali sin esperar respuesta—. ¿Conoce al dueño? —preguntó señalando el taller.

—Conozco a Roque desde que abrió el negocio, sí. Llevo viviendo aquí más de cincuenta años —respondió.

—¿Sabe que está detenido por la muerte de un chico dominicano? Está en la cárcel.

La mujer guardó silencio unos segundos. Claro que sabía de la detención del mecánico. Todo el barrio lo sabía. Pero dudó sobre dar su opinión al respecto. Siempre le había caído bien Roque, pero tenía un nieto de la edad del chico muerto y, por esa razón, se ponía en la piel de la familia de Edwin. Sus simpatías se debatían entre la víctima y el agresor.

—La verdad es que nunca hubiese pensado que fuera capaz de matar a un niño —dijo finalmente—. Parecía un joven amable.

—El chico era un miembro de los Dominican Don't Play, que según tengo entendido ha estado dando problemas por aquí —dijo Gali mientras escribía en su libreta.

—Yo no me meto en esas cosas, ¿sabe usted? —se excusó la mujer—. Yo solo sé que hay una criatura muerta a la que su madre ya no volverá a ver. Esas bandas son como sectas. Sin embargo, aunque el chaval fuera uno de esa pandilla, tampoco merecía morir como un perro. Soy madre y abuela y, como duele un hijo, no duele nada en este mundo.

De repente, una voz de hombre se escuchó desde el interior de la casa.

—¡Ya voy! ¡Ya voy! —exclamó la mujer—. Si lo ha matado, que pague por lo que ha hecho. Y si además eso sirve para que la policía haga algo con la gentuza de las bandas, pues no hay mal que por bien no venga —sentenció antes de bajar la persiana.

Unas seis calles al norte del taller estaba la casa de Gato. Galindo las había recorrido a pie, en parte para empaparse del entorno —después describía mejor los lugares en sus artículos— y en parte para hacer un poco de ejercicio. Pasaba demasiado tiempo sentado en el Ford y frente a la mesa de la cocina, redactando las noticias. Llegó hasta el edificio sudando, a pesar de las bajas temperaturas. Madrid estaba gris y se dijo a sí mismo que hacía un frío del carajo. Se secó la frente con un pañuelo de papel y después consultó algo que llevaba anotado en la libreta.

—Segundo izquierda —dijo en voz alta—. Y sin ascensor —farfulló al comprobarlo nada más entrar en el rellano aprovechando que salía un vecino en ese instante.

Al llegar a la puerta de la casa algo jadeante, le sorprendió que estuviera abierta.

—¡¿Hola?! —dijo asomándose con cautela—. ¡¿Hay alguien ahí?! ¡¿Se puede pasar?!

Recibió como respuesta los ladridos de un perro, que apareció de la nada en cuestión de un segundo. No era demasiado grande y parecía amistoso, pero Gali se asustó y caminó hacia atrás unos pasos. Entonces el perro lo alcanzó rápidamente y se puso de pie sobre sus patas traseras, apoyándose en el periodista. Era una podenca de color anaranjado con manchas blancas y unas enormes orejas. El animal empezó a lamerle la cara a lengüetazo limpio.

—¡Petra! ¡Ven aquí! —exclamó una voz de mujer que, de repente, emergió de entre la oscuridad del pasillo.

Con un gesto habilidoso, agarró al perro del collar y lo obligó a sentarse dándole unas palmaditas en la parte trasera. Petra obedeció y desplegó sus enormes orejas sin dejar de observar a Galindo, que se limpiaba las babas con su pañuelo.

—No hace nada. De hecho, es muy cariñosa —explicó la mujer—. La pobre está estresada. Echa de menos a su dueño y no está acostumbrada a estar encerrada todo el día.

—Pascual Galindo, periodista —dijo el hombre mostrando el carné de nuevo—. ¿Es la perra de Roque?

La mujer asintió mientras le dedicaba una caricia al animal.

—Soy su vecina —aclaró mientras señalaba la puerta de enfrente—. Me estoy encargando de ella, aunque no sé por cuánto tiempo más podré hacerlo. Mi hijo es alérgico y no puedo tenerla en casa, así que voy y vengo de mi casa a la suya tres veces al día para atender al animal. Me daría mucha pena tener que llevarla a la protectora.

—¿Roque no tiene familia? ¿Nadie más que se pueda encargar de la perra?

—Nadie que yo sepa —dijo la vecina resignada.

Sin pedir permiso, Gali le hizo una foto a Petra, que se había tumbado sobre la alfombra del salón.

—Oiga, no sé si puede usted hacer eso —dijo la mujer contrariada—. ¿Piensa publicar esa fotografía? ¿No debería pedir permiso para hacerlo?

Gali no respondió. Al fin y al cabo, no se había colado en el lugar: la puerta estaba abierta y nadie le había impedido tomar una instantánea. Además, se había identificado desde el primer momento y no pensaba ir hasta la cárcel para preguntarle a un asesino si le dejaba publicar una foto de su mascota.

—No se preocupe usted por eso. Yo sé lo que hago —dijo por toda explicación.

La estancia estaba en penumbra. Aprovechando el desconcierto de la vecina, Gali descorrió las cortinas y comenzó a husmear entre las cosas de Roque. Revisó los cajones de un escritorio que había en una esquina —echó un vistazo rápido—, pero no encontró nada de interés. Sí le llamó la atención que no hubiera ninguna foto personal decorando la estancia. Todo parecía ordenado y limpio.

Galindo hizo otro par de fotografías.

—¿Se puede saber qué hace? —preguntó la mujer—. ¡Se acabó! Salga usted de aquí inmediatamente —le ordenó mientras le daba empujones para obligarlo a dirigirse a la puerta. Petra seguía moviendo la cola pensando que se trataba de un juego.

—Está bien, está bien —protestó el periodista levantando los brazos en señal de rendición—. Ya me marcho. Al fin y al cabo, no hay nada interesante en este lugar. Parece la casa de alguien normal.

La mujer cerró la puerta del piso y dio dos vueltas de llave, dejando dentro a Petra, que, al instante, comenzó a ladrar con insistencia.

—Lárguese o llamo a la policía —dijo la vecina visiblemente molesta por el incidente.

En ese momento, sonó el teléfono de Gali. «Salvado por la campana», pensó. Miró la pantalla. Casualmente era uno de sus contactos en la comisaría. Estaba esperando esa llamada.

—No hace falta que haga tal cosa, señora. Precisamente es la policía —dijo con sarcasmo mostrándole el teléfono—. Gracias por todo.

Sin decir nada más, se dirigió escaleras abajo con cierta agilidad. Justo en el rellano, descolgó el móvil. Le impacientaba conocer la información que andaba buscando y se moría de ganas por saber qué le había conseguido su fuente.

—¿Tienes algo? —preguntó impaciente el periodista.

—Depende de lo que me pagues —dijo una voz al otro lado del auricular.

—Joder, sigues siendo un puto pesetero —protestó Gali—. Hazlo por los viejos tiempos.

—Con esto me la estoy jugando y tú lo sabes muy bien. Ese riesgo hay que pagarlo, ¿no te parece? Déjate de mierdas nostálgicas. Hablamos de negocios.

—Está bien. Pero ya sabes que ahora estoy en un periódico pequeño y no tenemos mucho presupuesto para estas cosas. No es como antes —se excusó Gali—. Pero si lo que tienes es bueno, puedo hablarlo con mi jefe.

El hombre se lo pensó unos segundos antes de contestar.

—De acuerdo —dijo finalmente—. Tengo la ficha policial del detenido de cuando era menor de edad.

—¡No jodas! —exclamó Galindo—. ¿Y hay material para escribir?

—Yo diría que unos cuantos folios —aseguró el contacto—. Te puedo adelantar que este tipo no es tan buena gente como pretende aparentar.

—¿Quieres decir que el detenido tiene una lista de antecedentes más larga que la lista de la compra de mi abuela?

—Así es —aseguró el hombre—, pero antes de pasártela, tenemos que acordar un buen precio.

—Lo consulto y te devuelvo la llamada.

—No te demores demasiado. Te he llamado a ti primero… por los viejos tiempos —dijo parafraseándolo—. Sabes que solo tengo que levantar el teléfono para que tu antiguo periódico me lo compre. O el de la competencia. A mí me trae sin cuidado de qué medio venga el dinero.

Galindo lo sabía muy bien porque él mismo había negociado antes, en infinidad de ocasiones, desde un diario importante. El pez grande se come al chico. Debía adelantarse. No quería que por nada del mundo se le escapara aquella oportunidad.

—Entendido. Dame una hora —dijo antes de colgar.

Necesitó desplegar todas sus dotes de persuasión para convencer a su jefe, Francisco Contreras, de que la operación merecía la pena. Lo conocía muy bien y, como periodista de la vieja escuela, sabía perfectamente qué tecla tocar.

—Tal vez sea un gasto que no nos compense —argumentó Paco, dubitativo ante la propuesta de su viejo amigo.

—Tienes que contemplarlo como una inversión. A nivel económico, recuperaremos pronto el dinero. Ese no será un problema. Con la primera tirada estará más que cubierto, te lo aseguro. Y, desde el punto de vista empresarial, nos marcaremos un tanto. *Al Minuto* está empezando a despuntar. La información privilegiada en un buen foco para llamar la atención —argumentó convencido

Galindo—. Tú lo sabes tanto como yo. Joder, vuelve a pensar como un periodista —le reprochó—. Desde que estás en un despacho te han matado el instinto.

Paco resopló. Después, accedió a la propuesta.

—De acuerdo. Compra esa puta lista de antecedentes y ponte a escribir. Exprímela al máximo —dijo antes de colgar.

Galindo pegó un salto fruto del entusiasmo en el portal del edificio donde vivía Roque. Su vecina lo observaba desde la ventana. Cuando el periodista se percató de ello, le dedicó un saludo y después fue directamente a su casa dispuesto a escribir su próximo artículo. En esta ocasión, una editorial. Un cebo. Una reflexión para ir calentando motores y captar la atención de los lectores.

### Las dos caras del asesino
#### Por Pascual Galindo

Nada hacía sospechar a los vecinos del barrio del casco antiguo de Vallecas que el mecánico del taller donde reparan sus coches fuera, en realidad, el asesino de un joven de dieciséis años. Al ser preguntados, es habitual escuchar en estos casos decir al vecindario que nadie sospechaba nada porque aquel joven trabajador y bien parecido les resultaba de lo más normal. Era amable y siempre saludaba con una sonrisa. Abría la puerta y cedía el paso a las personas mayores e incluso tiene una mascota: una perra llamada Petra, que encontró acurrucada en un motor y a la que dio cobijo y cuidó como a una hija.

¿Cómo es posible que alguien que rescata a un cachorro de perro de una muerte segura pueda tener la sangre fría de matar a un adolescente de dieciséis años? Para conocer la clave, debemos retroceder casi dos décadas en el tiempo.

El pasado delictivo del hombre que rescata perros no ha pasado desapercibido para este diario. *Al Minuto* ha tenido acceso, en exclusiva, a los antecedentes penales de Roque

Gato. La de este joven, es la historia de una infancia difícil, una adolescencia problemática y un carácter delictivo que parece haberlo perseguido hasta la madurez para convertirlo en un asesino.

Sigan atentos a nuestras páginas.

# 8

# MADRID

Julio

Madrid recibió a Cora con un calor abrasador. El asfalto parecía derretirse. Nada más salir del coche, sintió la necesidad de intentar capturar un poco de aire fresco, pero no lo logró. Muy al contrario, acababa de poner un pie en la capital y ya se estaba ahogando. La emoción de Mason contrarrestaba su falta de entusiasmo. El abogado salió del vehículo excitado. Dio un portazo y después una palmadita al capó de su Lexus.

—Buen trabajo, chaval —le dijo al coche—. Aquí es —indicó señalando la fachada del edificio—. Por supuesto, tenemos plaza de garaje. Después aparcaremos. Quería que la primera vez entráramos por la puerta principal. Tonterías mías —se excusó.

Cora echó un vistazo a su alrededor y se sintió como una hormiga en mitad de la inmensidad. No se lo había preguntado a Mason, pero tenía la certeza de que el alquiler de aquel piso valía una fortuna. De repente, notó una sensación de vértigo hacérsele una bola en la boca del estómago y sintió ganas de llorar.

—Prosperidad se llama el barrio —continuó explicando Mason, ajeno a su angustia—. ¿No te resulta curioso? Es casi providencial.

Después, el abogado dejó escapar un profundo suspiro de satisfacción mientras se hinchaba como un palomo.

—Estamos en una de las mejores zonas de Madrid, tranquila y segura. Es un barrio residencial del distrito de Chamartín. ¿Ves eso de ahí al fondo? —dijo señalando al norte—. Son las Torres KIO.

Una auténtica pasada, ¿no te parece? ¡Oh! ¡Madrid! —exclamó—.
¡La ciudad que no deja indiferente a nadie!

Mason abrazó a Cora que se perdió entre sus brazos.

—No te preocupes —dijo el abogado al notar a su novia poco
receptiva—. Muy pronto te harás a todo esto. Ya verás cómo te va a
encantar. Madrid acoge a todo el mundo por igual, con los brazos
abiertos: hípsters, modernos, bohemios, familias, empresarios y
emprendedores. La de libros que ha inspirado esta urbe —argumentó para intentar convencerla de las bondades de la ciudad. A
Cora le vino a la mente la obra de Benito Pérez Galdós, *Fortunata y
Jacinta*—. ¿No estás contenta?

La joven respondió con un beso en los labios y una dulce sonrisa. Estaba asustada, pero no quería confesárselo a Mason, que
interpretó aquel gesto como una respuesta afirmativa.

—Aquí están —dijo el abogado rebuscando en el bolsillo del
pantalón—. Las llaves de nuestro nidito de amor.

Mason le sujetó la mano y tiró de ella con suavidad hasta llegar
a la puerta de uno de los dos ascensores que tenía la finca.

—Es el ático —dijo—. Tiene unas vistas maravillosas.

El elevador tardó unos segundos en llegar arriba. Cora no pronunció una palabra. Al abrirse las puertas, Mason volvió a tirar de
ella hasta la puerta C.

—¡Tachán! —exclamó señalando teatralmente la entrada de lo
que iba a ser su nueva casa. Después, sacó de su bolsillo un pañuelo
de seda—. Déjame que te lo ponga. Las cosas hay que hacerlas bien.

Mason le vendó los ojos a Cora, que ayudó en la labor retirándo-
se el pelo. A continuación, abrió la puerta. La chica pudo escuchar
el sonido de las dos vueltas de llave y el chirriar de las bisagras.

—No te asustes —le advirtió—. Voy a sostenerte en brazos como si fuéramos recién casados.

Ese detalle agradó a la joven. Le gustaba cuando Mason era cariñoso y romántico, la clase de chico de la que ella se había enamorado.

Agarrada a su cuello y con los ojos vendados, la joven pudo
percibir un aroma dulce, pero no fue capaz de identificarlo. Era
agradable.

—Ya estamos llegando —le indicó Mason—. Unos segundos más y listo.

Con cuidado, el hombre la dejó sobre una superficie mullida.

—Ya puedes quitarte el pañuelo.

Cora obedeció. Necesitó unos segundos para adaptarse a la luz, aunque pronto se dio cuenta de que estaba en un dormitorio, sobre un colchón que alguien había colocado en mitad de la estancia. No había más muebles, pero todo el suelo estaba cubierto de margaritas blancas, sus flores favoritas. Alguien había puesto cuatro velas de gran tamaño en cada una de las esquinas del colchón. Antes de que le diera tiempo a decir nada, Mason las había encendido con un mechero. Una tenue luz invadió la habitación. Fuera estaba anocheciendo, como si la ciudad entera estuviera también bajo la luz de las velas.

—Mañana nos traen el resto de las cosas —explicó el abogado—. Pero me he encargado de que al menos tuvieras un recibimiento especial esta noche.

El detalle enterneció a Cora. Tenía los sentimientos tan a flor de piel que hasta se le erizó la piel.

—Todo va a ir bien, ¿verdad? —le preguntó a Mason al tiempo que ambos se dejaban caer sobre el colchón.

—No lo dudes —aseguró el joven.

Hacía calor, a pesar de que la ventana estaba abierta. Desde el ático, la ciudad era un manto de luces de colores. El murmullo del ir y venir de la gente se fundía con el sonido del tráfico. Sobre la sábana blanca que cubría el colchón, Cora se hizo un ovillo y Mason la abrazó por la espalda. Sus cuerpos se acoplaron a la perfección. El joven dejó pasar unos pocos minutos antes de besarla en la nuca. Con la lengua, recorrió el nacimiento de su pelo, de oreja a oreja, mientras la chica podía sentir su respiración jadeante. Después, Mason llevó sus manos grandes y fuertes hasta los pechos de ella y los agarró con fuerza. Pudo notar cómo se le erizaban los pezones, lo que le dio a entender que ella estaba receptiva, así que le quitó la camiseta para poder lamerlos a placer.

El cuerpo de Cora parecía atravesado por una corriente eléctrica con los mismos movimientos que las llamas de las velas. A continuación, Mason le quitó también el pantalón y las bragas. Él hizo lo mismo con su ropa. La piel del abogado ardía más que el fuego y el sudor resbalaba por su torso. El joven se colocó sobre ella sujetándole las muñecas.

—No te muevas —le ordenó.

Mason tomó una de las velas y jugó a verter gotas de cera caliente por todo el cuerpo de Cora, empezando por el vientre. El calor de aquel líquido hizo que la joven se arqueara por la dulce mezcla de placer y dolor. Después, Mason hizo lo mismo en cada uno de los pezones de la chica. Al instante, la cera se volvió sólida y dibujó pequeñas líneas sobre su torso, como ríos de lava blanca. Cora abrió las piernas, invitando a Mason a penetrarla. Antes de hacerlo, el hombre jugueteó con su clítoris hasta hacerla gritar de placer. No tardó mucho en tener un orgasmo.

—Ponte a cuatro patas —le ordenó después—. Quiero follarte como a una perra.

Ella obedeció. Siempre lo hacía.

Fue entonces cuando la penetró con fuerza. Las embestidas hacían temblar a Cora mientras el hombre la sujetaba con firmeza por el pelo y la cintura al mismo tiempo. A Mason le gustaba el sexo fuerte y solo necesitó unas pocas sacudidas para correrse.

Exhaustos, se dejaron caer sobre el colchón. Tras recuperar el aliento, Mason se incorporó y, todavía desnudo, se asomó al balcón. Cora rio divertida.

—¿Estás loco? ¡Te va a ver todo el vecindario!

—¿Qué más da? —dijo el abogado, pletórico, abriendo los brazos de par en par como si quisiera abrazar la ciudad entera—. ¡Presiento que nos esperan grandes cosas en este maravilloso lugar!

El teléfono de Mason interrumpió la escena. El abogado se apresuró a buscarlo entre la ropa que había desperdigada por la habitación hasta que dio con él en un bolsillo del pantalón. Era un compañero del despacho de abogados que acababa de contratarlo. Debía de ser alguien importante porque Mason engoló la voz y se puso serio de repente. A Cora le hizo gracia escucharlo hablar así estando desnudo, sin su traje de Armani, y le hizo burla sintiéndose divertida por primera vez desde su llegada a Madrid.

—Sí, allí estaremos —dijo el abogado mientras le hacía una mueca de desaprobación a Cora—. Por supuesto. Dentro de una hora —aseguró mirando el reloj.

El gesto de Mason se torció nada más colgar el teléfono. Su buen humor parecía haberse esfumado. Nervioso, comenzó a vestirse.

—Tienes que arreglarte. Nos acaban de invitar a una cena —le ordenó a Cora—. Era uno de los dos socios del bufete.

—¿García o Riquelme? —preguntó la joven divertida.

—¿Importa?

—Por supuesto. Me gusta fantasear sobre cómo es la gente antes de conocerla. A García me lo imagino como Sancho Panza pero completamente calvo, mientras que a Riquelme, más como don Quijote con un gran bigote y sin barba. Una pareja cómica con trajes de sastre y corbatas de seda. Sentado a la mesa de reuniones seguro que a García le cuelgan los pies porque no le llegan al suelo. —Cora dejó escapar una risa infantil—. Y Riquelme se suena a menudo la nariz porque es alérgico al perfume de García. Dime, ¿he acertado?

—Déjate de estupideces. Era García, y no se parece en nada a Sancho Panza. Ni se te ocurra hacer este tipo de comentarios en la cena. De cómicos no tienen nada. Es gente importante y muy influyente —respondió Mason mientras recogía del suelo la ropa de su novia. Después, la olisqueó como un sabueso y la tiró en un rincón de la habitación—. Huele mal. Tendrás que darte una ducha y sacar algo bonito de la maleta. Ahora mismo las subo —dijo nervioso—. Ponte sexi, pero sin parecer una zorra, ya me entiendes. Un vestido negro ajustado me parece apropiado. Es tu presentación oficial en sociedad, *darling*. Tienes que causar una buena impresión y no puedes hacerme quedar mal, ¿entendido?

Sin decir nada más, Mason abandonó el piso para recoger el equipaje que todavía estaba en el maletero del Lexus, dejando a Cora envuelta con la sábana. La joven se tragó las ganas de contestarle. Odiaba que la llamara *darling* y no le apetecía nada tener que arreglarse para interpretar un papel delante de un puñado de abogados estirados. No en ese momento al menos. Estaba cansada y no tenía humor para mostrarse como Mason esperaba que lo hiciera, pero no acudir a la invitación de los socios del bufete ni siquiera era una opción. Después de hacer el amor, a Cora le hubiera gustado que su primera noche en Madrid hubiera terminado cenando en aquel piso sin amueblar. Pedir comida a domicilio y compartir una botella de vino en vasos de plástico se le antojaba un plan perfecto para culminar el día. Comerse a besos, mirar la ciudad desde el ático hasta que el sueño los venciera y volver a darse placer, de nuevo, al amanecer.

Pero Mason era un hombre distinto cuando se trataba de trabajo. A Cora le sorprendía sobremanera esa dualidad. Su novio era capaz de preparar con todo detalle aquel encuentro, se había molestado en recibirla con una alfombra de sus flores favoritas e incluso había ambientado la habitación con velas y, sin embargo, se comportaba como un estúpido con solo recibir una llamada de sus jefes.

No siempre había sido así, o al menos eso creía, aunque ya no estaba tan segura. A menudo pensaba que era ella la que había cambiado, que lo que antes apreciaba en Mason como una virtud con el tiempo había empezado a molestarla. No podía reprocharle su carácter ambicioso y dominante porque, en realidad, su novio nunca lo había escondido. Es más, había sido la determinación férrea del joven lo que la había atraído como un imán al principio de la relación. Pero, con el paso del tiempo, Cora sentía que sus necesidades eran otras a pesar de seguir queriéndolo. Porque lo amaba sin poder evitar al mismo tiempo cuestionarse ese sentimiento. «Necesitar no es lo mismo que amar», recordó las palabras de Flavia. «La necesidad es egoísta», se repitió. Así que, concluyó, ¿quién era para intentar cambiar a Mason cuando, tal vez, era ella la que había cambiado?

—¿Aún estás así? —protestó Mason, que irrumpió en el cuarto cargado con las maletas—. Vamos fatal de tiempo. Dentro de cincuenta minutos tenemos que estar en el centro de Madrid y a estas horas no sé cómo estará el tráfico. Esto no es Pontevedra —le recordó como si la joven no se hubiera dado cuenta de ello.

Cora se levantó envuelta en la sábana. Por alguna razón sintió pudor de hacerlo desnuda.

—Date una ducha rápida. Hueles a sexo —espetó el abogado—. El baño está al fondo a la izquierda. Yo te buscaré la ropa —dijo mientras revolvía entre las cosas de su novia en busca de un vestido negro.

Bajo el agua del grifo, Cora cerró los ojos y dejó que toda su resignación se colara por el desagüe. Quería retener solo las buenas sensaciones, empezar con buen pie. «Actitud, todo en la vida es cuestión de actitud», le decía siempre la *avoa*. Se esforzó por recordar el sonido del Cantábrico golpeando las rocas y el olor del mar. Al fin y al cabo, ella estaba hecha de agua y necesitaba esa furia para no zozobrar, pero le costó conseguirlo. Por un momento, temió que la memoria de las cosas importantes fuera demasiado frágil para mantenerla en el tiempo. Y allí, en la inmensidad de una ciudad que le era ajena, se aferró a su deseo de que todo saliera bien, como un barco a su ancla para evitar naufragar.

# 9
## MADRID

Julio

Los casi cuarenta grados que hacía en Madrid no ayudaban demasiado a que Pascual Galindo estuviera de buen humor. La Agencia Estatal de Meteorología había decretado la alerta naranja por altas temperaturas y el bochorno era insoportable. Por si faltaba algo, en la comisaría se había roto el aire acondicionado. Dos ventiladores de pie, algo destartalados, estaban colocados estratégicamente en cada una de las esquinas de la estancia, pero de poco servían. La diminuta sala de espera estaba abarrotada con todo tipo de gente sudorosa; incluso había una mujer de mediana edad con un niño pequeño que no paraba de llorar. Gali miró el reloj. Pasaban diez minutos de las once de la mañana y no alcanzaba a imaginar cómo podía estar tan concurrido aquel lugar un día de verano cualquiera. Parecía un centro de salud en lugar de un cuartelillo.

—Hay que joderse —protestó en voz alta mientras se secaba las gotas de sudor con un pañuelo de papel, harto de esperar—, aquí dentro dan ganas de matar a alguien. ¿Aquí nadie se va de vacaciones?

Miró a la mujer que se había sentado a su lado que, sin venir a cuento, inició una conversación.

—Yo estoy aquí para poner una denuncia —explicó mientras se abanicaba con un folleto de papel—. Anoche me robaron el bolso con toda mi documentación dentro. Creo que ha sido mi ex. Se presentó en casa para recoger sus cosas y cuando se marchó fue cuando eché en falta mi cartera. Yo juraría que la tenía en casa.

—Ya —dijo Galindo con desgana mientras la miraba de hito en hito intentando averiguar en unas décimas de segundo si lo que le había contado era cierto. Deformación profesional.

—¿Y usted? —se interesó ella.

—Vengo por trabajo. Si no, para qué iba a estar yo aquí —farfulló—. Esto parece el infierno. Soy periodista y estoy investigando el asunto de los asesinatos de los Dominican Don't Play.

A Gali le gustaba darse importancia, especialmente delante de una mujer atractiva como aquella. Ella abrió los ojos de par en par, mostrando interés. El periodista estaba acostumbrado a aquella reacción. De hecho, era su estrategia para flirtear: hacerse el interesante respecto a su profesión. Y, aunque tras un primer examen visual concluyó que la mujer estaba demasiado buena para sus posibilidades, aun así lo intentó.

—¡Vaya! ¡Qué excitante! —exclamó ella—. Como en las películas. A mí me encantan las series de crímenes.

El hombre sacó entonces el último número de *Al Minuto*, que llevaba doblado dentro de su cartera de piel, y lo desplegó sobre sus piernas. En portada había un artículo sobre la última hora del asesinato del joven dominicano ocurrido algunas semanas atrás. Lo firmaba Galindo y daba algunos detalles sobre los antecedentes penales de juventud del único detenido por los hechos.

—Estoy haciendo un seguimiento del caso —explicó dando golpecitos con el dedo índice sobre la foto de Gato que aparecía junto al texto—. Con este tipo ya entre rejas por el crimen de Edwin, es hora de tirar del hilo.

—¿Tirar del hilo? —repitió la mujer. Gali se acercó a su oído.

—Información confidencial —le dijo en un susurro—. Sospecho que la muerte del chico y la de los otros dominicanos pueden ser obra del mismo individuo.

Ella se llevó la mano a la boca en un gesto de asombro y Gali dibujó una sonrisa de satisfacción.

—¿En serio?

—Me tendrás que guardar el secreto —le dijo colocando su dedo índice sobre los labios de ella.

Después, Gali escribió su nombre y número de teléfono en una esquina de la primera página del periódico.«Por si la suerte me acompaña», se dijo. La arrancó y se la entregó a la mujer.

—Toma. Tal vez alguna vez tengas información que intercambiar conmigo —le dijo—. Nunca se sabe cuándo alguien puede necesitar a un periodista.

Un policía uniformado interrumpió el coqueteo y se acercó hasta ellos decidido.

—Gali, es tu turno. Acompáñame —le ordenó.

Sin mediar palabra, Galindo le ofreció el resto del periódico a la mujer y esta lo recogió con una sonrisa. Después, él le guiñó un ojo a modo de despedida y acompañó al agente por un pasillo alargado hasta llegar a un despacho. Por suerte, allí sí funcionaba el aire acondicionado. Galindo, agradeció la bocanada de frescor que le dio en la cara nada más abrir la puerta. Accedió a una pequeña sala de reuniones donde el responsable de prensa de la Policía lo había citado para tratar algunas cuestiones.

La estancia tenía una decoración sobria. En ella solo había una mesa colocada en el centro y dos sillas a ambos lados. Un sofá de dos plazas ocupaba el fondo de la habitación y, encima de este, cubriendo la pared, habían colgado una fotografía de los Reyes de España que lucía algo descolorida por efecto del sol que entraba por la ventana. El responsable de prensa le tendió la mano amistosamente nada más verlo. Eran viejos conocidos.

El agente le invitó a sentarse en el sofá para que la charla resultara más informal, pero a Gali no le inspiró confianza. Estaba sucio y declinó la invitación amablemente. Tomó una de las sillas y la giró un poco para orientarla hacia el policía. Después, se acomodó.

—Tú me dirás —le dijo al policía mientras sacaba su libreta y preparaba su bolígrafo dispuesto a tomar notas—. Como te adelanté por teléfono, quiero saber hasta dónde me puedas contar, si se ha abierto alguna línea de investigación para relacionar los casos de Edwin y las otras muertes.

El policía resopló. En realidad, había citado a Galindo para intentar pararle los pies. Sus artículos en los que especulaba sobre los homicidios de pandilleros latinos obstaculizaban la investigación, estaban faltos de fundamento y, además, cuestionaban la labor policial hasta el punto de haber recibido algún que otro toque de atención de los cargos políticos.

—No hay nada que relacionar —dijo el policía.

—¿Nada? —repitió Gali desconfiado.

—Las historias no existen porque tú quieras que existan. Y no debería ser yo quien te dijera estas cosas, ¿entiendes? —Gali se revolvió en la silla. Estaba molesto.

—¿Me vas a dar lecciones de periodismo ahora? —preguntó amenazándole con el dedo.

—Por supuesto que no. Solo digo que dejes de intentar relacionar estos casos. Llevas semanas dirigiendo a la opinión pública y forzando los hechos con interpretaciones torticeras y eso perjudica nuestro trabajo. Las investigaciones son independientes. Hasta donde sabemos, Roque Gato no está implicado en el asunto de los otros chicos. No hay ninguna prueba al respecto. Está en la cárcel por el homicidio de Edwin. Punto —argumentó tajante—. Respecto a las otras muertes, la línea principal de investigación sigue siendo la de la lucha entre bandas. Una guerra por el control de territorios. Nada que no hayamos visto antes. Eso es lo que puedes publicar. Esa es la versión oficial. Cualquier otra cosa será una burda especulación.

—¡Yo no publico especulaciones! —exclamó levantándose de la silla—. ¿O acaso es una especulación que ese tal Gato estuvo involucrado en la muerte de otro joven cuando tenía diecisiete años? Eso sin hablar de los robos de vehículos y los asaltos a comercios. Es un joven delincuente que parece haber hecho carrera.

—Aquello fue el resultado de un trágico accidente. El chico estaba metido en carreras ilegales y una de ellas acabó con la muerte de otro joven. Caso cerrado. Además, esa información jamás debería haber ido a parar a tus manos —lamentó el policía—. Es confidencial, una ficha policial de un menor está sellada y es secreta.

Gali soltó una sonora carcajada. Había sido un policía el que le había vendido esa información por un puñado de euros. Pero no podía desvelar su fuente, por su puesto, aunque se muriera de ganas de taparle la boca a aquel agente pretencioso.

—El coche con el que se mató ese chico en ese trágico accidente, como tú lo has llamado, había sido manipulado según un informe pericial, ¿no es cierto? —contraatacó Gali. El policía apretó los labios en señal de afirmación—. Un problema con el líquido de frenos si no recuerdo mal. Y casualmente el mecánico de Vallecas que ahora tenemos entre rejas fue el encargado de trucar ese vehículo trece años atrás. El mismo que ahora ha sido pillado infraganti en una nave industrial con el cadáver de un niño de dieciséis años al que acababa de matar. ¿Son eso especulaciones?

El agente se levantó del sofá y se estiró el uniforme. Empezaba a estar harto de aquella conversación. Conocía a Galindo desde hacía años, pero ya no era el periodista que había sido. Estaba desquiciado. Sabía que había tenido problemas personales y le había llegado que no había sido capaz de superar un divorcio conflictivo. Además, ya lo habían despedido de un gran periódico por su mala praxis y al agente se le antojaba que no había aprendido la lección. Parecía estar obsesionado con encontrar una historia que consiguiera devolverle el prestigio profesional que había tenido un día, aunque para ello tuviera que inventársela.

—Es todo lo que tengo que decirte. Roque Gato nada tiene que ver con las otras muertes —dijo para intentar zanjar el asunto. Algo a lo que Gali no parecía estar dispuesto.

—Voy a seguir husmeando, te lo aseguro. Y solo espero que no me estés mintiendo —le dijo amenazante el periodista.

—Dime una cosa —le preguntó el agente mirándolo a los ojos. Estaba agotando su paciencia—. ¿Tienes algo personal con ese tal Gato o simplemente estás tan desesperado que te importa una mierda a quien le tengas que hundir la vida con tal de publicar lo que te salga de los cojones? Pareces un perro hambriento que no suelta un trozo de carne aunque sea carroña.

Gali dio un puñetazo en la mesa.

—¡No te atrevas a hablarme así! —exclamó.

—Ahora entiendo por qué tu mujer te abandonó —le dijo el policía para hacerle daño—. Largo de aquí o tendré que detenerte —le ordenó.

Preso de la ira, Pascual Galindo salió de la habitación dando un portazo y atravesó el largo pasillo de la comisaría dando zancadas. Al pasar por la sala de espera, la mujer con la que había conversado le dirigió un saludo, pero el periodista no le prestó la más mínima atención. Ya en la calle, le dio un puñetazo al capó de un coche. Necesitaba descargar toda la furia que llevaba dentro. De buena gana le hubiera pegado a ese tipo, pero no era tan estúpido. No quería más problemas con un agente de la autoridad.

Las advertencias del policía, lejos de disuadirlo, no hicieron más que alimentar su obsesión por Roque Gato. Gali era de esa clase de personas que no es capaz de aceptar un error. Su vida hacía aguas por todas partes y admitir que estaba equivocado en aquel asunto suponía zozobrar también profesionalmente una vez más, y el trabajo era lo único a lo que podía aferrarse para no hundirse definitivamente. En aquel instante, se sentía un auténtico fracasado. Nada parecía salirle bien. Así que, para sacudirse aquella sensación, allí mismo, a las puertas de la comisaría, Pascual Galindo buscó el teléfono de la prisión de Soto del Real. Estaba decidido a conseguir una entrevista con Roque Gato.

# 10

## MADRID

Septiembre

Era lunes y Cora no había sido capaz de conciliar el sueño en todo el fin de semana. Se enfrentaba a un nuevo trabajo como docente con alumnos reclusos dentro de un programa que pretendía introducir el teatro en espacios represivos para liberar emocionalmente a los internos y como parte del sistema de reinserción. Un proyecto tan innovador como ambicioso que había entusiasmado a Cora. Si lo pensaba bien, aquella experiencia había sido clave en su decisión de abandonar Pontevedra e instalarse en Madrid junto a Mason, casi tanto como la posibilidad de que su novio diera por zanjada la relación en caso de no hacerlo. Pero una cosa era fantasear con la idea de trabajar con reclusos y otra muy distinta hacerla realidad.

Antes de salir de casa, camino del penal, la joven echó un último vistazo a las fichas de los que iban a ser sus alumnos. Seis habían sido los reclusos elegidos para formar parte de aquel taller. Cuatro de ellos eran hombres de mediana edad con edades comprendidas entre los cuarenta y cinco y los cincuenta años. El más joven apenas tenía diecinueve y el sexto acababa de cumplir los treinta y uno en prisión, pocos días atrás. Ninguno estaba condenado a más de cinco años de reclusión —era uno de los requisitos para formar parte del programa—. Echó un vistazo también a los delitos que habían cometido: robo con violencia, coacciones, fraude fiscal y homicidio imprudente.

Le llamó especialmente la atención la fotografía del último, de nombre Roque Gato. Aquel rostro taciturno le resultaba familiar, también su particular nombre. Hizo memoria. Estaba segura de haberlo visto con anterioridad en algún sitio, pero no lograba acordarse en qué situación. Al fin y al cabo, Cora no conocía a nadie en Madrid que no fuera del círculo de trabajo de Mason —aún no había tenido tiempo de hacer amigos— y un homicida no era la clase de gente con la que su novio se relacionaba, teniendo en cuenta que su bufete no llevaba asuntos penales sino financieros y empresariales. «Donde está el dinero, *darling*», le decía siempre.

La foto de la ficha era en blanco y negro y todo a su alrededor parecía gris, especialmente su mirada, perdida en algún punto impreciso. El chico era guapo, aunque de aspecto triste. Tenía el pelo corto y un tatuaje le asomaba por el cuello, pero Cora no pudo determinar qué era. La fotografía era muy pequeña y con escasa resolución.

«Homicidio imprudente», volvió a leer Cora en aquel trozo de papel mientras acariciaba las palabras con un dedo. Conocía bastante bien los términos jurídicos. Era una de las ventajas de tener una relación con un abogado, que una termina aprendiendo de asuntos legales. El de Gato era el delito más grave de todos los que habían cometido sus alumnos. Cora no había conocido nunca a nadie que le hubiera arrebatado la vida a otra persona, aunque hubiera sido sin pretenderlo como indicaba el término «imprudente», y eso la inquietó en cierta manera. Pero no quería empezar creándose prejuicios sobre nadie. Así que apartó de su cabeza cualquier conclusión precipitada mientras se daba un último retoque frente al espejo de la entrada.

En ese instante, le vino a la memoria de qué conocía a aquel joven. Un *flash*. Se dio un golpe en la frente como reproche. Cómo había podido olvidarlo, se reprochó. Tenía tantas cosas en la cabeza últimamente… Recordó que había leído un par de artículos sobre el caso por el que lo habían condenado al poco de instalarse en Madrid en un periódico local que siempre tenían en la cafetería donde solía desayunar, a una calle de su casa. El adolescente dominicano muerto en una nave industrial a principios del invierno. El «mecánico de Vallecas», como lo habían llamado en *Al Minuto*.

Tras un rápido reconocimiento, dio por bueno el aspecto que ofrecía. En su primer día había elegido como vestuario unos pantalones vaqueros y una camisa sencilla de color salmón. También se había recogido el pelo en una cola y apenas se había maquillado. Solo un poco de color en las mejillas, porque los nervios le hacían parecer más pálida y las ojeras no le daban un aspecto demasiado saludable. No se puso perfume. Le habían aconsejado mostrarse siempre sobria y, tras mirarse de arriba abajo, concluyó que lo había conseguido. Inquieta, recogió los papeles y los metió en una carpeta con cremallera. Después tomó el bolso y dejó escapar un profundo suspiro. ¿Estaba preparada? Lo estaba. Reconoció que tenía miedo y un amasijo de nervios en la boca del estómago; pero esas sensaciones, lejos de achantarla, la estimulaban sobremanera. Así se lo había explicado a Flavia, a quien no terminaba de entusiasmarle la decisión, en una de sus conversaciones por teléfono pocas horas antes de aquel momento tan importante.

—Es un reto, *avoa*. El teatro es una forma de expresión liberadora para estas personas. Viven en un lugar represivo y se supone que su paso por prisión tiene como finalidad la reinserción —explicaba Cora con vehemencia—. Es una práctica formativa no tradicional que forma parte de un programa piloto.

—Los experimentos con gaseosa —había dicho Flavia contrariada.

—Tú mejor que nadie sabes de qué manera los textos pueden transformarte. Interpretar es una forma de leer, de imaginar, de crear. Y en un lugar tan represivo, supone una ventana a la libertad.

—Mira, *riquiña*, no me vayas a comparar ahora con un presidiario —protestó la nona—. Yo solo sé que una chica joven y preciosa como tú no debería estar entre tanto… tanto… —Flavia no acertaba a encontrar la palabra adecuada.

—Recluso —había terminado Cora—. Personas que están pagando su deuda con la sociedad. Además, los alumnos han sido seleccionados muy concienzudamente. Alguien que muestra interés por el teatro y la literatura quizá merezca una segunda oportunidad. ¿No te parece?

—*Paréceme* que de buena eres boba a veces —la había regañado la abuela.

A Cora le enternecía ver a la nona enfadada. No era propio de ella, pero entendía que estaba preocupada. Para Flavia, dejar el instituto para ser docente en una prisión a más de seiscientos kilómetros de distancia había sido un error. Nunca se lo había dicho a su nieta, pero la joven lo sabía. Flavia era muy mala disimulando. Además, «en la cárcel solo hay delincuentes», opinaba ella.

—¿Sabías que *El Quijote* lo escribió Cervantes en la cárcel? —le había preguntado Cora para intentar hacerla cambiar de opinión—. En la Real de Sevilla más concretamente. Y Dostoievski plasmó toda su desesperación después de ser condenado a muerte en *Memorias de la casa muerta*. Veintisiete años encerrado estuvo el Marqués de Sade, y gracias a eso escribió *Justine*. Todas estas obras las hemos leído y te encantan. Ahora bien, según tú, las escribieron delincuentes.

Cora no podía verla, pero sabía que Flavia había torcido el gesto. La conocía muy bien y aquella argumentación le había dado en su punto débil. Así que había dejado que la nona lo procesara unos segundos.

—Y Oscar Wilde —había dicho finalmente la abuela sumándose a la lista de escritores encarcelados—. Por maricón.

Cora rio divertida. Flavia adoraba a Wilde y estaba enamorada de sus obras.

—En realidad fue por sodomita, esa es la palabra exacta que utilizaron. Cosas de la rancia sociedad victoriana, ya sabes —había puntualizado la joven—. Y también porque era un irreverente como tú. No se callaba ni debajo del agua. Yo sé que es por eso por lo que te gusta tanto Wilde. Hubierais hecho buenas migas. Si hubieses vivido en aquella época, seguro que también te hubieran encarcelado a ti pero por *meiga*.

—Estoy convencida de que en otra vida me quemaron en la hoguera —había bromeado entonces Flavia—. Pues mira lo que te digo, *neniña*: como alguien te haga daño, te prometo que le preparo un conjuro de bruja vieja. Porque *meigas e bruxas, habelas hailas* —había sentenciado.

No era que Cora necesitara la aprobación de nadie para embarcarse en aquel proyecto, pero agradecía sentirse comprendida por la persona más importante de su vida. Al fin y al cabo, sabía que la nona iba a apoyarla en todo cuanto emprendiera, porque la *avoa* era la certeza en estado puro, lo más férreo e imperturbable que había en su vida.

Al atravesar los muros de la prisión, Cora sintió un escalofrío recorrerle la espalda. Lo que más le llamó la atención fue el olor del penal. El hedor era una mezcla pesada de emociones potenciada por la poca ventilación del lugar que, de tanto en tanto, se cruzaba con los aromas de la comida y los productos que utilizaban para la desinfección. Allí dentro olía a miedo y a desesperanza; a fracaso y a frustración.

Lo primero que le explicó el funcionario que la recibió fue el protocolo que debía seguir cada día al llegar al trabajo. El hombre hizo hincapié en que debía ser estricta y concienzuda al respecto, por su propia seguridad.

Con su identificación colgada al cuello y abrazada a la carpeta como si fuera un escudo, el guarda la acompañó hasta la biblioteca a través de los corredores con paredes de hormigón que hacían eco mientras le hablaba con cierta desgana.

—Se acostumbrará —dijo como si hubiera percibido en Cora su desasosiego—. No se crea todo lo que dicen de estos sitios. Hay gente más peligrosa ahí fuera y nadie la vigila. Existe una línea muy delgada que separa ambos mundos. Una mala decisión, un día equivocado en un lugar equivocado, un error estúpido… Hay situaciones que no tienen vuelta atrás. Pero esto no es como en las películas estadounidenses. La gente no viste monos naranjas ni se pasa el día intentando matarse entre ellos. La mayoría solo busca la forma de sobrevivir. Como todos. Al fin y al cabo, cada uno de nosotros vive encerrado en su propia prisión, ¿no cree? ¿Ve eso? —Señaló con el dedo una de las esquinas del pasillo—. Cámaras. Puede estar tranquila. Son nuestros ojos en cada rincón y casi todas funcionan.

—Me alegra saberlo —respondió Cora con ironía.

Miró a su alrededor. La biblioteca era más amplia de lo que Cora había imaginado. Calculó que debía de tener alrededor de cuatro mil libros repartidos en un puñado de estanterías. Una cifra nada despreciable para una prisión. También había cuatro ordenadores y una zona de lectura que simulaba el salón de una casa. Un par de sillones y dos mesillas con lámparas ocupaban una de las esquinas. Era un espacio agradable, casi confortable.

Cora recorrió los pasillos ojeando los estantes mientras aguardaba a sus alumnos. Rescató de su memoria el rostro de Gato y se sorprendió a sí misma deseando conocerlo en persona. Sentía curiosidad.

En ese momento, el guarda interrumpió sus pensamientos. Abrió la puerta y ordenó pasar a los presos. Todos obedecieron. Cora los recibió con una sonrisa amable y les pidió que se sentaran formando un semicírculo a su alrededor. Roque ocupó la silla que había frente a ella y cruzaron una mirada. El hombre tenía la cara magullada. Eras las señales de golpes recientes. Después, la joven sacó unos papeles de la carpeta y carraspeó un poco antes de dirigirse a los presentes intentando resultar firme y amable al mismo tiempo. Era muy consciente de la importancia de la primera impresión.

—Me llamo Cora Quiroga y voy a ser vuestra profesora en este taller de teatro —se presentó—. Si estáis aquí es porque merecéis esta experiencia por vuestro buen comportamiento y porque, además, os gustan los libros y sois amantes de la dramaturgia. —Algunos de los presos asintieron—. La de hoy va a ser una sesión de presentación. Os iré conociendo poco a poco. Me alegra saber que hay un lugar entre estos muros para la cultura y, si lo hay para ella, también lo hay para la libertad aquí dentro —dijo golpeándose la sien con el dedo índice— y aquí también. —Hizo lo propio a la altura del corazón pensando en Flavia.

Cora abrió la carpeta y pasó lista hojeando sus fichas. Cuando pronunció el nombre de Gato, el chico levantó la mano. La mirada de Cora se fue directamente al tatuaje del cuello. Era un alambre de espino que terminaba convirtiéndose en dos pájaros en vuelo. Muy revelador dado el lugar en el que se encontraban. Roque debió darse cuenta de cómo lo observaba porque se llevó la mano al dibujo y sintió la necesidad de explicarse.

—Me lo hice al entrar —dijo dirigiéndose solo a ella—. Algún día yo seré uno de estos pájaros.

La chica respondió con una sonrisa tímida y después continuó. Retomó las presentaciones. Como no todos se conocían entre ellos, los invitó a contar algo personal de sí mismos.

Aitor, el más joven, estaba condenado a dos años por conducir el vehículo en el que huyeron los atracadores de una tienda veinticuatro horas. Quería ser actor y pensaba marcharse a Francia junto a su novio para trabajar con él en el *Cirque du Soleil* en cuanto fuera un hombre libre.

Ricardo había trabajado siempre como asesor financiero. Casado y con tres hijos adolescentes que no le dirigían la palabra desde su encarcelamiento, tenía que cumplir tres años de condena por fraude. Lo que más echaba de menos de su vida en libertad era la ópera.

Antonio era el más tímido. Soltero y sin hijos, toda su vida había sido «un desastre» según sus propias palabras. La suerte nunca había estado de su lado y se había dedicado a trapichear. Más que el teatro, confesó ser amante del cine, pero no había taller de cine en la prisión y aquello era lo que más se asemejaba, por eso se había apuntado.

Julen, un venezolano afincado en España desde hacía diez años, se había quedado en este país por amor, pero en cuanto la relación se había truncado, las drogas y las malas compañías habían hecho que terminara delinquiendo y con una condena de cuatro años de prisión. Estaba entre los alumnos porque «necesitaba ocupar la cabeza».

A Orlando solo le quedaba un año de cárcel por un delito de coacciones en el ámbito familiar. Confesó haber encontrado la fe en prisión y decía que era «un hombre nuevo». También trabajaba como voluntario en la biblioteca, por lo que aquella actividad le había parecido interesante.

Y, por último, Roque Gato, el preso de los ojos verdes, acababa de cumplir los treinta y uno. Era mecánico y tenía una perra llamada Petra. De niño, antes de que toda su vida se fuera al traste por el accidente laboral sufrido por su padre, había hecho teatro en el colegio. Era uno de sus recuerdos felices de la infancia. Cumplía condena por un delito de homicidio imprudente, pero aseguró ser inocente en mitad de las risas de sus compañeros.

—¡Como todos, cariño! —exclamó Aitor.

Cora mandó guardar silencio inmediatamente. Pero Roque, contrariado, se levantó de la silla.

—Creo que esto no ha sido una buena idea —dijo—. Lo siento.

Después, fue hasta la puerta donde había un guarda y pidió volver a su celda.

# 11

## MADRID

Julio

La segunda vez que Roque Gato vio a su abogado fue el mismo día que declaró ante el juez. Alberto Ponsoda le dedicó apenas unos minutos poco antes de entrar en la sala de vistas. El suyo era uno de los muchos casos que tenía asignado de oficio y no podía invertir demasiado tiempo en los pormenores de cada uno de ellos. Cargado con un pesado maletín que portaba en la mano derecha, el efecto de la gravedad le hacía caminar algo inclinado por los corredores del juzgado. En cuanto entró en la sala donde su cliente lo esperaba, lo dejó caer sonoramente sobre la mesa.

Delante de Gato, que se había vestido para la ocasión con un pantalón oscuro y una camisa azul, repasó los detalles sin levantar la vista de los documentos.

—Bien, señor Gato, no ha habido ninguna novedad respecto a las pruebas aportadas, así que insisto en que se declare culpable de un delito de homicidio imprudente. Dentro de tres años obtendrá la libertad condicional. Seguirá siendo un hombre joven y podrá continuar con su vida. Es lo mejor que puedo ofrecerle.

—¿Continuar con mi vida? —repitió molesto el mecánico—. Yo ya había rehecho mi vida. ¿Qué clase de justicia es la de condenar a un inocente? —protestó.

El abogado resopló. No le pagaban lo suficiente como para aguantar a tipos tan tercos como aquel que se empeñaba en defender su inocencia por encima de toda lógica. Su trabajo consistía en obtener el mejor resultado posible para su cliente con las cartas que le había tocado jugar. Y las de Gato eran realmente malas.

—Verá —dijo mirando el reloj porque apenas les quedaban unos minutos antes de que los llamaran a comparecer—, si se obceca en declararse inocente, se arriesga a que la Fiscalía pida un cargo mayor para usted. Esto ya está hablado y estamos todos de acuerdo —dijo refiriéndose a la acusación—. Además, no tiene ni una sola prueba que avale su versión de lo ocurrido. ¿Sabe lo que opinan los jueces de la gente como usted?

—¿A qué se refiere con «la gente como yo»? —preguntó Gato contrariado.

—A los que fueron delincuentes juveniles y ahora se les imputa una muerte. —Ponsoda guardó silencio esperando alguna reacción, pero su cliente no dijo ni una palabra. No era cierto que los antecedentes juveniles no influyeran en su condena—. Piensan que son carne de prisión —prosiguió—. No van a iniciar una investigación solo porque diga que fue un accidente. La policía no va a mover un dedo. Usted no es importante como para invertir ni un euro público al respecto. No es nadie. Y aunque fuera el mismísimo presidente del gobierno, ¿cómo se demuestra su inocencia frente a un puñado de pruebas de cargo?

—Pensaba que de eso se trataba —apuntó Gato—. De que todos somos inocentes hasta que se demuestre lo contrario.

—Esto es la vida real, no la Facultad de Derecho.

Ponsoda volvió a abrir su cartera y rebuscó en el interior hasta dar con un par de periódicos. Los sacó y los dejó caer sobre la mesa. El rostro de Gato era portada en *Al Minuto*.

—Sin hablar de esto —dijo señalándolos—. A los jueces no les gustan los casos mediáticos ni los acusados bien parecidos con los que todas las madres y mujeres empatizan. Pocas cosas enturbian más la objetividad judicial que un imputado guapo. Demasiadas intromisiones en el proceso —dijo haciendo aspavientos—. Mire, a ver cómo se lo explico. Los periodistas y el sistema judicial no se llevan bien. La gente se cree todo lo que escriben los redactores como si fuera la Biblia. Y los jueces sienten la presión de tener que dar explicaciones fuera de su sala. No hay nada que odie más un juez que tener que dar una explicación. Ellos son soberanos. Así que es mejor no mover más el avispero. Homicidio imprudente. No se hable más —sentenció.

Derrotado, Roque Gato escondió la cabeza entre los brazos, con los codos apoyados sobre la mesa. Estaba frustrado y hubiera dado cualquier cosa por desaparecer con un chasquido de dedos. Era inocente y no tenía forma de demostrarlo. Se preguntaba dónde había quedado la presunción de inocencia. ¿Por qué nadie le creía?

La vista duró menos de media hora. Gato ni siquiera habló. Lo hizo su abogado por él. Se leyeron los cargos y la Fiscalía y la Defensa expusieron su acuerdo. Reconocimiento de culpabilidad. Una confesión de un crimen que negaba haber cometido. Después, vino la sentencia. Pena máxima de cuatro años en aplicación del artículo 142 del Código Penal. De camino a prisión, en el furgón policial, se desató una tormenta de verano. Apenas duró unos minutos, pero todo alrededor se volvió oscuro de repente como en la mente de Gato. El cielo de Madrid parecía que iba a desplomarse de un momento a otro. Con las manos engrilletadas, el mecánico de Vallecas se sujetó la cabeza. Temió que le fuera a estallar de un momento a otro, y ahogó el llanto hasta dolerle el pecho. Los imponentes muros franqueados con alambre de espino lo recibieron con la mirada de un guarda armado con metralleta apuntándole desde la torre de vigilancia. Miró hacia arriba y el mundo se le vino encima. La vida le pareció tan injusta que dudó si podría soportarlo. En aquel lugar iba a pasar los próximos cuatro años de su vida si no hacía nada por evitarlo.

Los primeros días en la cárcel no fueron fáciles para Roque. Pronto se corrió la voz. El asesino de Edwin estaba entre rejas y el juicio carcelario todavía no se había celebrado. Un puñado de Dominican Don't Play lo tenían señalado, así que la dirección de la prisión le asignó un preso sombra. Un interno que de manera voluntaria lo acompañaba para que no se quedara a solas. Se temía por su seguridad y además había mostrado signos de depresión.

Aún no había cumplido una semana internado cuando tres miembros de la banda lo acorralaron en un pasillo aprovechando un descuido de su compañero. En cuestión de segundos le dieron una paliza sin que tuviera posibilidad alguna de defenderse. Pasó dos días en la enfermería por contusiones de diversa consideración y una costilla rota.

—Aún puedes dar gracias de que no te han pinchado —le había dicho el médico mientras le curaba las heridas—. Esta gente se cobra a sus muertos.

En el comedor también estaba solo habitualmente. Su alimentación se examinaba con sumo cuidado como ocurría con la comida de los presos que tienen algún tipo de alergia. Gato no podía probar los cacahuetes ni ningún otro comestible que tuviera trazas de este fruto seco porque su intolerancia podía causarle la muerte, así que cada día recogía su bandeja aparte del resto de internos y se sentaba en una mesa arrinconada sin que sus enemigos lo perdieran de vista.

Roque Gato no hizo amigos, aunque tampoco se esforzó demasiado en ello. Se limitaba a caminar por el patio y a visitar la biblioteca de tanto en tanto. Leer le ayudaba a evadirse cuando las horas se le hacían del todo interminables. Había solicitado trabajar en labores de mantenimiento —al fin y al cabo, era un manitas—, pero un informe psicológico lo había desaconsejado. No era recomendable que, por el momento, tuviera acceso a maquinaria ni utensilios que pudieran resultar peligrosos. Necesitaba un período de adaptación, habían dicho.

Pronto empezó a recibir cartas de chicas a las que no conocía. El «correo de las *groupies*», lo llamaban. Se trataba de mujeres que mostraban interés por él. Las mismas que en libertad jamás le hubieran dirigido la palabra. Roque estaba convencido de ello. Por alguna extraña razón que el mecánico no alcanzaba a comprender, haberse convertido en un convicto las atraía sobremanera. Algunas incluso perfumaban el papel o incluían en el interior fotografías seductoras. Al parecer, por sus apariciones involuntarias en la prensa, se había convertido en la fantasía de muchas de ellas.

Unas semanas después de entrar en la cárcel, Roque recibió la visita de su vecina, la encargada de cuidar de su perra Petra durante su internamiento. Al parecer, su encarcelamiento solo era el primero de los problemas para el mecánico, ya que las complicaciones parecían sucederse como un efecto dominó. Cabizbaja, el rostro de la mujer delataba que no portaba buenas noticias. Tras su condena, el casero de Roque había rescindido el contrato de alquiler y la perra del mecánico debía abandonar el piso en los próximos días.

—No puedo ocuparme más de ella —lamentó la señora—. Mi hijo es alérgico al pelo de los animales y no la puedo tener en mi casa. Sabes que adoro a Petra, pero no me queda más remedio que…

La mujer ni siquiera se atrevió a acabar la frase. Evitó la mirada de Gato. Sabía que el joven quería a Petra como a una hija porque, en realidad, aquel animal era el amor de su vida; lo único que le quedaba fuera. Un hilo invisible que lo sujetaba anclado a la esperanza de que aquella pesadilla pasara rápido y la vida le tuviera reservada un poco de felicidad entre tanto contratiempo.

—No puedes dejar que se la lleven al albergue. Por favor —suplicó el hombre—, no lo permitas. Te lo ruego. Es suficiente con que me encierren a mí. Ella no entiende lo que está ocurriendo y no tiene la culpa de nada. ¿Cómo está? —se atrevió a preguntar, aunque suponía la respuesta.

—Te extraña. Por las noches la escucho gemir, yo creo que llora —confesó la vecina—. No está bien pasando las noches sola en un piso oscuro. Necesita un hogar. A menudo rasca la puerta y la puedo escuchar desde mi dormitorio. Algunos vecinos se han quejado al propietario. Si no lo hago yo, el dueño del piso se deshará de ella de cualquier forma. Es mejor que me encargue de esto, pero quería que lo supieras.

A Roque se le encogió el corazón. Había criado con biberón a esa perra desde que solo era una bolita de pelo y no había pasado una sola noche en la que no hubieran dormido juntos desde que la había encontrado en aquel motor, resguardándose del frío. La relación con Petra era lo más parecido al amor incondicional que Gato había experimentado; un sentimiento tan puro y sincero que lo había reconciliado con la vida cuando más lo había necesitado. Al fin y al cabo, todas las personas a las que había amado lo habían abandonado de una manera u otra y, a sus treinta y un años, no había encontrado el apego más que en su podenca de orejas grandes. En realidad, había sido Petra la que había rescatado a Roque un frío día de enero, y no al contrario. Por eso, saber que estaba sufriendo era como tragar cristales. La sola idea de imaginar que Petra pudiera pensar que su humano la había abandonado, lo destrozaba.

—¿Y si le buscamos un hogar de adopción? —sugirió la mujer—. Siempre será mejor que una perrera. Es muy cariñosa y juguetona, seguro que habrá alguien que se quiera hacer cargo.

Roque lo valoró unos segundos y no le pareció una mala idea. Sabía que su vecina tenía razón, pero se le hacía insoportable renunciar a ella, aunque también sabía que el mayor acto de amor era dejarla marchar. Petra merecía una segunda oportunidad. Pero Roque estaba hecho un lío y se sentía culpable y egoísta por aferrarse a lo que amaba. Con el corazón encogido, concluyó que entregarla en adopción era lo mejor que podía hacer, aunque para él supusiera otra forma de condena.

—Por favor, asegúrate de que esté con una buena familia —le pidió Roque—. Lo es todo para mí.

Con aquel encargo abandonó su vecina la prisión mientras Roque Gato buscaba la manera menos dolorosa de renunciar también a su perra Petra cuando todavía no había aprendido a renunciar a su libertad.

# 12

# PONTEVEDRA

Agosto

Combarro, el pueblo gallego con más hórreos a orillas de las Rías Baixas, era uno de los más hermosos de Pontevedra. Allí había vivido Flavia toda su vida, en una de las casas de granito cuyos soportales están mirando al mar, esencia de la arquitectura gallega. A pesar del turismo que con los años había atraído el lugar, Combarro seguía siendo un pueblo tranquilo y lleno de encanto. Una joya asomada al océano, cuyas callejuelas de piedra se llenaban de personas de aspectos variados y pintorescos venidas de multitud de lugares al llegar el verano. Tan solo siete kilómetros lo separaban de la capital, Pontevedra, lo que lo convertía también en lugar de paso, de idas y venidas, de viajeros y gente nómada; una tierra que todos visitan y en la que muy pocos se quedan.

Eso mismo había hecho Cora años atrás. Al cumplir la mayoría de edad y con el pretexto de iniciar sus estudios en la universidad, había abandonado Combarro para instalarse en Pontevedra. «Los pájaros tienen alas para volar», le había dicho la *avoa*, «y la juventud no es más que un pájaro que abandona el nido». Ya lo dijo Victor Hugo: «Para los valientes es la oportunidad». Más tarde había hecho lo propio al mudarse a Madrid junto a Mason. Y un mes después de establecerse en la capital, había vuelto a Combarro para visitar a Flavia. Se lo había prometido. Aunque para cumplir su promesa hubiera tenido que discutir con el abogado durante todo el trayecto.

—El clima de Madrid en agosto es irrespirable. Necesito la brisa del mar, el olor de los percebes y un abrazo de la nona —argumentaba Cora mientras Mason estaba al volante del Lexus.

—Tenía pensada una escapada romántica —respondió el joven contrariado por tener que truncar sus planes—. Pero te empeñas en joderme todas las ideas. No sé cómo lo haces, pero siempre lo consigues.

—¡No digas tonterías! —protestó Cora—. ¡Si nunca hacemos lo que yo digo! ¡Ya ni siquiera me molesto en pensar nada! Además, hace más de un mes que no veo a Flavia y jamás hemos estado separadas tanto tiempo.

Mason se guardó su opinión acerca de tener que pasar sus vacaciones en Pontevedra solo porque su novia siguiera pegada a las faldas de su abuela. No le gustaba la dependencia emocional. En su opinión, su actitud era la propia de un carácter débil y fruto de una personalidad infantil. Respiró profundamente y continuó con su estrategia. El abogado nunca se daba por vencido.

—Holanda. El norte del país. Más concretamente Zaanse Schans, conocida como la ciudad de los molinos de viento. Largos paseos en bicicleta, campos de tulipanes, flores de todos los colores cubriendo las calles como tapices, cenar queso y vino en algún restaurante pintoresco, fumar un poco de hierba antes de hacer el amor… —dijo, intentando resultar persuasivo hasta el último momento—. Aún no he anulado la reserva. Estás a tiempo de cambiar de opinión. Visitamos a Flavia y nos vamos dos semanas enteras a ese paraíso ¿Qué me dices?

Sin quitar la vista de la carretera, Mason le lanzó una mirada de reojo en busca de la aprobación de su propuesta, pero Cora no estaba por la labor de volver a marcharse lejos de Flavia también durante sus vacaciones.

—Ni siquiera me preguntaste si me apetecía ir a la ciudad esa como se llame, de los molinos de viento —protestó Cora—. Nunca me tienes en cuenta cuando haces planes.

—¡Era una sorpresa! ¡¿Será posible?! ¡Lo que hay que oír! —exclamó Mason contrariado—. ¡Usted perdone si pretendía organizarle un viaje de ensueño por el que moriría cualquier mujer!

Enfadada, Cora se cruzó de brazos. Puso la radio del coche y sintonizó una emisora musical al azar. Sonaba *Flowers*, de Miley Cyrus. Le encantaba esa canción y, además, le pareció de lo más apropiada por cómo se sentía en aquel momento, así que la puso a todo volumen. No quería seguir discutiendo con Mason y dejó que la música ocupara el lugar del silencio.

En ese instante, la señal de reserva de combustible se encendió en el cuadro de mando del coche.

—Mierda —farfulló contrariado el abogado—. Tendremos que parar a repostar. Nos retrasaremos un poco y aún nos queda una hora de viaje.

Mason apagó la radio. Ya había tenido suficiente ruido por el momento. Además, necesitaba silencio para ordenarle al navegador que localizara la gasolinera más cercana. La voz artificial del aparato le respondió al instante; estaban a tan solo tres kilómetros de una estación de servicio.

Nada más llegar, Mason llenó el depósito y se dirigió hacia la tienda con la intención de comprar algunos *snacks* para picotear en el coche el resto del viaje.

—Estira un poco las piernas y aprovecha para ir al baño —le dijo a su novia.

Pero Cora no se movió del asiento. Empezaba a estar harta de que la tratara como a una niña a la que hay que decirle cuándo ir al lavabo. Frustrada, sintió ganas de llorar y, aprovechando la ausencia de Mason, dejó que las lágrimas se le escaparan. Necesitaba desahogarse un poco, como el vaso que está a punto de desbordarse y vierte parte de su contenido para evitarlo. Pero no quería que su novio la viera llorar. No le gustaba mostrarse vulnerable, especialmente cuando el abogado se mostraba tan condescendiente con ella.

Sin dejar de mirar por el espejo retrovisor esperando que Mason volviera de un momento a otro, Cora abrió la guantera y rebuscó en el interior intentando encontrar pañuelos de papel con los que secarse el rostro para recomponerse antes de que él apareciera. No los encontró. Para su sorpresa, se topó con una caja de condones algo escondida al fondo de la guantera. Sorprendida porque Mason no utilizaba preservativos en sus relaciones con Cora, ya que ella tomaba anticonceptivos, no pudo evitar pensar en lo peor.

De repente, Mason entró en el coche y se sentó en el asiento del conductor. Rápidamente se puso el cinturón de seguridad y arrancó el Lexus.

—¿Lista? —preguntó sin darse cuenta de lo que su novia sujetaba en la mano. Cora le lanzó la caja sobre las piernas.

—Estoy lista para que me expliques qué hacen unos condones en tu coche —respondió enfadada.

Sin perder la calma, Mason se dirigió con el vehículo hasta una zona apartada de la estación de servicio, pues había otros coches haciendo cola para repostar. Aparcó en un lugar arbolado que parecía un merendero, muy cerca del túnel de lavado. Los segundos que tardó en hacerlo guardó silencio mientras la ira iba creciendo en el interior de Cora como un monstruo que quería salirle por la boca. Le palpitaba el corazón a mil por hora.

—No hace falta que te diga que no son míos —dijo finalmente el abogado.

—Estaban en tu guantera, pero no son tuyos.

—Correcto. Alguien los puso ahí —argumentó Mason impertérrito.

—Y ahora es cuando me cuentas quién ha sido esa persona, ¿no es cierto? —respondió Cora molesta. Tenía la sensación de que su novio actuaba como en un juicio, midiendo cada palabra y argumentando a favor de sus propios intereses.

—En realidad, no debería decírtelo porque es un asunto delicado.

—¡No me jodas, Mason! —exclamó Cora harta de tantos rodeos—. ¿Acaso es una estrategia para ganar tiempo y poder inventarte una mentira? ¡Te estoy dando la oportunidad de que te expliques! No hagas que me arrepienta. ¿Me entiendes?

El hombre se quitó el cinturón y se giró para sentarse frente a su novia. Sabía que la chica estaba realmente molesta y quería poder mirarla a los ojos mientras le hablaba. Intentó tomarle la mano, pero ella lo rechazó. Estaba tan furiosa que lo hubiera abofeteado allí mismo.

—Estoy esperando —insistió—. Si no son tuyos, ¿de quién son y qué hacen en tu coche? Es la última vez que lo pregunto.

—¡Está bien! ¡De acuerdo! —dijo Mason levantando los brazos en señal de rendición—. Pero tendrás que guardarme el secreto. Son de Riquelme —confesó.

—¿Tu jefe del bufete? —preguntó Cora sorprendida. Esperaba cualquier respuesta excepto aquella—. ¿Ese hombre de cincuenta y muchos, casado con la rubia de bote que conocí en la cena y madre de sus tres hijos? —Mason asintió dejando escapar una sonrisa picarona—. No lo entiendo. ¿Qué es lo que te hace tanta gracia?

—No los utiliza con su señora.

—¿Con fulanas? —Mason negó con la cabeza.

—Me temo que tampoco. Creo que está liado con García, el otro socio del bufete. Ya sabes, «García y Riquelme, asociados», pero que muy asociados —dijo divertido antes de soltar una carcajada—. En realidad, yo había escuchado rumores al respecto, aunque ya sabes cómo es la gente con estas cosas. Los chismes sexuales están a la orden del día, así que no le di pábulo, pero el otro día, al terminar el trabajo, con unos cuantos compañeros fuimos a tomar unas copas a un local de moda que hay por la Gran Vía. Queríamos celebrar una fusión empresarial muy importante, creo que te hablé de ello. Todo un éxito para el despacho. El caso es que Riquelme vino en mi coche porque normalmente se mueve en metro por Madrid. Al bajar, se le debieron de caer sin que nos diéramos cuenta ninguno de los dos. En el garito pude ver cómo hacía manitas con García. Todo muy sutil, ya sabes. Estaba oscuro, nos habían preparado un reservado y todos habíamos bebido un poco. Además, se hacían ojitos. Después, yo decidí volver pronto a casa. Así que me ofrecí a acercar a Riquelme hasta la suya puesto que había venido conmigo, pero prefirió quedarse un rato más. Me dijo que tomarían un taxi juntos.

—¿García y Riquelme?

—Exacto. El caso es que, al volver al coche, encontré la caja en el suelo y la metí en la guantera.

Cora escuchó la explicación totalmente descolocada. Era tan rocambolesca que concluyó que tenía que ser cierta. Opinaba que Mason no tenía la imaginación necesaria como para inventarse una historia así.

—¿García es gay? —preguntó.

—Uno de los más influyentes de Madrid. Eso no es un secreto. García hace mucho que salió del armario. En realidad, es un codiciado soltero con mucho dinero y poder.

—¿Y se acuesta con su socio casado y padre de familia?

Mason se encogió de hombros. Todavía no se le había borrado la sonrisa de los labios. Le hacía gracia la expresión de sorpresa en el rostro de Cora.

—Qué quieres que te diga. Supongo que las apariencias lo son todo en según qué círculos. García se mueve en los ambientes homosexuales más poderosos. En Madrid hay un entramado de empresarios homosexuales podridos de dinero; un *lobby gay*. Riquelme, por su parte, lo hace en los círculos más conservadores —argumentó Mason—. Así, entre los dos, tienen todo el mercado controlado. Si lo piensas bien, es una estrategia muy inteligente.

A Cora no se lo parecía, no le gustaban las mentiras. Pero no dijo nada al respecto. Algo más aliviada, tomó la caja de condones y la volvió a meter en la guantera.

—¿Se los devolverás? —preguntó la joven.

—¿Tú estás loca? ¿Y qué le voy a decir al respetable padre de familia? «Tome usted, señor Riquelme, se le cayeron el otro día en mi coche». Por el amor de Dios, Cora, que no son unas llaves. Además, en esta profesión uno vale más por lo que calla que por lo que habla. Y yo soy un recién llegado; aún tengo que consolidarme en estos círculos. Lo mejor es saber y no decir nada. La información es poder. Y ahora tú también sabes este secreto.

Mason colocó su dedo índice en los labios de Cora para indicarle que guardara silencio al respecto. Después, se acercó a su boca y la besó apasionadamente. La lengua del abogado estaba ardiendo y a Cora le gustaba sentir su deseo. Después de unos segundos, el hombre le susurró al oído.

—¿Cómo has podido pensar que eran míos? Ya sabes que a mí me gusta hacerlo a pelo —dijo.

—Pero ¿solo conmigo? —preguntó Cora esperando una respuesta afirmativa.

—¿Acaso lo dudas, *darling*?

Mason sujetó la mano de la chica y se la llevó a la entrepierna para que ella pudiera notar su erección. Después la frotó contra sus pantalones. Se había puesto cachondo.

—¿Quieres que meta el coche en el túnel de lavado? —preguntó Mason—. Creo que dura cinco minutos.

—Ahora no, Mason —protestó la joven—. Estamos en una gasolinera —objetó mirando por la ventanilla temerosa de sentirse descubierta—. Además, es tarde y aún nos queda una hora de camino. Flavia nos está esperando y sabes que se preocupa mucho cuando estoy en la carretera; no se quedará tranquila hasta que no lleguemos a Combarro.

—Eres única cortándome el rollo —dijo el joven resignado. Escuchar el nombre de la abuela le había bajado la erección.

Decidido y malhumorado de nuevo, volvió a colocarse el cinturón de seguridad y arrancó el vehículo dirección a Pontevedra.

# 13

# COMBARRO

Agosto

Cora encontró a Flavia más envejecida de lo que recordaba a pesar de que solo habían pasado unas semanas desde que se habían visto por última vez. Al abrazarla, su cuerpo parecía haber encogido un poco más. Era como si su ausencia hubiera acelerado el paso del tiempo. Curiosamente, a la nona le ocurrió lo mismo con su nieta. Nada más verla, la notó apagada. La que había vuelto, no era la chica jovial, risueña y radiante que dos meses atrás había dejado Pontevedra. Estaba claro que algo preocupaba a Cora y que tenía un runrún dándole vueltas a la cabeza. La conocía muy bien y, aunque la joven siempre se esforzaba por ocultarle sus problemas para no preocuparla, era transparente para su abuela.

—¿Eres feliz? —le preguntó Flavia mientras daban un paseo por las calles porticadas del pueblo, aprovechando que Mason se había quedado rezagado hablando por su teléfono móvil.

—¿A qué viene esa pregunta, *avoa*?

—Viene a que no te veo contenta y que tú a mí no me engañas —dijo la abuela por toda explicación.

La joven, que caminaba despacio tomada del brazo de Flavia, se giró instintivamente para comprobar que su novio estaba lo suficientemente lejos como para no escucharlas. Mason seguía a lo suyo, a varios metros de distancia.

—Es el estrés. Solo eso —respondió cuando se hubo cerciorado de que hablaban a solas—. Demasiados cambios en tan poco tiempo. Estoy deseando empezar a trabajar en la prisión y así poder tener la cabeza ocupada con el taller de teatro, pero al mismo tiempo me abruma un poco no estar a la altura. Es una experiencia única y compleja. La verdad es que me está costando un poco acostumbrarme a la vida en Madrid. No sabes el calor que hace en la capital. Es sofocante. No sé cómo la gente no se ahoga. Hay veces que me paso el día entero dentro del piso porque tiene aire acondicionado. ¡Menos mal! Y encima, me han dicho que me prepare para el invierno. Lo que me faltaba, abuela. Con lo poco que me gusta a mí el frío.

Cora hizo una pausa para tomar aliento y ordenar un poco sus pensamientos. Cuando se ponía nerviosa, hablaba más de la cuenta. No se le daba bien mentir. Sabía que estaba dando demasiadas explicaciones vacías y que Flavia se estaba dando cuenta de ello. No quería preocupar a la abuela, pero al mismo tiempo, sentía la necesidad de compartir sus sentimientos porque, en realidad, estaba hecha un lío.

—Mason se pasa el día fuera trabajando y las horas en casa se me hacen interminables —confesó finalmente—. Supongo que es normal y que se me pasará cuando en septiembre comiencen las clases.

Flavia le dio unas palmaditas en el trasero y tiró de ella para dirigirla hacia un banco de piedra que había debajo de un alcornoque. Buscaba cierta intimidad. Ambas se sentaron aprovechando la sombra que ofrecía el árbol. Corría una ligera brisa y se agradecía el fresco que les proporcionaba. Mason, por su parte, seguía alejado, manteniendo una acalorada conversación telefónica a juzgar por su lenguaje gestual. Al sentirse observado, levantó el brazo a modo de saludo sin dejar de hablar con vehemencia.

—¿Estás a gusto con Carmen? ¿Te cuida bien? —le preguntó Cora intentando cambiar de tema.

—*Estou ben*. Eres tú la que me preocupa. No deberías reprimir la frustración, eso se te queda dentro y se pudre.

—¿Acaso parezco frustrada? —respondió Cora descolocada, pensando que estaba disimulando mejor su estado de ánimo.

La abuela Flavia sujetó la mano de su nieta y se la llevó a los labios. La besó con dulzura, la posó sobre su mejilla y cerró los ojos para poder sentirla mejor, aunque su vista apenas la acompañaba ya. En realidad, no la necesitaba para disfrutar del lugar. Tenía vívido el paisaje frente al que estaban sentadas porque lo había contemplado cientos de veces antes: barcos mecidos por el mar y pescadores recogiendo sus redes, los hórreos como testigos centenarios de las vidas de los lugareños y el sol escondiéndose para dar por terminada la jornada.

—Cuando fui madre por primera vez, era muy joven y apenas sabía de la vida —explicó la nona—. Perdí a mi pequeña Lu porque no supe ver las señales. Y, cuando quise darme cuenta, ya no había vuelta atrás. Es lo que tiene la vida, que no puedes volver en el tiempo por mucho que te hubiera gustado hacerlo a veces. ¿Me entiendes? Después, llegaste tú y para mí fue como si te hubiera parido. Fuiste el regalo que Lu me dejó antes de marcharse con su padre. Volví a ser madre otra vez. Una segunda oportunidad. Y quien dijo que las segundas partes no son buenas es porque no nos conocen. Para entonces, yo ya había aprendido mucho de la vida. De todo lo que me había quitado y, al mismo tiempo, de todo lo que me había dado. Porque en el fondo hay un equilibrio, aunque sea imperfecto. Ahora que ya soy vieja pero también más sabia, y no se me escapan las señales. *Véxote* y sé que algo no va bien. ¿Qué te ocurre, *neniña*? Y no me digas que es el estrés.

Cora la escuchaba atentamente sin estar segura del todo de hasta dónde quería confesarle a su abuela. Por eso, como buena gallega, evadió darle una respuesta directa respondiendo con otra pregunta.

—*Avoa*, ¿cómo puedo saber si es el hombre adecuado? —preguntó Cora sin quitar la vista de Mason, que continuaba estando a lo lejos.

—¿*Tes* dudas?

La chica dirigió la mirada entonces a un lugar impreciso sin responder a la pregunta.

—¿Acaso tú nunca las tuviste?

—Uy, muchas —aseguró Flavia—. Pero nunca para los asuntos del corazón. Porque el problema de la duda es que nace aquí —explicó mientras se golpeaba la sien—, y pretende mandar aquí. —Hizo lo propio a la altura del pecho.

—La verdad es que nunca he sabido si ha habido algún hombre en tu vida —confesó la joven—. Me lo he preguntado muchas veces, pero no quería entrometerme en tus cosas. Lo cierto es que no he conocido ninguna de tus relaciones. Cuando era niña, ni siquiera me planteaba que mi abuela pudiera tener un novio. Se me hacía raro imaginarte con un señor, ya sabes... —Flavia rio divertida.

—Bueno, algunos me rondaron y a ti no te lo iba a contar. Unos pocos se quedaron a desayunar incluso —confesó algo ruborizada—. Pero de eso hace un siglo por lo menos. Dios nos libre de pasiones, tan reñidas con la calma, a estas edades. Eso es cosa de la juventud.

—¿Y de verdad nunca tuviste dudas? ¿No hubo ninguno con el que tener algo más serio que un desayuno de vez en cuando? ¿O simplemente renunciaste a tener una relación por mí? —preguntó Cora sin rodeos.

—Elegir no es renunciar, *neniña* —puntualizó Flavia—. *Non é.* Bendita la vida cuando te permite elegir. Ojalá siempre tuviéramos opciones. A veces, simplemente te ofrece solo un camino cuando no te empuja por donde le da la real gana. Si lo piensas bien, elegir es un regalo. Y la elección, sea la que sea, siempre será la correcta sencillamente porque nunca podrás saber qué hubiera sido de tu vida de haber elegido de otra forma.

—Y tú no elegiste a ningún hombre. ¿Nadie te hizo lo suficientemente feliz como para escogerlo?

—Sí, claro que hubo quien me hizo feliz. Pero los marineros no son personas de tierra firme ¿sabes?, y por alguna razón, siempre anduve con marineros. Debió ser una maldición —dijo Flavia divertida—. Aunque esa es otra historia que no viene a cuento —concluyó apartando el asunto en el aire—. El caso es que, en el momento de elegir, yo te elegí a ti —sentenció finalmente.

—Pero ¿por qué? ¿No echas de menos haber tenido un marido? ¿Un compañero con el que formar una familia?

—¡Tú eres mi familia! *Non sexas parva!* Una familia perfecta y maravillosa. El amor de mi vida. Y volvería a hacerlo de la misma forma si volviera atrás en el tiempo. No me arrepiento de nada —confesó Flavia—. Uno debe quedarse con lo que le hace feliz. Y por desgracia, a veces, eso se aprende demasiado tarde. No lo olvides: la duda no debe quedarse a vivir en el corazón y la frustración hay que sacarla fuera para que no se pudra. Así de sencillo.

Cora suspiró. A ella no le resultaba tan fácil como su abuela se lo planteaba. Pero se guardó el consejo, como hacía con cada palabra que le decía Flavia. Se abrazó a su abuela y apoyó la cabeza en su pecho para que la nona pudiera mesarle el cabello. La había añorado tanto que ansiaba su tacto y su olor a hogar.

—Tú fuiste una niña muy distinta a tu madre —relató Flavia mientras la acariciaba—. Siempre que el mar se tragaba algún pesquero, Lu se revolvía. Parecía presentirlo. Como si fuera, sin ella saberlo, parte del naufragio del hombre que la concibió. Una parte que se había quedado en tierra, pero que realmente no nos pertenecía. La vida para ella tenía tanta fuerza que terminó por arrastrarla, porque mi pequeña Lu pertenecía al océano y este, a su vez, no pertenece a nadie. Siempre he pensado que la misión de Lu fue la de traerte al mundo. Como un salmón que nada río arriba para desovar haciendo un esfuerzo terrible y termina agotado. Yo la parí para que ella pudiera concebirte. Todos tenemos una misión. Después, ese trozo de mar se marchó al lugar que le correspondía.

A Cora le estremecía escuchar las historias sobre su madre de boca de su abuela. Le ponían el vello de punta. Lu, a la que no había conocido nunca, había estado presente cada uno de los días de su vida a través de la *avoa*, convirtiéndose en el eslabón perdido de una cadena de mujeres.

—Me di cuenta muy pronto de que tú no eras como ella —prosiguió Flavia—. Ella era el océano, con su furia y sus días de calma, y tú nunca has dejado de ser un faro. Una luz potente que da vueltas para que otros no naufraguen. Eres de esa clase de personas.

—¿Eso qué significa, *avoa*?

—Que piensas antes en los demás que en ti misma —explicó Flavia—. Y que, en parte, tu felicidad lo es en tanto los que te rodean son felices.

Cora meditó unos segundos las palabras de la *avoa* y concluyó que estaba en lo cierto. Especialmente cuando se trataba de Mason.

—Y eso no es bueno, ¿verdad? —preguntó.

Flavia acunó el rostro de Cora con ambas manos y le dedicó una sonrisa dulce.

—Pregúntate mejor, qué es de un faro si un día deja de tener luz. O qué sentido tiene un faro en Madrid.

Mason interrumpió la charla. Acalorado, se acercó a ellas a paso ligero. Parecía contrariado.

—¿Problemas? —preguntó Cora.

—Un asunto de trabajo que se ha complicado —explicó el abogado—. Me temo que tendré que volver para solucionarlo.

—¡Vaya! ¡Qué lástima! —exclamó Flavia—. Con lo bien que lo hubieras pasado aquí. —Mason le dedicó una mirada condescendiente.

—Pero… ¿y tus vacaciones? —preguntó Cora.

—Es un asunto de fuerza mayor y de extrema urgencia. No lo entenderías. Un cliente de Nueva York aterriza mañana a primera hora en Barajas. El despacho ha cerrado y todos se han marchado fuera de España. Soy el nuevo del bufete y, además, el único sin más planes que pasear por este pueblo —dijo molesto.

—Pues bien bonito que es —protestó Flavia cruzándose de brazos.

—No es el momento de discutir eso, señora, pero si usted lo dice no seré yo quien le lleve la contraria —le respondió Mason con ironía—. Me temo —prosiguió— que me toca comerme este problema. Además, no puedo negarme. ¿Entiendes? Me lo ha pedido Riquelme en persona.

Cora no respondió. No quiso confesar que en parte se sentía aliviada al saber que Mason iba a ausentarse unos días. Así podría disfrutar de unas vacaciones tranquilas con Flavia, pensó. Justo lo que ella deseaba. No sabía quién era ese cliente tan importante, pero su presencia en Madrid había resultado del todo providencial para Cora.

La joven se levantó del banco y se acercó al abogado. No quería que Mason se marchara enfadado, así que lo abrazó y le dio un beso cariñoso.

—Te esperaré. Arregla ese asunto y vuelve —le susurró al oído—. Haremos planes juntos en cuanto regreses. Será mi forma de compensarte.

Pero Mason no estaba de humor.

—Un poco tarde, ¿no te parece? Si ahora mismo estuviéramos camino a Holanda para disfrutar del viaje sorpresa que había organizado para nosotros, esto no habría ocurrido —le reprochó con acritud.

El teléfono del hombre volvió a sonar de nuevo. Mason resopló. Lo sacó de su bolsillo y le mostró la pantalla a Cora para que comprobara que de nuevo era el número de Riquelme.

—Te llamaré cuando zanje este asunto —concluyó.

Después se marchó de Combarro conduciendo su Lexus. Ni siquiera le había dado tiempo a sacar su equipaje del maletero.

# 14

## MADRID

Septiembre

Tras su primera clase en prisión, Cora se había marchado a casa contrariada. El abandono de Roque Gato nada más iniciar el taller era algo que no se esperaba. La actitud hostil de aquel interno suponía para la profesora un fracaso, que llegaba incluso antes de comenzar el proyecto. Cora se había preparado muy concienzudamente para impartir aquellas clases en un lugar donde reinaba la opresión y había albergado la posibilidad de que la experiencia no fuera del todo satisfactoria para alguno de los alumnos, pero lo que no había podido imaginar bajo ningún concepto era que uno de ellos se diera de baja en la sesión de presentación. Así que estaba dispuesta a hacer lo que fuera necesario para revertir esa situación.

Pensaba en ello mientras se colocaba el traje de baño e intentaba que ningún mechón de su cabello castaño se saliera del gorro de goma. Cora se había apuntado a una piscina pública para practicar algo de deporte que la ayudara a aliviar tensiones y a pensar con claridad. Las instalaciones estaban bastante cerca de su casa y le gustaba ir caminando, a pesar del calor.

Sumergida durante unos segundos, la chica dejó que su cuerpo se aclimatara a la temperatura del agua. Era una sensación agradable. La hacía sentirse algo más liviana y la piscina era lo más parecido a un baño en el río que podía encontrar en la capital.

Mientras daba unos largos, pensaba en Roque Gato; en la profundidad de sus ojos verdes y en el tatuaje de los pájaros que le asomaba por el cuello. Aquel hombre le había parecido magnético, de esa clase de personas que te atraen de una manera irremediable sin saber muy bien por qué. Decidió que, al volver a casa, recabaría toda la información posible acerca de aquel preso. Los detalles sobre el crimen por el que estaba encerrado, el tiempo que llevaba cumpliendo condena, las circunstancias de su juicio y todo cuanto pudiera averiguar sobre su vida. Cora pretendía hablar con él —entrevistarse a solas— y convencerlo para que reconsiderara su decisión y volviera a las clases. Y para ello necesitaba conocerlo más profundamente, con el propósito de hallar la manera de persuadirlo.

A su salida de la cárcel, Cora había solicitado a las instituciones penitenciarias mantener una reunión con Gato justo al día siguiente. No quería que la situación se enfriara, pero el funcionario con el que había hablado había intentado disuadirla.

—No me parece oportuno —le había dicho—. Esta es una actividad voluntaria y, si el interno decide dejarla, es su decisión. Gato ha confesado haber matado a un chico de dieciséis años. Debería mostrar más agradecimiento al haber sido seleccionado para este programa.

—¿Confesado? —había preguntado Cora.

—Se declaró culpable —había confirmado el funcionario—. ¿Sabe qué pienso? Que sería mejor que esa oportunidad la aprovechara el siguiente en la lista. Se quedaron fuera unos cuantos interesados.

Pero Cora no compartía la argumentación del guarda y estaba convencida de que lo mejor era rescatar a Roque Gato. Al fin y al cabo, ella era la directora del programa y esa era su decisión.

Ya en casa, se puso cómoda. Aún hacía calor, así que solo se vistió con una camiseta negra de algodón, que le quedaba muy amplia porque era de Mason. Le gustaba utilizar su ropa para estar por casa y sentir su aroma como si lo tuviera cerca. El abogado aún no había vuelto del trabajo. En la cocina, miró el reloj. Pasaban de las seis de la tarde. Su novio tardaría al menos un par de horas en regresar a casa, así que se sirvió una cola sin azúcar en un vaso grande con mucho hielo y se puso manos a la obra.

Lo primero que apareció en la pantalla de su ordenador al teclear el nombre de Roque, fueron un puñado de artículos publicados en el periódico *Al Minuto*. Los leyó todos detenidamente, siguiendo un orden cronológico, desde el primero hasta el último. A juzgar por lo que había publicado el tal Pascual Galindo —nombre con los que se firmaban las noticias—, Roque Gato era un hombre peligroso, sospechoso no solo de la muerte del joven dominicano por el que cumplía condena, sino también de otras cuatro ocurridas meses antes de haber sido apresado, en el barrio de Vallecas.

A Cora se le encogió el corazón al leer todo aquello y recordó la mirada huidiza de Gato durante la sesión de presentación. Desde luego, no le había parecido la de un asesino. Muy al contrario, había encontrado en ella la profundidad de un pozo en el que el joven parecía haber caído un día y desde donde parecía suplicar ayuda sin conseguirla.

Las fotografías que ilustraban los artículos eran estremecedoras. A Cora se le puso la piel de gallina al ver la imagen de una podenca en una jaula de la protectora hecha un ovillo en una de las esquinas. Estaba muerta de pena. Se llamaba Petra —decía el pie de foto del periódico— y era la mascota del asesino confeso. Al parecer, el animal había corrido la misma suerte que su dueño y había terminado encerrado a pesar de ser del todo inocente de lo que pudiera haber hecho su propietario. Nadie había querido adoptar a la perra de un asesino confeso.

Instintivamente, Cora acarició la pantalla del ordenador como si lo estuviera haciendo con Petra. Se estremeció al percibir la desolación del animal. Durante un segundo, se le pasó por la cabeza la idea de adoptar a la perra, pero inmediatamente pensó en Mason. No le gustaban los animales y mucho menos metidos en un piso, así que descartó la ocurrencia de inmediato.

Cora apuntaba en una libreta cada dato importante que su búsqueda le ofrecía. Había averiguado que Roque Gato era mecánico de profesión y que la muerte de Edwin no era el primer delito por el que había tenido que rendir cuentas. Al parecer, había tenido problemas con la justicia siendo un adolescente, pero los testimonios contaban también que parecía haberse reformado tras cumplir reclusión en un centro de internamiento juvenil.

También encontró información acerca del juicio por el que cumplía condena, pero el interés mediático por Roque Gato parecía haber ido decreciendo a medida que había pasado el tiempo y poco más se había escrito tras su confesión ante el juez. Caso cerrado.

Cora escribió en su libreta «inocente o culpable» y después revisó sus notas. Recordaba lo que le había dicho el funcionario de la prisión acerca de su confesión, pero creía haber leído en algún lugar que, desde el primer momento, Gato había mantenido su inocencia. Una contradicción que no le pasó desapercibida.

Retrocedió varias páginas en la búsqueda de su navegador hasta dar con ello. Se trataba de una de las primeras noticias que Pascual Galindo había escrito en *Al Minuto*. Leyó de nuevo con rapidez, hasta encontrar la frase que había captado su atención: «El detenido ha insistido en su inocencia con vehemencia, mientras la Policía lo detenía al haber sido sorprendido en el lugar del crimen sujetando el cuerpo sin vida de la víctima». Cora escribió en su libreta «con vehemencia».

Absorta en su investigación, Cora ni siquiera se dio cuenta de que Mason había llegado a casa. Sigiloso, el joven se había acercado a ella por detrás sin que la chica se percatara. Entonces, la abrazó por la espalda dándole un susto de muerte.

—¡Mason Brown, acaso me quieres matar de un infarto! —exclamó Cora mientras su novio se partía de risa—. ¡No le encuentro la gracia! ¡A veces te comportas como un niño grande! —protestó.

—¡Soy un niño grande que se pone corbata!

Mason se sentó entonces en el brazo de la silla donde estaba Cora y le retiró un mechón de cabello que le caía sobre la cara y que se le había escapado del recogido improvisado que la chica se había hecho enrollando un bolígrafo en su melena. La joven tenía un hombro al aire y él lo besó cariñosamente.

—No deberías robarle la ropa a un abogado —dijo.

—Solo la he tomado prestada, tonto. Huele a ti y eso me gusta.

—En realidad, te queda mucho mejor que a mí. Estás muy sexi.

Mason continuó besándola subiendo por el cuello hasta llegar a la oreja. El roce de su incipiente barba le hizo cosquillas a Cora y le erizó la piel. Los pezones se le pusieron duros al instante.

—Vaya, cómo me gusta este recibimiento —dijo Mason al percatarse de la reacción de sus pechos. Después, deslizó la mano por debajo de la camiseta y apretó con firmeza uno de ellos acaparándolo por completo—. Tienen el tamaño perfecto; me vuelven loco.

A Cora le agradaban las atenciones del abogado, pero no estaba por la labor de tener sexo en ese instante. Tenía la cabeza en otra cosa. Todo el asunto de Roque Gato la tenía obsesionada. Como pudo, intentando no resultar demasiado brusca, esquivó las caricias de su novio y se recompuso en la silla.

—¿Te puedo hacer una consulta profesional? —preguntó para cambiar de tema. Sabía que cualquier cosa relativa al trabajo captaría la atención de Mason.

Sin que tuviera que decir más, el abogado dirigió una mirada a la pantalla del ordenador. En la imagen estaba el último artículo sobre el preso que Cora había consultado y encima de la mesa, la libreta con sus notas.

—¿Es sobre este caso? —dedujo Mason. Cora asintió—. Dispara.

—Este chico cumple condena por homicidio imprudente —dijo Cora consultando sus notas—, al parecer se declaró culpable en el juicio, pero durante todo el proceso defendió con vehemencia su inocencia —explicó parafraseando al periodista.

Mason se encogió de hombros. No entendía qué le parecía tan raro a su novia.

—Todos dicen ser inocentes, *darling*. Lo extraño es que un encausado admita su culpa desde el primer momento —explicó el abogado mientras se quitaba la corbata y se deshacía de la americana lanzándola sobre el sofá—. Si eso pasara, ahorraríamos mucho tiempo y dinero a papá Estado. ¿Acaso no ves películas? Hasta que no se ven acorralados, no confiesan. Algunos ni siquiera entonces lo hacen. Las cárceles están llenas de presos que juran por su santa madre que son inocentes.

Mason iba hablando mientras se dirigía a la cocina. Allí, abrió la nevera y agarró una lata de cerveza. El chasquido al abrirla interrumpió la conversación. De vuelta al salón con la bebida en la mano, Mason se interesó por el primer día de trabajo de su novia.

—A propósito, ¿qué tal tu día? —preguntó antes de darle un sorbo a la cerveza—. ¿Tiene algo que ver este tipo con tu primera visita a una prisión? ¿Acaso te ha molestado? Si tienes algún problema allí dentro, del tipo que sea, solo tienes que decírmelo. Tengo contactos.

Cora negó con la cabeza. En realidad, Roque Gato ni siquiera le había parecido peligroso. Pero ese detalle no pensaba confesárselo.

—Es uno de mis alumnos —respondió.

A Mason se le atragantó la bebida al escuchar aquello. Tosió unas cuantas veces antes de entrar en cólera.

—¡¿Un homicida?! ¡¿Nos hemos vuelto locos o qué?! ¿En qué está pensando esa gente metiendo en unas clases de teatro con una mujer joven a semejante delincuente?

—No creo que sea peligroso, si es eso lo que te preocupa —argumentó Cora tímidamente.

—¡Qué sabrás tú de esta gentuza! Eres tan ingenua que crees que todo el mundo es bueno. Vives en una realidad paralela —la sermoneó—. Este tipo está en la cárcel por matar a otra persona. ¿Entiendes eso? —preguntó golpeándose la sien con el dedo índice—. Y el que mata una vez suele repetir. Lo dicen las estadísticas. Te tengo dicho que tienes que espabilar y no fiarte de cualquiera.

De repente, el abogado sintió interés por Roque Gato. Se acercó al ordenador y comenzó a hacer clic sobre las páginas de búsqueda que Cora tenía abiertas.

—En primer lugar, está condenado por homicidio involuntario; no es un asesino. En segundo lugar, sé cuidarme solita —dijo Cora molesta por cómo la estaba tratando. Mason la miró de reojo. No era de la misma opinión—. Además, ha abandonado las clases.

Se ha dado de baja el primer día, así que no tienes de qué preocuparte.

La profesora se guardó para sí su intención de rescatar a Gato y volver a tenerlo como alumno. Sabía que, de comentarle sus planes a Mason, este no los hubiera aprobado bajo ningún concepto, así que prefirió no decirle nada al respecto. Contrariada, cerró el portátil de un manotazo, se levantó de la silla y se lo llevó bajo el brazo camino del dormitorio.

—¡Asunto zanjado! —gritó por el pasillo—. ¡No necesito un macho alfa que me haga de guardaespaldas! ¡Y no te metas en mi trabajo!

La actitud protectora de su novio, lejos de desanimarla, consiguió el efecto contrario. Cora estaba más convencida que nunca. Si albergaba alguna duda acerca de si entrevistarse a solas con Roque Gato, Mason se las había despejado de un plumazo. Iba a seguir su instinto y a darle una segunda oportunidad a ese hombre, concluyó, aunque solo fuera por llevarle la contraria a su novio. Y con esa idea dándole vueltas en la cabeza, le fue imposible conciliar el sueño aquella noche.

# 15

# ZAANSE SCHANS
# PAÍSES BAJOS

## Agosto

Tras abandonar Combarro con la excusa de tener que atender a un cliente en Madrid, Mason había regresado a su piso y, al día siguiente, después de levantarse sin prisas, se había dirigido al Aeropuerto Adolfo Suárez Madrid-Barajas para tomar el vuelo que tenía programado con destino a Ámsterdam. Le hubiera gustado hacer aquel viaje con Cora, pero le había resultado del todo imposible convencerla para que cambiara de idea, y no porque el abogado no lo hubiera intentado hasta el último momento desplegando sus artes de persuasión, al contrario. Pero Cora a veces podía resultar muy cabezota y, según le había dicho, pasar las vacaciones con Flavia era innegociable. Con ese planteamiento se había cerrado en banda y la idea no seducía ni lo más mínimo a Mason, que se había visto obligado a mentir para escabullirse de la situación. Bajo ningún concepto pensaba desperdiciar sus días de descanso en Pontevedra, y mucho menos haciendo compañía a una octogenaria, teniendo una reserva en la maravillosa ciudad de los molinos de viento.

Pensaba en ello mientras dejaba su Lexus en el *parking* del aeropuerto y asía del portaequipaje solo una de las maletas que había preparado el día anterior. Se aseguró de que llevaba toda la documentación en el bolso de mano y recordó que no debía olvidarse de los condones que, por descuido, había dejado en la guantera. Al tomarlos, no pudo reprimir una sonrisa. Le había resultado tan sencillo engañar a Cora que incluso había encontrado cierto placer en ello. Era tan ingenua que le enternecía. Se felicitó por la historia que había sido capaz de inventar en tan solo unos minutos. Decir que García y Riquelme —los dos socios del bufete— estaban liados había sido divertido. Sobre todo, al ver la cara de asombro de Cora, que nunca más iba a mirar a sus jefes de la misma forma. Lo que el abogado le había relatado era tan ingenioso que la muy crédula se lo había tragado sin cuestionar ni una sola palabra. «Pero ¿qué otra cosa podría haberle dicho?», pensó Mason. Confesar que los preservativos le pertenecían no era una opción, como tampoco lo era contarle la verdad acerca de su huidà de Combarro. No existía ese cliente sorpresa, ni le había llamado Riquelme para que lo sacara de un apuro. Y, por supuesto, los socios del bufete no se acostaban. Todo era una invención. La única verdad que había salido de su boca era que García era gay. Pero su vida sentimental estaba muy alejada de la del bueno de Riquelme.

❧

Las dos horas y media de vuelo hasta aterrizar en el Aeropuerto Internacional de Schiphol transcurrieron con tranquilidad. La aerolínea cumplió con el horario establecido y Mason llegó a la capital de los Países Bajos a primera hora de la tarde. Después, alquiló un coche con el que desplazarse hasta Zaanse Schans, la ciudad de los molinos de viento, a tan solo media hora de camino.

Condujo disfrutando del paisaje. A Mason le encantaba ese país. Lo conocía porque había vivido allí unos meses durante su etapa de Erasmus, siendo estudiante. Se había corrido muchas juergas y había fumado mucha hierba en Ámsterdam, pero sabía que el lugar tenía mucho más que ofrecer que tulipanes, zuecos y bicicletas. Esas cosas eran para los turistas. Él casi se sentía un lugareño. La cultura de aquel lugar abarcaba mucho más. Para el abogado, los Países

Bajos eran un ejemplo de mezcla racial y de libertad sexual. Pensaba en ello mientras conducía. Recordó las memorables noches de fiesta y desfase de su juventud en la residencia de estudiantes, las orgías y las drogas, el sexo en clubes privados hasta el amanecer... Esa parte de su vida nunca se la había contado a Cora. El joven era de la opinión de que, en una pareja, está sobrevalorada la sinceridad, especialmente si de lo que se trata es de mantener una relación estable y duradera. Y eso era lo que Mason pretendía con Cora. Había sido la elegida.

En su mundo, las apariencias eran importantes. Mucho más que la verdad. «Un prometedor y joven abogado resulta más brillante si luce del brazo a una mujer bonita cuya discreción sea una virtud», le había dicho un día un juez amigo de su familia. Y Cora cumplía a la perfección con todos los requisitos. Era hermosa pero no provocativa en exceso. En opinión de Mason, poseía una belleza serena y sugerente que no excitaba a los hombres a primera vista. A Cora se la descubría con el tiempo. Era una mujer de la que enamorarse. Además, sabía estar en un segundo plano y no eclipsaba el brillo de su pareja. Con Cora, el abogado no sentía amenazado ni su ego ni su virilidad. De carácter dócil e inocente, aunque obstinada a veces, la joven era una mujer tranquila y familiar, sin demasiada ambición personal. Por todo ello, Mason había concluido que se trataba de la pareja perfecta y planeaba que en un futuro se convirtiera también en la madre de sus hijos.

Pero Brown nunca había renunciado a su parte más oscura. En ocasiones, se había visto tentado de confesarle a Cora sus pasiones ocultas e incluso había barajado alguna vez la posibilidad de invitarla a participar en sus orgías secretas. Pero, tras meditarlo unos segundos, siempre terminaba por abandonar la idea. El sexo con Cora era bueno. No se podía quejar. Mason era un hombre dominante en todos los aspectos de su vida, pero muy especialmente en la cama y Cora se dejaba hacer. Lo satisfacía. Con el tiempo, la joven había aprendido a complacerlo, aunque para el abogado nunca fuera suficiente.

Cuando llegó al hotel, empezaba a oscurecer. La puesta de sol era todo un espectáculo que, por las características del lugar, duraba casi una hora. Era como si el sol también se hospedara en aquel rincón del planeta.

La recepcionista del hotel lo recibió con una sonrisa. Era una joven negra con unos enormes ojos pintados de azul, que vestía una camisa blanca ceñida a sus pechos grandes y llevaba prendida una placa con su nombre.

—¿Ha tenido usted buen viaje, señor Brown? —le preguntó mientras registraba su entrada.

—En realidad, todo ha ido como la seda. Muchas gracias, Grace —respondió Mason intentando recordar cuánto tiempo hacía que no se acostaba con una chica de piel azabache.

—¿Finalmente se hospeda usted solo? —preguntó la recepcionista al comprobar que su reserva era para dos y que Mason no estaba acompañado.

—Imprevistos en el último momento —dijo—. Una lástima.

Tras ultimar los detalles de su llegada, el botones, un chico pelirrojo con la cara llena de pecas, larguirucho y desgarbado, se encargó del equipaje y lo acompañó hasta su habitación, situada en la cuarta planta del hotel. Al llegar a la puerta, le dedicó una sonrisa esperando una propina. Mason se llevó la mano al bolsillo y sacó la cartera. Después, buscó un billete de veinte euros, pero antes de entregárselo le hizo una pregunta en su perfecto inglés y guiñándole un ojo.

—Dime una cosa, chico. ¿Sigue abierto el Venus?

El botones sonrió aún más, tanto que se le cerraron los ojos. Antes de responder, miró a derecha e izquierda para comprobar que no había nadie en el pasillo. Después, puso los dedos en el billete y tiró de él ligeramente.

—Afirmativo, señor. Pero si quiere le doy el nombre de otro... local —acertó a decir dubitativo sobre la palabra que debía utilizar—.

Ha abierto hace poco y está muy cerca de aquí. Nuestros huéspedes parecen estar encantados con los servicios que ofrece. Usted ya me entiende.

—Entiendo —respondió Mason.

El botones tomó un bolígrafo que llevaba en el bolsillo de la chaqueta de su uniforme y una tarjeta del hotel de unas pocas que guardaba en el pantalón. Después, escribió un nombre y una dirección, y le entregó el papel a Mason.

—Diga que es cliente nuestro —apuntó—. Lo tratarán bien.

Antes de cerrar la puerta de la habitación, Mason pensó que, tal vez, no había sido tan mala idea viajar solo, al fin y al cabo. Se merecía unas vacaciones dando rienda suelta a sus pasiones mientras Cora disfrutaba de la compañía de su abuela.

El club que le había recomendado el joven del hotel se llamaba Hel —«infierno» en holandés—. Unas luces de neón color naranja incandescente lo anunciaban en la puerta. A Mason el nombre le pareció de lo más apropiado a juzgar por la decoración. A la sala principal se accedía atravesando unas cortinas rojas. El espacio era amplio y contaba con sofás y cojines del mismo color por todas partes, y las paredes tenían dibujadas unas llamas que subían hasta el techo. Desde luego, parecía el corazón del mismo infierno. La música de ambiente sonaba a un volumen agradable. Se podía conversar. El personal de la sala, que iba y venía con las consumiciones, vestía como si fueran demonios. Ellos llevaban taparrabos de cuero negro y pintura color carmín por todo el cuerpo. Ellas, botas de charol rojo por encima de las rodillas y un corpiño de encaje del mismo color que marcaba su silueta de manera muy sugerente.

Los clientes alternaban entre sí. Algunos formando parejas y muchos otros en grupos. Bebían, fumaban hierba y establecían un contacto previo. La mayoría hablaba en inglés. Después, cuando el ambiente ya se había caldeado lo suficiente, accedían a una de las salas privadas con las que contaba Hel para disfrutar de las orgías.

Mason se acercó a la barra y pidió un tequila con limón. Se lo sirvió una camarera rubia de ojos azules.

—Bienvenido al infierno —le dijo, como si supiera que era la primera vez que visitaba el local.

El abogado se lo agradeció con una mirada lasciva y una media sonrisa. Después, echó un vistazo rápido a la gente que tenía alrededor. Le gustaba escoger detenidamente entre sus opciones. Al cabo de unos cuantos sorbos, decidió sumarse a un grupo que compartía uno de los sofás, situado a la izquierda. Calculó que ninguno de ellos tenía más de cuarenta años —no le gustaban las parejas sexuales que superaban esa edad— y además eran bien parecidos. Se trataba de tres mujeres y un hombre. Se acercó a este último y le dijo algo al oído. El joven lo miró de hito en hito y después lo invitó a sumarse al grupo solicitando primero la aprobación de las chicas.

—¿Qué os parece este hombretón? —preguntó—. Parece que la tiene grande —dijo llevando su mano al paquete de Mason. Las chicas rieron divertidas.

Una vez aceptado, el abogado se sentó al lado de una de las mujeres, la única de piel negra. Lo había puesto cachondo Grace, la recepcionista del hotel; llevaba un buen rato pensando en ella —desde el momento en el que la había visto— y había decidido que le apetecía mucho montárselo con una joven que se le pareciera.

Después de tres tequilas con limón y alguna sustancia estimulante, el grupo pidió pasar a un privado y una de las chicas de las botas de charol rojo los acompañó hasta el final de un pasillo. A continuación, abrió una puerta que daba acceso a una habitación con una cama redonda en el centro vestida con sábanas de seda. Tenía las paredes y el techo recubiertos con espejos. En una mesilla, había juguetes sexuales a su disposición, varios botes con aceites aromáticos y una bandeja con preservativos.

Mason se acercó a la joven negra y comenzó a desnudarla. Las otras dos mujeres empezaron a juguetear con el hombre. A los pocos minutos, todos estaban desnudos sobre la cama redonda y los espejos de las paredes ofrecían una imagen de bacanal. Los cuerpos retorcidos parecían arcilla moldeándose sola. Una de las chicas tuvo la idea de utilizar el aceite, que desprendía un agradable olor a vainilla. Se lo extendió por el cuerpo e hizo lo mismo con las otras dos, restregando sus cuerpos resbaladizos como luchadoras. Cuando ellas ya estuvieron embadurnadas, vertió un poco en el pene de ambos chicos y las otras dos comenzaron a masturbarlos. Aquello era muy excitante, pero Mason sentía la necesidad de dominar a la joven que tanto le había gustado, así que declinó la masturbación y tomó de la mesilla una fusta de cuero negro. Hizo que la mujer se pusiera a cuatro patas mientras el otro trío se lo montaba por su cuenta. Después, comenzó a azotarla en las nalgas. Con cada golpe, a la joven se le escapaba un gemido. Primero la flagelación fue suave, pero Mason fue subiendo la intensidad a medida que también lo hacía la excitación. La chica lucía una preciosa melena de rizo afro que el abogado aprovechó para sujetar con fuerza. Después, agarró uno de los condones de la bandeja y se lo dio.

—Pónmelo con la boca —le ordenó. Ella obedeció y desenroscó el látex con la lengua con una gran habilidad.

Cuando terminó, volvió a ponerse a cuatro patas y Mason la penetró con varias embestidas como si de una yegua se tratara.

Trascurridos unos minutos, el abogado eligió a otra de las chicas, mientras el otro hombre se dejaba sodomizar con un dildo de color negro. Mason dejó que su cuerpo resbalara entre sus manos por efecto del aceite y recorrió con avidez cada centímetro de su piel. Era una joven hermosa con pechos pequeños que él lamió como pasteles. Le mordisqueó el cuello mientras se recreaba con su clítoris. Después, se la sentó encima dándole la espalda, y jugó a mover vigorosamente las caderas de la joven hasta que ambos tuvieron un segundo orgasmo.

La orgía terminó de madrugada. Los cinco, exhaustos sobre las sábanas de seda de la cama, contemplaban su desnudez en el espejo del techo. Mason fue el primero en marcharse. No quería amanecer en un club. Sabía por experiencia que la noche y la oscuridad son discretas, frente a la insolente luz del sol que despojaba de misterio cualquier cuerpo. Así que, tras pagar la cuenta, volvió al hotel en su coche de alquiler. Al salir del Hel comprobó que tenía varias llamadas perdidas de Cora.

# 16

## MADRID

Septiembre

Tenía que reconocer que estaba nerviosa. No sabía muy bien por qué razón, pero Cora sentía mariposas en el estómago horas antes de entrevistarse con Roque Gato, el preso que había abandonado sus clases antes de empezarlas. Tras mucho insistir y sin decirle nada a Mason, finalmente había conseguido que las autoridades de la institución penitenciaria accediesen a aquel encuentro y el propio interno se prestara a ello. No le gustaba tener secretos con su novio, pero tampoco que este se entrometiera en su trabajo y, puesto que Cora tenía la certeza de que Mason no iba a aprobar su idea, la profesora había optado por omitir ese pequeño detalle sin estar del todo convencida de que no contarlo todo no significara necesariamente mentir.

Quería prepararse para la ocasión y, delante del armario, se sorprendió al mostrarse dubitativa. Eligió varias camisas que combinar con un pantalón negro de lino que le encantaba —aún hacía calor en la capital—, tiró de ellas y dejó las perchas bailando. Después, se plantó delante del espejo que tenía en el baño y las fue poniendo sobre su cuerpo, una tras otra, para intentar decidir cuál le agradaba más. Ninguna parecía convencerla demasiado.

—¿Se puede saber qué estás haciendo? —se preguntó en voz alta al darse cuenta de que parecía estar preparándose para una cita más que para un encuentro profesional—. Esto es una auténtica locura —dijo, apartando ese pensamiento de su cabeza.

Finalmente eligió la camisa de color sepia, también de lino, que favorecía el tono bronceado de su piel. Esta vez se dejó la melena suelta. Le hacía parecer más joven y le daba un aspecto menos formal. Mientras se lavaba las manos, se quedó mirando el anillo que llevaba en el dedo anular. Aún no se había acostumbrado a verlo allí y, siempre que se percataba, estiraba el brazo y abría los dedos para contemplar el brillo del diamante que coronaba la sortija. Recordar el momento en el que se lo había regalado Mason le producía una sensación agridulce. Había sido a su vuelta de las vacaciones de Combarro, semanas atrás. A pesar de que su novio había tenido que volver a Madrid a cumplir con un compromiso profesional, Cora lo encontró especialmente cariñoso en su reencuentro.

Se había preparado para tener que soportar el mal humor del abogado al menos durante unos días. Lo conocía muy bien y siempre necesitaba un tiempo para asimilar su disgusto; era como una tormenta a la que le sigue la calma. Por eso, cuando Cora había vuelto de su estancia con Flavia, no esperaba un recibimiento como el que Mason le tenía preparado. Su novio había reservado una mesa en un rincón especial de Totó, el restaurante italiano de moda de Madrid, en el corazón del Paseo de la Castellana. La decoración en blanco, negro y una bonita gama de grises había fascinado a la joven. Las decenas de velas ofrecían una iluminación tenue a la sala y las paredes lucían una colección de fotografías de la Italia de los años cincuenta. Era un lugar de ensueño, y la atmósfera resultaba íntima y acogedora. Mason era único para eso, tenía que reconocerlo. Le gustaba el lujo y sabía apreciar el buen gusto. Cora, sin embargo, era más sencilla; aunque tenía que admitir que le complacía sentirse agasajada por su novio.

Tras una cena exquisita, un camarero de aspecto elegante los había invitado a tomar un cóctel en la maravillosa terraza del local. Hacía una noche espléndida. Cora no lo sabía entonces, pero lo que estaba a punto de ocurrir lo tenían cuidadosamente preparado y el personal de la sala estaba compinchado con el abogado. Había sido allí, a la luz de la luna y con Madrid a sus pies, donde Mason la había sorprendido hincando la rodilla en el suelo para pedirle la mano.

—*Darling,* quiero que seas la señora Brown —le había dicho mientras Cora se moría de vergüenza.

El abogado había sacado del bolsillo del pantalón una caja de joyería y la había abierto frente a ella. Contenía un solitario con un brillante que relucía más que las estrellas. El resto de los clientes del Totó habían contenido la respiración a la espera de la respuesta de la chica.

Cora odiaba ese tipo de situaciones y se había sentido comprometida. Pero, al mismo tiempo, el gesto de Mason le había robado el corazón. En una décima de segundos, le habían pasado mil pensamientos por la cabeza, como una película proyectada a toda velocidad. El día que había conocido al joven, sus primeros encuentros, el sexo apasionado y esa punzada que sentía antes cada vez que se arreglaba para verlo. Pero también las dudas, las conversaciones con Flavia al respecto, su carácter dominante y esa sensación de que ambos parecían haberse distanciado desde que vivían juntos en Madrid.

Una mujer de mediana edad que cenaba en la terraza junto a un hombre que contemplaba la escena, interrumpió sus pensamientos.

—Contesta de una vez que me voy a morir de emoción —había dicho. Entonces Cora había estirado la mano dejando que su novio le colocara el anillo, como forma de cerrar su compromiso, pero sin pronunciar ni una sola palabra.

Todos los presentes habían arrancado en un aplauso y, sin darse apenas cuenta, la joven había abandonado el restaurante siendo la prometida de Mason Brown.

Unas semanas después, aún no se lo había contado a Flavia.

Pensaba en ello frente al espejo, ultimando los detalles sobre su aspecto. Miró el reloj. Debía darse prisa si no quería llegar tarde a la prisión. Volvió a observar la mano y, como no podía llevar la joya a la penitenciaría, se la quitó y la dejó sobre el lavabo. Después, se echó unas gotas de perfume en las muñecas y en el cuello, y se dispuso a cruzar Madrid para encontrarse con Roque Gato.

Por lo visto —según le había explicado uno de los guardas— el recluso se había mostrado reacio a aquel encuentro. Se temía que pudiera tratarse de una estratagema para después filtrar cómo era su vida en la cárcel y que algún periódico volviera a publicar un puñado de artículos tendenciosos que no hacían más que perjudicarlo. Hacía tiempo que un redactor de *Al Minuto* no paraba de insistirle. Quería hacerle una entrevista para que contara todo lo que no había podido decir en el juicio, había dicho. Pero a Gato no le gustaba ese hombre oportunista que no pretendía descubrir la verdad sino explotar el sensacionalismo.

Se había previsto que el encuentro se llevara a cabo en el salón de actos de la prisión, porque la biblioteca estaba ocupada a la hora indicada. La sala era polivalente, bastante amplia, y se utilizaba para todo tipo de actos en los que era necesario congregar a un número importante de internos. En ocasiones también se había proyectado alguna película —como un cine improvisado— y, a veces, en fechas señaladas como Navidad o Nochevieja, se había utilizado para poner algo de música y celebrar lo más parecido a una fiesta.

Cora llegó primero y se acomodó en una de las sillas que había dispuestas en círculo en el centro de la sala. Se sintió diminuta e insegura, como si fuera una niña pequeña el primer día de colegio.

—Enseguida vendrá —dijo el funcionario.

Tras unos minutos que a la chica se le hicieron eternos, apareció Roque Gato acompañado de un guarda. Cora lo miró a los ojos y lo saludó con una sonrisa, pero, por alguna razón, evitó el contacto físico y no le tendió la mano.

—Por favor, siéntate aquí —le invitó indicando la silla que tenía justo al lado. Gato obedeció y Cora hizo un gesto al guarda para que les diera intimidad.

—Estaré cerca —dijo antes de dejarlos solos.

A poca distancia de ella, Gato percibió su perfume. El olor a jazmín le llegó como un pequeño placer en aquel lugar que desprendía un aroma rancio, cuando no a desinfectante. Después, la miró detenidamente. No le había parecido tan hermosa la primera vez que la había visto. Sintiéndose observada, Cora inició la conversación para romper el incómodo silencio.

—Quiero hablar contigo para que reconsideres tu decisión de abandonar el programa de teatro —dijo.

—Ya me han dicho que no tienes contacto con la prensa y que estás empeñada en que sea tu alumno. Que no buscas nada más. Solo eso.

—¿Te parece poco? —ironizó Cora—. Te aseguro que esto no lo haría por cualquier alumno —aseguró.

—¿Y por qué yo entonces? —Cora desvió un momento la mirada. Era una muy buena pregunta que también ella se había hecho. Aquel hombre le resultaba magnético y, después de conocer su historia, sentía la necesidad de saber más al respecto.

—Porque te creo —dijo casi sin pensar—. Creo que de verdad eres inocente y que mereces esta oportunidad.

Roque se recompuso en la silla. Era la primera persona que le decía esas palabras tan importantes de escuchar para él y fueron como un bálsamo. Se sentía tan frustrado desde que todo había ocurrido que cualquier gesto de empatía le alimentaba la esperanza de que algún día se supiera la verdad.

Gato sintió la necesidad de darle las gracias, pero no sabía muy bien cómo. Era un hombre torpe manejando sus sentimientos y, además, las circunstancias en las que estaban no facilitaban demasiado su acercamiento. Se sintió tentado de sostenerle la mano de manera afectuosa, pero no lo hizo. Observó que la joven tenía una marca ligeramente más clara alrededor del dedo anular. Era la de un anillo, pensó para sí. Después, las comparó con las suyas, rugosas y grandes, acostumbradas a la grasa del taller y al trabajo con motores y maquinaria.

—Porque lo eres, ¿verdad? —dijo finalmente Cora.

Gato la miró fijamente a los ojos durante unos segundos. Quería que su mirada hablara por él. No era un hombre de verbo fácil. Después, asintió con la cabeza.

—Yo no maté a ese chico —aseguró—. Cometí muchos errores, pero no soy un asesino. Sin embargo, a veces, los errores te persiguen hasta que terminan por atraparte.

Cora entendió muy bien lo que quería decir. También ella se sentía atrapada de alguna manera, aunque no estuviera encerrada en una prisión como Gato. Había muchas clases de cárceles y una gran variedad de condenas, reflexionó. Estaba convencida de que también había cometido algunos errores durante los últimos años y que las malas decisiones empezaban a acorralarla. A ella también la estaban atrapando.

—Si participas en el programa, será beneficioso para ti. Ganarás puntos para los permisos penitenciarios —le explicó Cora intentando reconducir el motivo de aquella reunión—. Será favorable para tu libertad condicional en cuanto puedas solicitarla. Por lo que me han dicho, la buena conducta y la participación activa en actividades como esta son fundamentales para el comité valorador. Por el contrario, si continúas con la idea de abandonar, tendré que emitir un informe negativo. Te aseguro que es lo último que quisiera hacer, pero me veré obligada a ello.

Gato la escuchaba con atención. Su voz era melodiosa y al mismo tiempo firme y convincente. En realidad, al preso le importaban muy poco las consecuencias de su abandono, pero le había gustado que aquella mujer tan hermosa y dulce se hubiera preocupado por él, así que reconsideró su decisión. Al fin y al cabo, ser su alumno era la mejor manera de tener un pretexto para volver a verla; y quería que eso ocurriera porque era lo más maravilloso que le había pasado en mucho tiempo.

—De acuerdo. Volveré a las clases —dijo.

—¿En serio? —preguntó la profesora sorprendida. Había pensado que le iba a costar mucho más convencerlo—. Vaya, esto ha sido más rápido de lo que imaginaba.

—Ya ves, soy un hombre fácil, supongo —bromeó Roque.

Cora sintió una profunda satisfacción al escuchar aquellas palabras. Su rostro se iluminó y una gran sonrisa la delató al instante. Era su pequeña victoria. Roque, por su parte, se dio cuenta de ello y aprovechó la confianza para tomarle la mano, esta vez sí. Algo abrumada por el acercamiento, Cora no la rechazó. Le gustó el calor de su piel y la mirada que cruzaron en ese mismo instante. Fue como una pequeña descarga eléctrica. Dejó que ocurriera apenas unos segundos, pero fue suficiente para que ambos notaran esa conexión.

—Tengo que marcharme —dijo la joven retirando la mano.

—¿Te esperan? —se atrevió a preguntar Gato pensando en la marca del anillo.

—Es tarde —contestó ella evitando responder a esa pregunta—. Aún tengo que conducir un buen rato y ya anochece más pronto.

Ambos se dirigieron hasta la puerta de la sala. Cora carraspeó un poco y después llamó al funcionario que dijo algo a través de la radio. Al poco llegó otro. Uno de ellos se llevó a Gato a su celda.

—Hasta la próxima clase —dijo el preso a modo de despedida.

«Estoy impaciente», pensó Cora sin pronunciar palabra. La mirada cómplice entre ambos no pasó desapercibida para el guarda.

Ya en el exterior de la prisión, la joven se metió en su coche. Con la cabeza apoyada en el respaldo, cerró los ojos e inspiró profundamente. Tenía la respiración acelerada y el corazón le palpitaba con fuerza. Se preguntaba qué era lo que acaba de ocurrir allí dentro y por qué estaba tan nerviosa.

Después, se miró en el espejo retrovisor. Estaba ruborizada. Hacía tanto tiempo que no se sentía así que ya casi había olvidado que fuera posible. Entonces, en una asociación de ideas, se acordó de Mason y sintió una punzada de culpa en la boca del estómago. No quería pensar en ello, no en ese momento. Estaba confusa y no era capaz de ordenar sus ideas. Se obligó a calmarse y a ser racional. Para ayudarse a conseguirlo, puso la radio a todo volumen y dejó que la melodía de una bachata disipara su malestar.

De camino a casa, tuvo tiempo para convencerse de que, en realidad, no había pasado nada. ¿O sí?

# 17

## MADRID

Octubre

Cora hablaba por teléfono con Flavia mientras se maquillaba. Tenía puesto el manos libres y, frente al tocador del dormitorio, se daba los últimos retoques mientras Mason aún estaba en la ducha. Los socios de García y Riquelme estaban invitados a una alfombra roja, la primera a la que asistía Cora en toda su vida. Esas cosas siempre las había visto por la televisión y jamás hubiera imaginado que algún día participaría en un evento semejante. Le hacía ilusión. Se trataba de la *première* de una película cuyo director era cliente del bufete; un personaje excéntrico que se hacía llamar Genius como nombre artístico, el hijo de un empresario adinerado que había decidido jugar a ser cineasta.

—Te mandaré fotos de los actores famosos que vengan —le dijo a la *avoa* entusiasmada como una niña.

—De Sean Connery.

—Eso va a ser un poco complicado, acuérdate que el apuesto Sean falleció hace unos años —apuntó la joven divertida.

—*Morreu?* ¿En serio? —se lamentó la nona, que había olvidado el dato.

Cora no le dio importancia al despiste de Flavia. En realidad, pensaba que estaba bromeando, aunque últimamente le fallaba mucho la memoria.

—Además, creo que todo el elenco es español —matizó.

—Pues aprovecha entonces para buscarte otro mozo. Nunca es tarde para cambiar de hombre.

—*Avoa!* —Cora la mandó callar chistándole al teléfono como si pudiera verla.

Temía que Mason pudiera oírla desde el baño, pero escuchó de fondo el agua de la ducha y concluyó que aún no había terminado. Suspiró. No hacía mucho que la joven le había contado a su abuela que el abogado le había pedido la mano y que ella no lo había rechazado, aunque, en honor a la verdad, tampoco le hubiera dado una respuesta afirmativa. De repente, se miró el anillo y supuso que lucirlo desde entonces podía interpretarse como un sí, aunque no lo hubiera pronunciado nunca.

—*Avoa*, no digas esas cosas que podría oírte —la riñó en voz baja—. Te he dicho que tengo puesto el altavoz. Eso significa que no estamos teniendo una conversación privada.

—*Non me importa un carallo* que pueda escucharme ese estirado —protestó—. Los viejos podemos decir lo que nos venga en gana. Ya lo irás aprendiendo cuando llegues a mi edad.

Lejos de alegrarse por su nieta, la noticia del compromiso no había sido bien recibida por Flavia, que aún albergaba la esperanza de que la joven volviera a Pontevedra algún día, cuando se diera cuenta de cómo era en realidad su novio y de que no le convenía.

La anciana siempre había dicho que la vida te enseña a base de errores y que de nada sirve advertir a nadie de los suyos propios porque, de hacerlo, solo se consigue el efecto contrario. Por ello, no era partidaria de entrometerse en las decisiones que tomaba su nieta y hasta el momento siempre se había mantenido al margen, confiando en su criterio y en su capacidad de darse cuenta de las cosas, aunque para eso tuviera que transcurrir un poco de tiempo y tropezarse unas cuantas veces. «Lo que no te mata, te enseña», solía decir, «no sé si más fuerte, pero más lista sí te hace». Sin embargo, con el asunto de Mason, la *avoa* estaba empezando a desesperarse y había empezado a decir lo que pensaba, aunque su nieta parecía empeñada en desoír sus consejos y, lo que le parecía más grave a Flavia, incluso se creía sus propias mentiras.

En opinión de Flavia, el abogado no solo había conseguido apartarla de su lado, sino que, además, ahora pretendía convertirla en su esposa. Había tejido una perfecta telaraña alrededor de Cora. El matrimonio eran palabras mayores para la *avoa*, porque sabía que después vendrían los niños y, una vez que eso ocurriera, ya nunca más habría vuelta atrás. Su nieta estaría unida a aquel hombre inteligente y manipulador para toda la vida, porque los niños son el pegamento más fuerte que existe para una mujer convertida en madre. Ella lo había vivido en sus carnes por partida doble. Flavia era muy consciente de lo que es capaz de renunciar una mujer cuando lo que está en juego es una criatura, y no quería esa cadena para Cora. No con Mason, al menos.

—¿Ya tenéis fecha de boda? —se atrevió a preguntar. Se había percatado de que Cora le daba la información a cuenta gotas para no disgustarla.

—Todavía no. Mason quiere organizar una gran ceremonia, tal vez en El Escorial.

—El señor Brown, tan discreto y *sinxelo sempre* —ironizó—. Le parecerá poca cosa la Basílica de Santa María a Maior. ¿Ese chico le tiene alergia a Pontevedra acaso? Además, ¿desde cuándo te quieres casar tú por la iglesia? ¿Me he perdido algo?

Flavia tenía razón. Cora ni siquiera estaba bautizada. Su abuela no la había educado en la fe católica; decía estar enfadada con Dios por haberse llevado a su hombre primero y después a su hija tan joven y con tanto sufrimiento. La joven la había escuchado decir mil veces que, si de verdad existía y algún día se topaba con él en otro mundo, pensaba guardarle rencor hasta ese momento y decírselo a la cara, incluso escupirle. Buena era Flavia para sus cosas.

Además, si lo pensaba bien, Cora siempre había imaginado que algún día se casaría en una playa de Pontevedra, en una ceremonia civil, sencilla y romántica, frente al inmenso océano contemplando la puesta de sol. Luciría un vestido ligero y vaporoso que la brisa haría ondear como si fuera una prolongación del mar, una corona de margaritas adornaría su cabello castaño, haciendo juego con el ramo, y después de darse el «sí, quiero», llovería suavemente durante unos minutos, como si el cielo llorara de emoción y los bendijera. Novia lluviosa, novia dichosa. Se le antojaba de lo más romántico.

—¿Y tú *no tes nada que dicir*? —preguntó Flavia, interrumpiendo los pensamientos de Cora—. ¿O acaso todo lo va a decidir el mozo?

Cora se ahuecó el pelo con las manos y resopló. Se estaba empezando a incomodar con la conversación y mucho temía que, si continuaba hablando del tema con su abuela, terminaría enfadándose con ella y no quería que eso ocurriera por nada del mundo.

—Bueno, *avoa*. Ya hablaremos de este tema en otro momento. Es muy tarde y aún no he terminado de arreglarme —dijo contrariada. Escuchó que Mason salía de la ducha, así que se apresuró en dar por zanjada la conversación—. *Quérote*. Te llamaré mañana.

Mason se acercó a ella por detrás. Cora lo vio venir a través del espejo. Iba descalzo y solo estaba cubierto por una toalla alrededor de la cintura. El pelo mojado le daba un aspecto sexi. El abogado la besó en el cuello y a ella le invadió un intenso olor a fresco. Su novio tenía un físico imponente que cuidaba mucho, pero a la joven ya no le estremecía el roce de su piel como le ocurría antes.

—Lástima que no tengamos tiempo —le dijo él al oído—. Porque me muero de ganas por echar un polvo.

Cora sonrió con dulzura y miró el reloj. Su novio estaba en lo cierto, no podían entretenerse demasiado si querían llegar puntuales. Madrid podía ser una ratonera en hora punta; eso lo había aprendido pronto de la capital. Así que besó a Mason y fue hasta el armario para buscar el fantástico vestido de noche que había elegido para la ocasión.

El taxi aparcó muy cerca de Plaza Callao, que estaba abarrotada.

—¿Sabía usted que este lugar es el tercero más transitado de Europa y el primero de España? —dijo el taxista mientras aceptaba una generosa propina de Mason, a quien no le interesó lo más mínimo el comentario.

Después, bajó del coche, lo bordeó y le abrió la puerta a Cora en un gesto de galantería. Se respiraba un ambiente festivo y glamuroso. Nada más salir del vehículo, la joven alzó la vista y contempló fascinada la fachada del Cine Callao, uno de los edificios más emblemáticos y representativos de la arquitectura *decó* de la capital. No era la primera vez que lo visitaba, pero en aquella ocasión tuvo la sensación de estar dentro de un programa de televisión como una gran celebridad.

Ya había anochecido y los *flashes* de los periodistas que estaban atentos a la llegada de los invitados, a la caza de instantáneas de los famosos, rompían la oscuridad con sus destellos. Cora estaba resplandeciente. Parecía una artista de cine. Se había comprado para la ocasión un vestido color azul Klein con un escote palabra de honor que dejaba sus hombros al aire. Los zapatos, de tacón de aguja y plateados, combinaban con una discreta gargantilla que lucía un diminuto brillante. Y, como la noche era fresca, se había cubierto con una capa negra. Caminaba del brazo de Mason, que tenía un aspecto impecable y elegante, con un traje negro con solapas satinadas sobre una camisa blanca.

Al aproximarse a la alfombra roja, Cora pudo reconocer algunas caras conocidas. Eran actores y actrices famosos, *influencers* y celebridades de distintos ámbitos, que atendían a la prensa y hacían declaraciones para los programas de televisión. La joven estaba disfrutando del espectáculo del brazo de su novio, que la exhibía como una pieza de colección, pero al mismo tiempo se empezó a sentir algo incómoda. El abogado, sin embargo, se desenvolvía como pez en el agua. Se detuvo para saludar a algunos conocidos del trabajo y departía con unos y con otros. Desprendía don de gentes, como si siempre hubiera pertenecido a aquel lugar y a aquel ambiente. Cada vez que Mason la presentaba como su prometida, la joven se limitaba a sonreír intentando no desentonar. Eso le había dicho él que hiciera.

—Si no sabes qué decir, no digas nada. Es mejor que piensen que eres tímida a que crean que eres estúpida —le había indicado antes de salir de casa. Así que allí estaba, como una flor hermosa en un jarrón sin agua; era cuestión de tiempo que empezara a marchitarse.

De repente, Cora perdió de vista a Mason. Le había soltado del brazo y debió de escabullirse entre los asistentes en cuestión de segundos porque, sencillamente, había desaparecido como por arte de magia. La joven lo buscó entre la multitud. Acababa de llegar la actriz protagonista de la película y todos los medios de comunicación se arremolinaron frente a ella. También los turistas y curiosos que ocupaban la plaza. Los focos y los micrófonos apuntaron a la artista y el mundo entero parecía estar pendiente de ella y de nadie más.

Algo aturdida, Cora se alejó un poco del lugar, a la espera de que se calmara el ambiente y poder dar con Mason. Seguramente la estaría buscando, se dijo; así que aguardó discretamente a un lado del *photocall*. Al instante, un hombre maduro la abordó dirigiéndose a ella por su nombre.

—Señorita Quiroga, parece algo turbada. ¿Necesita ayuda? —le dijo tendiéndole la mano—. Pascual Galindo, periodista de *Al Minuto*. Pero puede llamarme Gali.

Cora le devolvió el saludo. Reconoció al instante el nombre de aquel tipo. Era buena para recordarlos. No lo había visto antes, pero se acordó de que era el periodista que tantas noticias había publicado en su diario sobre Roque Gato y la muerte del joven Edwin. Algunas de ellas bastante tendenciosas, en opinión de la joven. De repente, cayó en la cuenta de que sabía su apellido y eso la inquietó. ¿Por qué conocía ese periodista cómo se llamaba?

—Estoy bien, gracias —respondió—. Espero a mi novio. ¿Cómo sabe mi nombre, señor Galindo? ¿Nos conocemos?

Gali sacó una de sus tarjetas y se la tendió al tiempo que le dedicaba una media sonrisa. Le encantaba sorprender a la gente. Sabía hacer su trabajo y eso incluía obtener información del entorno cercano de la persona en la que estuviera interesado, que en ese momento era Roque Gato. Obsesionado como estaba en su historia, andaba detrás de cualquier información que pudiera obtener y tenía sus fuentes también entre los funcionarios de prisiones.

—En realidad no. Es la primera vez que nos vemos, pero me han informado de que el asesino del joven dominicano ahora es actor de teatro y de que usted es su mentora —dijo con la intención de provocarla mientras sacaba la libreta y el bolígrafo dispuesto a tomar notas.

Escuchar aquello descompuso a Cora, como si le estrujaran el estómago. Se le aceleró el pulso y comenzó a sentir que el vestido no la dejaba respirar. Angustiada, dudó acerca de la conveniencia de contestar o dejar a aquel tipo allí plantado, con el bolígrafo en la mano. Pero sabía que era mejor no contrariar a un periodista.

—No está condenado por asesinato que yo sepa —dijo finalmente—. Por lo tanto, el señor Gato no es un asesino. Y yo no soy su mentora, solo imparto un taller en el centro penitenciario. Tengo cinco alumnos más aparte de Gato, por si quiere apuntarlo.

Gali sonrió. Le echó el aliento a la punta del bolígrafo porque la tinta estaba fría y escribió algo que a Cora le pareció un garabato.

A él le gustaba aquella mujer que parecía tan frágil, pero que al mismo tiempo había sido capaz de mostrar templanza ante su desafío. Concluyó que había salido airosa de la situación.

—¿Piensa publicar algo al respecto? —preguntó ella.

—¿Debería? —respondió Galindo.

—Pensaba que éramos los gallegos los que respondíamos a una pregunta con otra pregunta —bromeó la joven intentando diluir la tensión.

El periodista rio por la ocurrencia. Definitivamente, le gustaba aquella chica.

Mason interrumpió la charla acercándose a Cora airado. Había estado buscándola un buen rato sin poder dar con ella.

—¡¿Se puede saber por qué has desaparecido?! —exclamó sin prestarle atención al periodista—. ¡Ya deberíamos estar dentro!

—Pascual Galindo, periodista de *Al Minuto* —se presentó el redactor.

—Es mi... prometido —se apresuró a decir Cora—. Mason Brown, abogado de García y Riquelme.

Sin entender muy bien qué hacía su chica conversando con un periodista a las puertas de un cine plagado de estrellas mediáticas, Mason le tendió la mano. Le urgía más volver dentro que averiguar qué estaba sucediendo, así que se limitó a devolverle el saludo y tirar del brazo de Cora.

—¡Llámeme en otro momento menos ajetreado! —exclamó Gali mientras la pareja se alejaba—. ¡Creo que le puede interesar hablar conmigo!

# 18

## MADRID

Septiembre

El taller de teatro se llevaba a cabo tres días a la semana y Cora había organizado una actividad combinada. Algunas de las veces utilizaban la biblioteca para hacer lecturas teatralizadas de fragmentos de obras que previamente había seleccionado por su temática o interés social y después las debatían entre todos los alumnos y ponían en común sus puntos de vista, utilizando la dramaturgia como canal de comunicación. Otras de las clases eran más físicas y Cora las impartía en el gimnasio del centro penitenciario. Se trataba de técnicas de expresión corporal, dramatización de los sentimientos y teatralización de diversos personajes, para utilizar el cuerpo como medio para exteriorizar frente al aislamiento emocional que la mayoría de los reclusos sufrían. Era una actividad con un importante valor terapéutico, una forma de promover la expresividad y la empatía. A los reclusos los ayudaba a canalizar la ira y la frustración, así como a construir una identidad personal nueva con el objetivo de lograr la plena reinserción con la mirada puesta en su vida como hombres libres.

A Cora le fascinaba aquel proyecto porque creía firmemente en el objetivo para el que estaba diseñado su trabajo. En un principio, la implicación de sus alumnos había sido desigual —alguno había necesitado más tiempo que otro para desinhibirse—, pero se sentía satisfecha con la adaptación de todos, teniendo en cuenta que cada recluso portaba a sus espaldas distintas mochilas y solo ellos sabían el peso que acarreaban. Además, tras el amago de abandono de Roque Gato, no había tenido ninguna renuncia. En general, podía afirmar que sus alumnos acudían contentos a las clases y que, sobre todo, parecían disfrutarlas. Estaba orgullosa de haber creado un grupo homogéneo y unido a pesar de sus muchas diferencias individuales.

Cora también esperaba con ansiedad cada una de las clases. Tenía que reconocer que la tarde anterior sentía cierto nerviosismo, como cuando era niña y se preparaba para ir de excursión o hacer algo emocionante. Y eso le ocurría no solo porque adorara aquel trabajo, sino porque era el pretexto para volver a encontrarse con Roque Gato. Desde el día que habían mantenido aquella conversación en privado, la joven no podía quitarse al de Vallecas de la cabeza. Cada vez que en clase cruzaban las miradas, el corazón de Cora se ponía a palpitar de manera desbocada hasta el punto de que alguna vez había temido que pudiera escucharse tan fuerte como ella lo sentía dentro. Y lo peor de todo era que no podía hacer nada por evitarlo. No quería reconocerlo, pero notaba una atracción por aquel hombre; como la fuerza de un imán. Y cuanto más se lo negaba, más potente se tornaba. Le asustaba reconocer las señales —ya había pasado por eso— pero se decía que lo que estaba ocurriendo solo era fruto de las circunstancias, del morbo que siempre despierta lo prohibido.

A Roque Gato tampoco le habían pasado desapercibidas esas señales. Sabía que aquella mujer que les leía relatos y les hablaba de sentimientos era alguien especial. Y no solo le parecía hermosa por fuera, sino que, además, le resultaba cautivadora por dentro. Sin embargo, en el fondo de su corazón, también pensaba que era del todo inalcanzable para él.

Desde la primera clase a la que había asistido tras su reincorporación al taller, Gato se ofrecía como voluntario al finalizar la jornada para ayudar a la profesora a recoger la sala. El resto de los presos había captado también las señales y había hecho piña alrededor de Roque, así que ningún otro se prestaba a la tarea para propiciar que ambos jóvenes tuvieran tiempo para estar solos durante unos minutos. Todos eran cómplices de lo que nadie quería verbalizar. Su conversación duraba hasta que el funcionario los interrumpía para dar por terminada la clase y devolver al preso a su celda, el tiempo suficiente como para que profesora y alumno hablaran como si no estuvieran en una prisión, como dos jóvenes cualesquiera que sienten la necesidad de conocerse, de ir descubriéndose poco a poco. A Roque le gustaba hablar con Cora y le hacía mucho bien. Incluso le había contado a aquella chica lo que no había sido capaz de confesar a ninguna otra persona antes. Gato no estaba acostumbrado a hablar de sus sentimientos —le hacía sentirse vulnerable—, pero con Cora era diferente; estaba cómodo. Y solo a ella, además de a su abogado, le relató lo ocurrido la noche de su detención. Con la diferencia de que Cora no lo había juzgado. Sucedió al finalizar la última clase del mes de septiembre, mientras ambos colocaban unos libros en las estanterías.

—Quiero que sepas que de verdad soy inocente —le dijo Gato sin venir a cuento—. No soy un santo y no siempre me he comportado como debería haberlo hecho, pero yo no maté a Edwin. Nunca he matado a nadie y, en realidad, no creo que pudiera hacerlo.

Al tiempo que Roque pronunciaba esas palabras, se miró las manos con una expresión de horror recordando el momento en el que había sujetado la cabeza ensangrentada del chico. Era incapaz de quitarse esa imagen de la cabeza y a menudo tenía pesadillas. En sueños repetía esa escena una y otra vez. Cora se acercó a él y se las sujetó con dulzura.

—¿Quieres contarme lo que ocurrió? —le preguntó.

—Fue un accidente, pero nadie me creyó.

La joven tiró de él y lo llevó a uno de los sillones que había en el rincón de lectura. Le indicó que se sentara y ella hizo lo propio en el apoyabrazos.

—¿Qué pasó?

—Resbaló. Así de sencillo —confesó Roque—. Simplemente dio un traspié y cayó de espaldas, con tan mala pata que se golpeó con un bloque de hormigón que le fracturó el cráneo. Fue algo fortuito.

Aunque supongo que todos tienen razón cuando me culpan de la muerte del chico.

—No digas eso —protestó Cora.

—Por mi culpa ese chico estaba en una nave abandonada. Yo accedí a aquel encuentro al anochecer. Si me hubiera negado... —Roque dejó esa posibilidad flotando en el aire unos segundos y después prosiguió—: Fue una estupidez. Su banda llevaba meses molestando a todo el vecindario. Habían robado en distintos comercios y andaban por las calles creando problemas. Cada vez que veía a ese chico, me recordaba tanto a mí a su edad...

—Y quisiste darle un escarmiento —terminó Cora la frase.

—A decir verdad, ahora ni siquiera sé lo que pretendía. Fue una mala idea que acabó de la peor manera posible. Tres días antes de lo ocurrido —relató Roque—, Edwin entró en mi taller con un bate de béisbol en la mano. Era su prueba de ingreso, algo así como un rito de iniciación para los Dominican Don't Play. Golpeó las lunas de dos coches y destrozó el espejo retrovisor de un tercero. Te puedes imaginar que me enfadé, así que tomé la primera herramienta que tenía a mano y lo ahuyenté. Por suerte no se enfrentó a mí y salió corriendo.

—¿Lo denunciaste? —El mecánico negó con la cabeza.

—Al final de la calle lo esperaba su banda. Había fracasado y no quería buscarle más problemas de los que ya tenía, la verdad. Yo era el objetivo y el chico se atemorizó. Mírame —dijo Roque abriendo los brazos—, soy más grande y más fuerte de lo que lo era él. Pero volvió al cabo de un par de días, esta vez solo. Supongo que le habían dado una segunda oportunidad. Me retó a una pelea en el polígono industrial, al caer la noche. Edwin eligió el sitio y la hora.

—Y acudiste a la cita —dijo Cora.

—Maldita la hora en la que lo hice. Supuse que podría hablar con él. No sé, hacerlo entrar en razón. Convencerlo de que abandonara aquella pandilla, de que ese no era el camino adecuado y de que aún estaba a tiempo de tomar buenas decisiones. Yo solo pretendía tenderle la mano para que lo lograra. Al fin y al cabo, yo también tuve a alguien que me ayudó en su momento —explicó

Roque recordando al orientador que tanto había mediado cuando más lo había necesitado—. Pensarás que soy un idiota, ¿verdad?

Cora se levantó y se puso en cuclillas frente a él. Entonces, le sujetó la mano y lo miró a los ojos.

—Los idiotas no se preocupan por ayudar a un chico desconocido. Solo las buenas personas hacen esas cosas.

A Roque, los ojos se le llenaron de lágrimas, pero se esforzó en contenerlas. Miró hacia arriba para evitar que se le escaparan. Tomó aliento y prosiguió su relato.

—Edwin estaba perdido como yo lo estuve un día. Tan perdido que haces cualquier cosa por encajar. En mi caso fueron las carreras ilegales: apuestas, drogas y coches rápidos. Una de esas carreras acabó en un accidente y murió mi mejor amigo. Tenía la misma edad que Edwin, dieciséis años. Y el coche que conducía lo había preparado yo.

—Siento mucho que ocurriera eso —dijo Cora—, y entiendo que te sientas responsable, pero tú no conducías el vehículo. Si no hubiera sido ese coche, hubiera sido cualquier otro.

El hombre bajó la mirada y asintió. Eso mismo se había repetido un millón de veces, pero no lograba quitarse la culpa que parecía tener pegada a la piel desde que había ocurrido el accidente quince años atrás.

—Lo ocurrido, en realidad, me salvó la vida —reflexionó mirando a los ojos a Cora—. Supe que tenía que salir de aquel círculo vicioso porque, de no hacerlo, iba a acabar mal. En esa época, conocí a muchos chicos que tenían esa mirada asustada, perdida. Lo vi también en Edwin el día que sujetaba el bate de béisbol frente a mí. Estaba muerto de miedo. El miedo es una trampa que te atrapa y se alimenta de ti. Yo solo quería hablar con él y advertirle de que aún estaba a tiempo de no meter el pie en el cepo, pero esa noche ni siquiera nos dio tiempo a cruzar unas palabras. Estaba bastante oscuro y todo lleno de escombros. Cuando llegué, me gritó y me insultó. Llevaba un machete. Quería provocarme para que yo iniciara la pelea. Intenté acercarme en mitad de la oscuridad y fue en ese momento cuando escuché un sonido extraño y después, el silencio.

A Roque, recordarlo le hacía daño, así que cerró los ojos con fuerza para intentar borrar esa imagen de su cabeza. Pero no lo logró. Nunca lo conseguía.

Entonces, Cora se atrevió a preguntar algo que la perturbaba y que no terminaba de entender:

—Si ocurrió tal y como lo cuentas, ¿por qué te declaraste culpable? ¿No deberías haber defendido tu inocencia hasta el último momento?

El hombre percibió en aquellas palabras una pizca de duda y sintió una punzada en la boca del estómago, pero al mismo tiempo entendía la pregunta de la joven porque él mismo también se lo había cuestionado. Estaba arrepentido de haberle hecho caso a aquel abogado que el destino le había puesto en su camino.

—Esa fue otra estupidez —concluyó—. No entiendo de leyes, solo soy un mecánico que estaba metido en un lío de los gordos. No tenía ni una prueba que demostrara que yo estaba diciendo la verdad y ni siquiera había denunciado el primer ataque del chico. Y, para la policía, el delincuente era yo por mis antecedentes juveniles. Ni siquiera encontraron el machete. Sencillamente acepté lo que mi abogado de oficio dijo que era la mejor opción. Supongo que no luché. Sencillamente me rendí y dejé que ganara mi mala suerte.

Abatido, Gato se levantó del sillón y se dirigió hacia la puerta. Quería dar por terminada la clase y también la conversación. Ya estaba hecho. Ya se lo había contado todo. Hacía tiempo que el mecánico quería hacerlo. Pero Cora lo siguió y le tomó la mano para que se detuviera. El hombre se giró y ambos, frente a frente, guardaron dos segundos interminables de silencio. Tal vez tres. La chica se moría de ganas por abrazarlo. Necesitaba sentirlo pegado a su pecho sin importarle nada más en el mundo que ese magnetismo que no la dejaba pensar con claridad. Así que se dejó llevar y rodeó a Gato con ambos brazos. La corpulencia del preso era tal que casi no pudo acapararla. Después, apoyó la cabeza en su pecho y pudo escuchar el latido de su corazón e inspirar su olor. El hombre le acarició el pelo y escondió los dedos en su cabello. Hacía mucho que no tenía esa clase de intimidad con una mujer y quiso retener ese momento mágico durante unos segundos. Pero pronto supo que necesitaba más. Entonces, la sujetó por el cuello y le levantó levemente el rostro. Cora entreabrió los labios invitándolo a entrar mientras sus miradas hablaban en silencio. Ambos eran conscientes de que estaban a punto de traspasar el límite de lo prohibido, pero no pareció importarles demasiado. Así que Roque no lo dudó y la besó con tanta dulzura como lascivia, sin que hasta ese momento Cora supiera que esa forma de besar fuera posible. Sentir la lengua de aquel hombre jugueteando con la suya le produjo un placer intenso y se hubiera abandonado a aquel deleite de no haber sido porque, de repente, el sonido de la puerta los interrumpió. Era el guarda.

Sorprendidos por el funcionario, ambos disimularon con torpeza, pero la escena no pasó desapercibida para el hombre que dejó escapar una sonrisa.

—¿Esto no se acaba nunca hoy? —preguntó con sorna—. ¿O es que este alumno necesita clases de refuerzo?

Cora se había ruborizado y notaba que le ardía la cara del sofoco. Muerta de vergüenza, intentó ocultar su rostro con el pelo mientras todavía tenía el sabor de Roque en la boca. Recogió sus cosas de la mesa y se despidió.

—Ya hemos terminado —dijo dándole la espalda al funcionario, camino de la puerta.

Horas más tarde, en su pequeño apartamento, mientras Pascual Galindo se calentaba en el microondas una lasaña precocinada y se servía un vino de Valdepeñas en un vaso de cristal que estaba desportillado, sonó su móvil. Al ver en la pantalla que la llamada era de uno de sus contactos en prisión, se apresuró a bajar el volumen de la televisión que tenía en la cocina. Estaba viendo un partido del Atlético de Madrid frente al Sevilla. Perdía su equipo y no estaba de humor.

—¡Menuda sorpresa! —exclamó al descolgar.

—Me dijiste que, si alguna vez tenía algo interesante del interno que se cargó al chico colombiano, te llamara.

—Dominicano. No era colombiano —apuntó Gali, que era muy tiquismiquis con los detalles.

—Bueno, lo que sea. ¿Te interesa lo que tengo que contarte o no?

—Dame un segundo.

El periodista rebuscó en uno de los cajones de la cocina. Se apresuró a tomar papel y bolígrafo y después se sentó en la mesa. De reojo observó la pantalla del televisor que seguía en silencio. Acababan de pitar un penalti en contra de los colchoneros. Soltó un resoplido de fastidio.

—Está bien. A ver si tú me das una alegría al menos —dijo.

—He sorprendido al mecánico dándose el lote con la profesora de teatro en la biblioteca —soltó de corrido el funcionario.

A Gali se le iluminó la cara al instante. Llevaba semanas con el asunto de Roque Gato en punto muerto. No había logrado más información al respecto, la policía le había cortado el grifo y el tipo no le había concedido la entrevista que le había solicitado para *Al Minuto*, y eso que había insistido más de lo que era habitual hacerlo en él. Pero el periodista seguía enganchado a aquella historia por mucho que todos, incluyendo su jefe y buen amigo, Francisco Contreras, le habían aconsejado que abandonara. «Ya no hay nada más que contar», le había dicho. «Dedícate a otros asuntos de actualidad. Caso cerrado».

—Espera, espera, espera… define «lote» —le ordenó Gali—. ¿Se la ha tirado? ¿Qué pruebas tienes? Necesito saber todo lo que tengas respecto de esa mujer.

El funcionario se sintió algo presionado con el interrogatorio, pero intentó salir airoso de la situación.

—Lo único que te puedo decir es que esta tarde se estaban comiendo la boca de una forma que no se la como yo a mi parienta —dijo—. Estaban en la biblioteca y, si la cosa no ha pasado a mayores, es porque yo los he interrumpido. Ahí hay tema que te quema, te lo digo yo. La chica se llama Cora Quiroga. Un bomboncito.

*Veintimuchos*. Tal vez treinta. Con estilo, ya sabes, una mujer con clase. El cabrón tiene suerte. No solo le envían cartas un montón de piradas que dicen estar coladitas por él, sino que, además, se lía con la maestra. Hay que joderse.

—¿Cómo sabes lo que dicen las cartas que recibe? —se interesó el periodista.

—Porque se abren. Por seguridad. La lista de cosas que la gente pretende colar dentro de un sobre es interminable. Incluyendo información.

—Viva la intimidad —ironizó Gali.

—Si no hay nada sospechoso, se entregan al destinatario. El mecánico solo recibe declaraciones de amor. A veces también ropa interior o algún billete. Esas cosas. Y en parte la culpa es tuya.

—Explícate, imbécil —dijo Gali sin entender a qué se refería—. ¿Qué tengo yo que ver con que le envíen unas bragas a ese tipo?

—Porque lo has hecho famoso con todo lo que has escrito sobre él. Lo has convertido en una celebridad. No es un interno cualquiera desde el momento en el que publicaste su careto en las noticias una y otra vez. En los Estados Unidos hubo un preso que se hizo viral por sus músculos y sus ojos azules. Lo nombraron «el más guapo del mundo» y ahora es modelo; una estrella.

—Sí, del firmamento. Venga, no me jodas. A ver si ahora voy a tener que pedirle a ese tipo mi parte por haberlo convertido en un *playboy*.

—Eso que les pasa a las mujeres que se enamoran de asesinos tiene un nombre, ¿no lo sabías? Se llama «hibristofilia» —continuó disertando el funcionario para parecer un hombre instruido—. Es una parafilia sexual. ¿No has visto la serie que han hecho sobre la vida de Charles Mason? Bueno, pues a Roque Gato algunas mujeres le han enviado el recorte de tu periódico con la marca del pintalabios después de besarlo, como si lo besaran a él en lugar de a un trozo de papel. Otra incluso hizo un montaje fotográfico en el que aparecían los dos juntos, como si fueran una pareja, con un marco incluso. Están como putas cabras. Seguro que se tocan pensando en él. Pues el tipo, no contento con todo ese harén de locas ninfómanas, va y se lía con la del taller de teatro.

—¿Pero tú trabajas en una cárcel o en un lupanar? —bromeó Galindo entusiasmado con todo lo que le estaba contando el guarda de prisiones.

—¿Te he dicho que se ha hecho un tatuaje en el cuello?

—Negativo.

—Una especie de valla con unos pajaritos —dijo sin saber precisar mejor el dibujo. Galindo se limitó a apuntar.

—Joder, te explicas como el culo, ¿lo sabías?

—¡¿Qué quieres que te diga?! Hay gente para todo —respondió encogiéndose de hombros—. Lo de este preso no es lo más raro que he visto en los últimos quince años. Hasta he pensado en escribir un libro con las historias que uno conoce en este lugar.

—De eso ya hablaremos tú y yo un día, que no tienes ni idea de juntar tres letras. Además, conozco a una chica que trabaja en una editorial —apuntó Gali al encontrar el proyecto interesante.

—De acuerdo, lo tengo en cuenta. También te digo que ya quisiéramos tú y yo tener el tirón que tiene este tipo con las mujeres —confesó volviendo al asunto que los ocupaba—. En esta vida, si eres guapo y malote te las llevas de calle. Las mujeres se aburren con los hombres buenos. Se casan con ellos, pero se follan a los gamberros. Solo nos quieren para reproducirse y por la estabilidad. Pero, al final, todo eso termina por matar los matrimonios. Por mucho que se empeñen en decir lo contrario, ellas prefieren a los tipos duros y a las emociones fuertes. ¿No crees?

Galindo no respondió a la pregunta. No le interesaban lo más mínimo las disertaciones filosóficas del guarda acerca de las relaciones amorosas. Bastante tenía él con su divorcio que lo traía de cabeza, e intuía que su fuente también arrastraba una mala experiencia a juzgar por sus palabras.

Miró el reloj de la cocina y concluyó que le urgía ponerse manos a la obra con todo aquel asunto del lío amoroso entre el homicida y su profesora de teatro.

—Te debo una —dijo antes de colgar—. Nos vemos pronto. Y no me pierdas de vista a Romeo. Cualquier cosa, me das un toque.

Sentado a la mesa de la cocina, Pascual Galindo se olvidó por completo de la lasaña tras la llamada que acababa de recibir. Hacía tiempo que el microondas ya había avisado de que había terminado de calentarla. El penalti que había logrado parar el Atlético tampoco había conseguido captar de nuevo su atención. El periodista se bebió de un sorbo el vino que quedaba en el vaso. Después, abrió su portátil y se dispuso a averiguar todo cuanto internet pudiera ofrecerle de esa tal Cora Quiroga.

# 19

# MADRID

Octubre

Cora no recordaba haber llorado nunca debajo del agua. Era la primera vez que lo hacía, aprovechando que no había nadie más en la piscina. Desde el día en el que había besado a Roque Gato en prisión al finalizar la clase, estaba hecha un lío. Tenía la sensación de que algo había cambiado en su interior y temía estar enamorada de aquel preso justo en el momento en el que se había comprometido con Mason.

Apoyada en la pared de la piscina, en la parte menos profunda, observó cómo el sol se ponía a través de los cristales empañados de la instalación. Faltaba media hora para cerrar y solo quedaba ella dentro. Ya había hecho un buen puñado de largos, pero no quería volver a casa y estaba dejando que el tiempo pasara a pesar de tener la piel arrugada. Una vez más, volvió a sumergirse y gritó con todas sus fuerzas con la tranquilidad de saber que el agua amortiguaba toda su ira convirtiéndola en burbujas. Estaba tan confusa que no hallaba alivio a su malestar

Pasado un rato, entró el conserje y le indicó que estaban a punto de cerrar.

—¡Señora dese prisa! —exclamó dando golpecitos a su reloj de pulsera. Cora le devolvió un gesto para indicarle que ya se marchaba.

Envuelta en su albornoz blanco, se dirigió hacia el vestuario. Allí dejó que el agua caliente de la ducha le cayera por la espalda. Eso solía relajarla, pero en aquella ocasión nada surtía efecto.

Mientras se estaba vistiendo, echó un vistazo al móvil y comprobó que tenía un puñado de llamadas perdidas. La mayoría eran de Mason. Pero también había una de la abuela Flavia. Miró el reloj. Se había pasado un buen rato de la hora a la que siempre llamaba a la *avoa*, así que, concluyó, que tal vez la nona se había impacientado al no haber tenido noticias de ella como de costumbre.

De Mason también tenía unos cuantos mensajes escritos preguntando dónde estaba y por qué no respondía a sus llamadas. Cora se agobió. Hacía días que evitaba a su novio. No tenía fuerzas para afrontar lo que estaba ocurriendo y, además, sentía que lo estaba traicionando. Y ella odiaba las mentiras, pero no contarlo todo en aquel instante la hacía sentirse a salvo.

Resopló y guardó el teléfono en la bolsa de deporte sin responder a ninguno de los mensajes. Ya se inventaría alguna explicación convincente de camino a casa, resolvió. Después, recogió rápidamente todas sus cosas de la taquilla y, al hacerlo, se le cayó al suelo la agenda, dejando escapar de entre sus páginas una hoja de papel.

Curiosa, Cora la recogió. Estaba escrita a mano con bolígrafo de tinta color azul. No tenía ni idea de dónde había salido ese pedazo de papel y no reconoció la caligrafía. No era la suya ni tampoco la de Mason, pero entonces se percató de las iniciales que había escritas al final del texto —«R. G.»—, y concluyó que se trataba de una nota de Roque Gato, que debía haber colado entre sus cosas sin que ella se diera cuenta.

El corazón le dio un vuelco y comenzó a faltarle la respiración. Cora dejó caer la bolsa de deporte y se sentó en uno de los bancos del vestuario para leerla con detenimiento. Le apremiaba hacerlo y se moría de ganas por conocer su contenido.

Querida C.:

Hay muchas cosas de mi vida que he lamentado estos últimos años, pero lo que más lamento ahora mismo es haber llegado a tu vida justo en este instante y en este lugar.

Ojalá te hubiera encontrado antes de que todo esto ocurriera o tal vez, pienso a veces, que todo ocurrió para que te conociera. ¿Crees en el destino? No sé si ha sido él quien ha jugado con nosotros y si mi presencia te trastorna tanto como la tuya lo hace conmigo. Me faltan todas las respuestas a un millón de preguntas y aquí dentro me sobra el tiempo para hacerme preguntas.

Si ahora pudiera pedir un deseo, sería ese: haberte encontrado en mi taller, porque tu coche se hubiera estropeado y fuera yo quien te sacara de aquel apuro un día frío de lluvia en Madrid. Te hubiera preparado un chocolate caliente mientras hubiéramos conversado sobre cosas sin importancia, esperando que la tormenta durara mucho tiempo. Y te hubiera hecho volver unos días más tarde con cualquier excusa, solo para volver a verte.

Hubiéramos hecho tantos planes de no estar aquí dentro... Imagino esa vida juntos que nunca existirá y me duele hacerlo. Nada es más terrible que lo que no podrá ser nunca cuando lo deseas con todas tus fuerzas.

Hace unos meses yo era otra persona. Una versión de mí mismo mucho más amable. Pero no ha sido así. Hemos coincidido aquí y ahora. Y ni siquiera te he preguntado si hay alguien que te cuida fuera, porque me asusta la respuesta y porque, en el fondo, prefiero no saberlo.

Dime una cosa: ¿me convierte eso en alguien egoísta?

No sé. Me gusta cuando nos dices en clase que escribir ayuda a organizar los sentimientos. Tal vez sea por eso que te he escrito esto. Aunque sigo hecho un lío, la verdad. Ni siquiera estoy seguro de si algún día tendré el valor de hacértelo llegar.

Si ahora lo estás leyendo, es porque lo he encontrado y han ganado las ganas de compartir mis sentimientos contigo a la posibilidad de que pienses que soy un pobre idiota.

Solo quiero que sepas que lamento el pasado y ese sabor amargo que solo tu beso ha sido capaz de borrar. Lamento ese futuro juntos que nunca tendremos. Pero agradezco el presente que me ha brindado la posibilidad de haberte conocido. Pase lo que pase. Gracias.

R. G.

Cora rompió a llorar desconsoladamente apretando aquel trozo de papel contra su pecho. Las palabras de Roque le habían erizado la piel porque estaban cargadas de verdad. Ni siquiera ella lo hubiera expresado mejor. Pero, lejos de hacerla sentir más tranquila, le asustaba sobremanera saberse correspondida.

En ese instante, la mujer de la limpieza irrumpió en el vestuario con unos auriculares puestos y arrastrando un pesado carro con todos los utensilios necesarios para desinfectar los vestuarios. Al percatarse de la presencia de Cora, se los quitó.

—Lo siento. Pensaba que no quedaba nadie aquí dentro. Ya han cerrado la puerta principal —le indicó haciendo un gesto señalando la salida.

—Ya me iba —se apresuró a contestar Cora mientras se secaba las lágrimas con la manga de la sudadera y recogía sus cosas.

La mujer se dio cuenta de la congoja de la chica y, antes de dejarla salir, la agarró del brazo.

—¿Estás bien? —le preguntó—. ¿Puedo ayudarte?

Cora se giró y la miró a los ojos. Agradecía las palabras de aquella desconocida porque se sentía sola y no tenía a nadie con quien hablar de aquello. De buena gana le hubiera contado lo que sucedía, pero, de nuevo, se limitó a esconder sus sentimientos.

—Todo está bien —respondió sin demasiado convencimiento.

Entonces, la mujer se acercó a ella y le dio un abrazo, para sorpresa de Cora.

—Si tú lo dices es porque todo estará bien —le dijo—. Confía en que así será. —Y volvió a colocarse los auriculares y a arrastrar su carrito de trabajo camino de las duchas.

Mason la esperaba impaciente en casa. Estaba preocupado. No era habitual que Cora se retrasara tanto y, si lo hacía por algún motivo, solía avisarle de que volvería tarde. El abogado llevaba rato intentando localizarla sin conseguirlo. A punto había estado de llamar a los hospitales e, incluso, a la policía cuando Cora entró por la puerta.

—¡Por el amor de dios! —exclamó al verla—. ¡Ya creía que te había ocurrido algo! ¡Llevo toda la tarde intentando dar contigo!

Cora dejó caer las llaves con desgana sobre la bandeja de plata que tenía en la entrada y soltó la bolsa de deporte en mitad del pasillo. Aún tenía el pelo húmedo de la piscina.

—Solo pasan unos minutos de las diez de la noche, no te alteres. Estaba dando unos largos para relajarme. Soy una mujer adulta que sabe cuidarse sola —protestó.

Mason se acercó a ella con los brazos abiertos para abrazarla. Se sentía realmente aliviado al ver que su novia no había sufrido ningún percance, pero la chica pasó de largo en dirección a la cocina, abrió el frigorífico y sacó una botella de vino blanco que había en la puerta. Después, se sirvió un poco en una copa. Mason la había seguido, molesto con la reacción de su novia. No era propio de ella esa actitud y mucho menos beber alcohol sin venir a cuento.

—¿Se puede saber qué te pasa? —le preguntó.

La joven sacó del bolsillo su teléfono y lo dejó sobre la encimera con desdén.

—Veinte llamadas perdidas, Mason. Y otros tantos mensajes. ¿No te parece un poco excesivo?

—¡Estaba preocupado!

—No me gusta que me controles de esa manera —dijo Cora antes de beberse de golpe el contenido de la copa y volvérsela a llenar de nuevo. Estaba enfadada. Era una montaña rusa de emociones.

—¡No te estaba controlando! —protestó Mason, que no entendía nada—. Solo quería saber de ti. Son dos cosas muy distintas.

—Ese es el problema, que ni siquiera eres consciente de ello —farfulló Cora dando otro trago. Después, pronunció en voz alta unas frases que había leído en la red, falsamente atribuidas a Cortázar.

*Regalos insignificantes, como un beso en un momento inesperado*
*o un papel escrito a las apuradas pueden ser valorados más que*
*una joya.*

—¿Cuánto hace que no me dices algo bonito? —preguntó la joven ante la cara de desconcierto de su novio—. Llevamos juntos tres años y acabo de darme cuenta de que jamás me has escrito una carta de amor. Ni un poema. Ni una notita en la nevera... ¿Sabes, Mason? El día que repartieron el romanticismo tú no estabas. Todo lo arreglas con cenas en restaurantes caros, anillos de diamantes y viajes de ensueño que cuestan un riñón.

—Pero, *darling*, ¿qué cojones te pasa?

—¡¿No te das cuenta?! Te he repetido un millón de veces que no me llames *darling*. ¡Odio que lo hagas! ¡Lo odio con todas mis fuerzas! Pero te importa una mierda si a mí me gusta o no. O si se me seca la boca de repetírtelo una y otra vez. ¡Estoy harta, joder!

Mason dio un paso atrás. No reconocía a aquella joven que estaba frente a él buscando pelea, parecía poseída por otra persona. Cora nunca replicaba de esa manera y tampoco profería insultos. No recordaba haber discutido con ella de esa forma en todo el tiempo que llevaban de relación.

—¿Estás con la regla? ¿Es eso? ¿Te tienen secuestrada las hormonas? —apuntó el abogado utilizando esa expresión que había leído un día no recordaba dónde.

Cora no podía creer el desafortunado comentario de Mason. Por primera vez lo miró a la cara y pensó que su prometido era un cretino. Sintió el impulso de tirarle el vino, pero optó por bebérselo y servirse de nuevo.

—Vas a pillar un pedo si sigues empinando el codo de esa manera —apuntó Mason.

—¿No te has parado a pensar que a lo mejor es lo que pretendo? La buena de Cora borracha y perdiendo el control —dijo agitando la copa en el aire. Empezaba a estar mareada—. Estará bien saber qué se siente dejando que pase lo que tenga que pasar. No creo que se acabe el mundo porque un día, o unas horas de un solo día de mi vida, deje de hacer lo correcto, ¿no crees? —La joven hizo una pausa y volvió a beber. Después, prosiguió—: ¿Tú siempre haces lo correcto? ¡El perfecto, prometedor y exitoso jurista!

El abogado no respondió. Aún se masturbaba acordándose de su última orgía, pero ese era su secreto; nada que fuera de su incumbencia. En su opinión, la sinceridad estaba sobrevalorada en según qué situaciones.

—¿Sabes, Mason? —le dijo Cora acercándose a escasos centímetros de su cara—. A veces siento que soy como una bomba de relojería con esos números en rojo que marcan una cuenta atrás aquí, en la frente. ¿Qué pasaría si un día todo salta por los aires? ¿Si nadie llega a tiempo para desactivarme? ¡*Buuum!*

Cora hizo un gesto con las manos simulando una explosión ante la mirada de desconcierto de Mason. El vino ya se le había subido a la cabeza y su chica mostraba claros signos de embriaguez. Definitivamente se comportaba como una neurótica. Tal vez había subestimado los efectos que el estrés, la mudanza y el compromiso de boda habían causado en ella. Ofendido y preocupado al mismo tiempo, el abogado valoró la situación durante unos segundos y, tras meditarlo, decidió que, dadas las circunstancias, era mejor atender a Cora. Ya tendría tiempo de aclarar la situación y de pedirle explicaciones acerca de esos ataques infundados que le había proferido su novia.

Se acercó a ella y, con cuidado, le retiró la copa de la mano. Cora se dejó hacer; el vino ya se le había subido a la cabeza. Estaba muy borracha.

—Ven conmigo a dormir la mona, va. Ya hablaremos en otro momento —le dijo Mason mientras la sostenía en brazos.

—Mira, como en *Oficial y caballero.*

La chica escondió la cabeza en el cuello de su novio e inspiró su perfume. Mason siempre olía de maravilla. Después, le dio un beso y le mordisqueó el lóbulo de la oreja.

—¿No has pensado nunca en hacerte un tatuaje justo aquí? —le preguntó pasando el dedo por el borde del cuello de la camiseta.

—Sabes que no me gustan los tatuajes. Soy un abogado, no un pandillero. Y mucho menos en un lugar donde pueda verse con el traje puesto. Da mala imagen frente a un juez. No quiero que me confundan con el acusado.

Ya en el dormitorio, Mason dejó a Cora sobre la cama con la intención de que durmiera un rato, pero la chica tenía otros planes. Para sorpresa del abogado, lo agarró del cuello para que cayera sobre ella.

—¿No quieres que hagamos el amor? —le preguntó mientras le quitaba la camiseta y lo besuqueaba.

Desconcertado, Mason lo meditó unos segundos. No estaba acostumbrado a que fuera ella la que tomara la iniciativa en la cama y mucho menos a que llevara la voz cantante. Además, estaba borracha. Pero al verla tan predispuesta, el abogado no quiso dejar pasar la oportunidad.

—Está bien. Pero a mi manera —dijo mientras la volteaba y la colocaba tumbada boca arriba justo debajo de sus piernas. Después, se sentó sobre su pelvis.

Entonces, Cora cerró los ojos. Estaba mareada y confusa. Todo le daba vueltas. Se sentía culpable y al mismo tiempo excitada. Dejó que las manos de Mason le recorrieran cada milímetro de su cuerpo con avidez, imaginando que eran las de Roque las que lo hacían. Jugó a acariciar a su novio como si fuera el torso del preso y a dedicarle palabras de deseo en silencio. Y todo ello, sin abrir los ojos ni un solo instante para que la magia de la imaginación hiciera su efecto.

—¿Sabes? No ha sido tan mala idea, al fin y al cabo —le susurró Mason al oído.

La joven le tapó la boca al instante. Temía que se rompiera el encanto.

—No hables —le ordenó—. No quiero que digas ni una palabra.

La fantasía continuó durante los preliminares y la excitación de Cora iba en aumento. Imaginó que estaba en la biblioteca de prisión, sobre la mesa de lectura; que el aliento jadeante que le quemaba la piel era el de Roque y que este se moría de ganas de poseerla sin importarles nada más que abandonarse al deseo.

Entonces, Mason, que se había sentado sobre el borde de la cama, alzó a Cora para colocarla a horcajadas sobre su cuerpo. Quería tenerla encima para penetrarla y jugar con su cadera moviéndola a su antojo, dibujando ochos con su cadera. Le gustaba esa postura. Pero, al hacerlo, a la joven le sobrevino una arcada que no pudo reprimir y, sin hacer nada por evitarlo, vomitó violentamente sobre el pecho desnudo de Mason.

—¡Qué puto asco! —exclamó el hombre, apartando de un manotazo a Cora—. ¡Joder! ¡Menuda cerdada!

De pie, el vómito resbalaba por el cuerpo del abogado y este se apresuró a ir al baño mientras blasfemaba por el camino.

—¡Esto me pasa por follarme a una borracha!

Después de dar un portazo, se metió en la ducha.

# 20

## MADRID

Noviembre

Hacía un frío terrible. Había caído la primera nevada del otoño en la sierra de Madrid y las bajas temperaturas eran gélidas. La ciudad se mostraba hermosa pero intransitable. Todos los años ocurría lo mismo. Los principales accesos por carretera sufrían retenciones y los conductores tenían los nervios crispados desde primera hora de la mañana. Mason era uno de ellos. Había tardado más de dos horas en llegar al bufete. Era lunes —lo cual no ayudaba demasiado a mejorar su humor—, el primero del mes de noviembre, y no quería retrasarse en su reunión semanal con unos empresarios chinos que estaban implantándose en España.

En el ascensor del edificio donde se encontraban las oficinas de García y Riquelme, miró el reloj. Como buen británico, el tiempo le apremiaba. Así que, en cuanto las puertas se abrieron, se apresuró a atravesar el pasillo hasta llegar a la entrada principal del bufete. Al entrar, se topó, como cada día, con la espléndida sonrisa de la recepcionista: una joven veinteañera de belleza extraordinaria, cabello rubio a lo Marilyn y labios carnosos siempre pintados de rojo, que alguna vez había protagonizado sus fantasías eróticas. Pero era sobrina de Riquelme —la hija de su hermana pequeña, a la que habían empleado allí después de abandonar sus estudios—, y por lo tanto fruta prohibida para cualquiera de los abogados, le habían advertido.

—Buenos días, señor Brown. Viene usted muy elegante hoy —saludó la joven con un cumplido.

—¿Han llegado ya los chinos? —preguntó Mason sin responder a la galantería.

La joven negó con la cabeza.

—Lo suyo es puntualidad inglesa —bromeó porque eran exactamente las nueve de la mañana—. Aún le da tiempo a tomarse un café. Han dicho en la radio que el tráfico está fatal, así que supongo que se retrasarán un poco.

Mason suspiró algo más calmado. Por suerte, las retenciones también afectaban a los extranjeros, agradeció. Se quitó los guantes de piel y la bufanda, y se dirigió hacia el *office* siguiendo el rastro del aroma del café mientras se desabrochaba el abrigo de paño con cuadros príncipe de gales que le daba un aspecto de *gentleman*.

Al verlo entrar, otros dos abogados del bufete que charlaban animosamente interrumpieron su conversación de manera repentina. Mason se dirigió a la cafetera e introdujo una cápsula del café más intenso que había en el repertorio. Después, mientras aguardaba a que la máquina terminara, tomó un cruasán de mantequilla de la bandeja de los dulces. Con la taza en una mano y el cruasán en la otra, se sentó en uno de los taburetes altos que había junto a sus compañeros. Ambos se miraron de manera cómplice.

—¿Ocurre algo? —preguntó Mason al percibir una actitud extraña.

Uno de ellos desplegó el ejemplar del día de *Al Minuto* y señaló la columna de la derecha.

—¿Has leído esto? —le dijo.

Extrañado, porque no tenía ni idea de a qué se refería, el abogado sujetó el diario y se interesó por la noticia. Se trataba de una sección llamada «La Mirilla», que habitualmente hablaba sobre cotilleos o cuestiones personales no publicables como noticias serias.

Mason ojeó el artículo y lo leyó por encima. Decía algo sobre un preso condenado por homicidio que estaba recibiendo clases de teatro en la cárcel como parte de un programa piloto de reinserción y de la estrecha relación que parecía mantener con la directora del taller.

—¿No es esta tu prometida? —dijo impaciente uno de los hombres, señalando el nombre que aparecía justo al final del texto.

—«Cora Quiroga, la joven gallega» —leyó el otro—. No creo que haya muchas profesoras en la prisión con ese nombre y de Pontevedra —apuntó.

Molesto con la situación, Mason intentó no mostrarse ofendido, aunque por dentro se lo llevaban los demonios. Al parecer, su novia le había mentido al decirle que aquel interno había abandonado el programa el mismo día de la presentación. Así que, para disimular su enfado, sonrió antes de darle un sorbo al café.

—No deberías dar crédito a toda esta basura —le dijo a uno de sus compañeros—. No es propio de gente seria y respetable como tú. Los rumores son peligrosos. Fíjate que el otro día me dijeron en contabilidad que le echas los trastos a la sobrina de Riquelme y que te mueres de ganas por echarle un polvo.

—Eso no es cierto —se apresuró a desmentir el abogado.

—Por supuesto que yo no di credibilidad al chismorreo —continuó argumentando Mason con cinismo—. Eso es cosa de marujas aburridas que tienen vidas vacías y tristes. ¿Eres una maruja aburrida acaso? —El hombre no respondió—. Imagínate por un momento que ese cotilleo llegara a oídos de Riquelme porque yo me viera en la obligación moral de comentarle el acoso que sufre su sobrina. —Mason hizo un gesto con el dedo como si se rebanara el pescuezo—. Si eso pasara, serías hombre muerto.

—¡Sabes muy bien que lo que dices es mentira! —exclamó enfadado el hombre.

—Y este consejo es para ti también —dijo Mason dirigiéndose al otro abogado—. ¿Qué tal tu mujer? ¿Cuándo sale de cuentas? Dale recuerdos de mi parte. —El hombre se ajustó el nudo de la corbata sin responder—. Es lo que os quiero explicar porque os tengo aprecio; si me importarais una mierda, ni me molestaría en gastar saliva. Ese rumor tiene de verdad lo mismo que esta basura —dijo Mason golpeando el periódico con el dedo índice—. Es decir, nada. Pero las mentiras son muy fáciles de inventar y muy difíciles de contradecir. Así que dejaos de artículos tendenciosos, de prensa amarilla y de sacar conclusiones equivocadas. ¿Me habéis entendido?

La sobrina de Riquelme los interrumpió en ese preciso instante. Asomó la cabeza por la puerta para avisar a Mason de que los chinos habían llegado, ante la atenta mirada de los tres y ajena a que acababa de ser el centro de una conversación comprometida.

—¿Tengo monos en la cara? —preguntó extrañada por la forma en que la estaban observando.

Mason soltó una carcajada y, antes de levantarse del taburete, dejó caer los restos de su café sobre los pantalones de uno de sus compañeros fingiendo un accidente.

—¡Oh! *Shit!* ¡Qué torpeza la mía! —exclamó. Después, sacó un billete de cincuenta euros de la cartera y lo dejó sobre la mesa—. Toma. Para el tinte.

El asunto del periódico tuvo a Mason distraído todo el día. Pronto comenzó a atar cabos. Por un momento había olvidado a aquel tipo al que había sorprendido hablando con Cora el día de la *première*, aunque aquella noche no le había dado importancia en un evento tan ajetreado. Se había presentado como periodista y no le cabía la menor duda de que se trataba del mismo que firmaba esa basura de «La Mirilla». Luego estaba el asunto de las mentiras de su novia. Hasta ese momento, no la había creído capaz de engañarlo y mucho menos de mantener un secreto a sus espaldas de semejante calibre. Confiaba en ella. «Tal vez demasiado», pensó. La abuela Flavia solía decirle a su nieta que de buena era tonta, y en esa apreciación Mason estaba de acuerdo. Pero, después de lo ocurrido, a lo mejor no era tan inocente como se mostraba y le había tomado por un idiota. Mason se sentía traicionado. Cora no le había vuelto a mencionar a Roque Gato ni una sola vez en las muchas charlas que ambos habían mantenido sobre su nuevo trabajo que, además, le había conseguido él.

No dejó de darle vueltas al asunto ni un minuto y cuanto más pensaba en ello más aumentaba su ira. Le entraron ganas de volver a casa a pedirle explicaciones a Cora. Tenía la sensación de que todos se reían de él en el bufete, y que le avergonzaran públicamente era algo que Mason no podía pasar por alto. Aunque, tras meditarlo con algo de calma, decidió actuar con la cabeza y no con el corazón. Lo primero que necesitaba averiguar era cuánto había de verdad en lo que contaba el periodista. A qué se refería exactamente cuando decía que entre Cora y Roque había una «estrecha relación». Pensando fríamente —como el abogado que era—, a Mason el concepto se le antojaba demasiado ambiguo, con la única intención morbosa de acaparar lectores. El periodista había escogido cuidadosamente las palabras para evitar una demanda y, al mismo tiempo, sembrar la duda.

Durante la hora de la comida, aprovechó para hacer algunas llamadas. Su bufete no llevaba asuntos penales, por lo que necesitó hablar con compañeros de otros despachos para que le echaran una mano. Quería conseguir tener acceso a la ficha policial de Roque Gato, a la trascripción del juicio y a todo su expediente carcelario. Mason, mejor que nadie, sabía que la información es poder y, antes de abordar el asunto con Cora, necesitaba tener todos los datos del preso.

A las pocas horas ya tenía todo cuanto había pedido. Entonces, con la excusa de trabajar en el caso de los chinos, Mason se encerró en su despacho acristalado y dio orden de que nadie lo molestara.

—No me pases ni una llamada salvo que sea un asunto de vida o muerte —le dijo a la sobrina de Riquelme. La chica respondió con un saludo militar.

Leyó con detenimiento cada documento, empezando por los antecedentes familiares de Gato, su paso por un reformatorio y hasta su ficha médica. Estudió con atención el delito por el que cumplía condena y las condiciones de su encarcelamiento.

Hojeando los papeles, encontró también el nombre de un funcionario anotado al margen junto con un teléfono y una dirección. Aquello debía de significar algo. Ese nombre era importante si aparecía destacado. El primer impulso que Mason sintió fue el de marcar el número, pero después lo pensó mejor y decidió que era poco inteligente dejar un rastro en el historial de llamadas. Quería pasar de puntillas por un asunto que era personal y no le incumbía a nadie.

Entonces miró el reloj. Ya había oscurecido. Las luces de la ciudad se habían encendido. Faltaban veinte minutos para las ocho de la tarde. El cielo estaba despejado y decidió hacer un poco de trabajo de campo.

No tardó demasiado en llegar a la dirección indicada, que estaba a tan solo tres paradas de metro del bufete. De camino al lugar, había buscado al tipo en redes sociales. Necesitó tan solo unos pocos segundos para encontrar varios perfiles. Quería ver su cara y aquel funcionario era tan estúpido que había hecho pública toda su vida. Con el rostro del guarda en su memoria, Mason intentó pensar el paso siguiente. Barajó la idea de tocar al timbre de su casa —sabía que vivía solo con dos perros— y abordarlo con alguna excusa, pero el destino le facilitó la labor.

—¡No me jodas! —exclamó el abogado desde la acera de enfrente del portal de la vivienda del funcionario al verlo aparecer—. Tan sencillo como que me lo sirven en bandeja.

El hombre iba solo. Nada más pisar el portal, se encendió un cigarrillo y le dio dos caladas profundas antes de ponerse a caminar calle abajo. Mason, simulando que hablaba por el móvil y a cierta distancia para no levantar sospechas, lo siguió. No fue muy lejos. Solo hasta el bar que había en la esquina de la tercera manzana; un lugar de barrio lleno de solitarios con el sonido de las máquinas tragaperras como banda sonora y un televisor encendido al que nadie prestaba atención.

Desde fuera, Mason lo observaba. Debía de ser cliente habitual porque el camarero lo saludó amistosamente y le sirvió una copa sentado en la barra. Entonces, Mason aprovechó la coyuntura, entró y ocupó el taburete que había justo a su derecha.

Todos los presentes lo miraron de arriba abajo. Era nuevo y además vestía demasiado elegante para aquel lugar. Estaba claro que era forastero, uno con dinero.

—¿Qué le sirvo? —preguntó el barman.

—Lo mismo que al señor —respondió Manson señalando la copa del funcionario.

Después, sacó del interior del abrigo el ejemplar de *Al Minuto* y simuló dedicarse a su lectura hasta que el camarero volvió con su bebida. El abogado le dio un trago. Hacía un frío terrible y pensó que un poco de alcohol le ayudaría a calentarse y a calmar los nervios, pero aquel brebaje sabía a rayos. El funcionario debió percibir su desagrado, porque soltó una carcajada.

—Podría haber preguntado qué estaba bebiendo antes de pedirlo —le dijo.

—Tiene usted razón. ¿De qué demonios se trata? Sabe a desatascador.

—Nunca le he echado un trago a un desatascador. Esto es absenta. Es cuestión de habituarse —dijo elevando el vaso como si fuera un cáliz ante un altar—. Personalmente me gusta el sabor amargo que tiene. Pero le advierto que si no está acostumbrado puede producirle alucinaciones.

Mason se ofreció a brindar y ambos chocaron sus vasos.

—Por las alucinaciones entonces —dijo—. Tal y como está el mundo, no creo que vayan a ser peores que la realidad.

Después de beber otro trago, el abogado continuó con la conversación aprovechando el conveniente acercamiento del guarda.

—Como esto —apuntó señalando el artículo de «La Mirilla»—. Un tipo está en la cárcel por haber matado a un chaval y vive a cuerpo de rey con nuestros impuestos. A este paso lo veo en la televisión hablando de sus amoríos.

El hombre, que ya había leído el periódico, se hizo el importante.

—No se lo diga a nadie, pero yo fui testigo de eso que se cuenta ahí. Trabajo de vigilante en esa prisión —apuntó antes de darle otro trago a la absenta.

—¡¿No me diga?! —exclamó Mason mostrándose sorprendido—. Se me antoja un trabajo muy interesante, sin duda.

—Y peligroso también —matizó el hombre—. Me paso el día rodeado de escoria, la basura de la sociedad. Aunque, de vez en cuando, también aparece por allí alguna que otra cara bonita como esa chica que mencionan. Una muñeca.

—¿La profesora de teatro? Y ¿a qué se refiere usted con lo de que fue testigo de lo que se cuenta aquí? Tengo entendido que lo de esta columna solo son chismes infundados. Ya sabe, carnaza para satisfacer la curiosidad morbosa del público.

—Supongo que sí, pero todos los chismes tienen algo de verdad. Eso lo decía siempre mi madre. Algún día escribiré un libro para contar todas las cosas que pasan detrás de esos barrotes. Sin ir más lejos, a estos dos los sorprendí besándose en la biblioteca después de una clase —confesó el hombre bajando la voz para que nadie más pudiera escucharlo—. Los presos se lían entre ellos, es algo habitual; pero lo de esta parejita no lo había visto antes.

—¿Está seguro? —preguntó Mason.

—Completamente. Y suerte han tenido de que no les hayan pillado las cámaras de vigilancia. Ese vídeo me lo hubieran pagado muy requetebién —lamentó en voz alta—. Así que mucho me temo que estos ojitos son los únicos testigos.

Sin mediar más palabras, el abogado dejó un billete de veinte euros sobre el mostrador y le hizo un gesto al camarero que estaba sirviendo en la otra punta de la barra para indicarle que estaban pagadas las dos copas. Apenas había bebido dos sorbos de aquel veneno, pero ya había obtenido toda la información que necesitaba. Fin del interrogatorio.

—¡Gracias! —exclamó el funcionario al ver que Mason se largaba del lugar.

La ira le hervía la sangre y necesitaba salir de aquel antro con urgencia. Nada más pisar la calle, agradeció el viento helado dándole en la cara. La palabra «parejita» con la que el hombre se había referido a Cora y aquel preso le repicaba el cerebro como si un pájaro carpintero estuviera haciendo su nido allí mismo. «Un beso», había dicho. Así que su mayor temor de que la relación de Cora con Roque Gato hubiera traspasado la línea de lo meramente platónico y no fuera un simple rumor malintencionado de un periódico local se había cumplido. El contacto íntimo con otro hombre era intolerable para Mason, aunque solo se tratara de un beso. ¿Y qué más no sabía?, le dio por preguntarse. ¿Cuántas cosas le había ocultado Cora? Al fin y al cabo, hasta hacía unas horas desconocía todo lo que había estado pasando los últimos meses en prisión. Y, además, se había enterado de la peor forma posible.

Estaba tan enfadado que sentía ganas de matar a alguien. No sabía qué hubiera hecho de haber tenido a Cora delante en aquel momento y prefirió no pensarlo. No se tenía por un hombre violento, muy al contrario, el abogado presumía de poseer un alto nivel de autocontrol; pero aquella situación pasaba de castaño oscuro y estaba a punto de sacarlo de sus casillas.

Al pasar por delante de una papelera, descargó su rabia dándole una patada con tanta fuerza que la tiró al suelo. El metal contra la acera provocó un estruendo en mitad de la noche. Una mujer le llamó la atención desde un balcón.

—¡Gamberro! ¡Voy a llamar a la policía! —le gritó.

Mason se escabulló rápidamente bajando a toda prisa las escaleras de la boca del metro. Durante el trayecto de vuelta, decidió que se merecía una sesión de placer para contrarrestar su monumental cabreo y planear su siguiente movimiento. El sexo le ayudaba a descargar adrenalina y a pensar con claridad, así que, una vez que llegó al *parking* del edificio del bufete, condujo su Lexus a toda velocidad por las calles de Madrid hasta llegar a un club *swinger* ubicado en las inmediaciones de la Calle de O'Donnell, que ya había frecuentado en alguna ocasión.

Nada más entrar, saludó al portero con cierta familiaridad. Era un tipo alto y delgado, pero con unos pectorales muy marcados que se adivinaban debajo de su americana y su camiseta de algodón blanco. Llevaba un auricular en la oreja derecha y el pelo teñido de rubio pollo.

—¿Dónde cojones te habías metido? —le preguntó sorprendido de volver a verlo. Desde que se había instalado en la capital con su novia, no había vuelto a pisar aquel antro—. Ya pensaba que nos habías abandonado para siempre, con lo bien que te tratamos aquí siempre.

—He tenido mucho curro —se excusó Mason por toda explicación.

—¿Quieres azúcar para el café? ¿Lo de siempre?

El abogado asintió. Era justo lo que quería.

—Y una botella de agua —apuntó. Aún tenía pegado al paladar el amargor del brebaje que se había tomado en el bar poco antes.

Entonces, el hombre dijo algo a través del micrófono que colgaba del auricular y, poco después, una joven pelirroja que apareció de detrás de una cortina le entregó algo disimuladamente.

—Esta es de primera —dijo el de seguridad mientras le metía la mercancía en el bolsillo del pantalón. Mason le entregó un billete arrugado—. El agua te la sirven en la barra. Que te diviertas.

Ansioso, el abogado tomó la botella que le entregó el barman, la abrió y se la bebió de un sorbo. Después, entró en el baño decorado en dorado y negro. Solo había otro tipo en un urinario. Mason se metió en uno de los cubículos de uno de los inodoros y pasó el pestillo. Sobre la tapa del váter, extendió dos rallas de coca sirviéndose de una de sus tarjetas de crédito. De fondo, se escuchaba la música como si estuviera sonando en el interior de una botella —era un sonido sordo— y, al poco tiempo, el ruido de una cisterna descargar y la puerta del servicio dar un portazo.

Cuando creyó estar a solas allí dentro, Mason esnifó con avidez. Tenía prisa porque la droga pasara a su torrente sanguíneo. Después, se dirigió al llamado «pasillo francés» del local: un corredor cuya pared de celosías estaba plagada de agujeros para que todo aquel que quisiera introdujera el pene. Al otro lado, un puñado de bocas desconocidas de distintos sexos se entregaban a las felaciones con apetencia.

No era la primera vez que Mason disfrutaba del morbo de aquella experiencia anónima. Solía recurrir a ella cuando quería un desahogo rápido y sin mayor implicación que sentir satisfacción inmediata. Y eso era lo que buscaba. Así que, colocado por efecto de la droga y cabreado por la traición de Cora, metió su pene en uno de los agujeros y dejó que alguien al otro lado de la pared se lo chupara hasta correrse.

# 21

# COMBARRO

Noviembre

Eran casi las diez de la noche y Flavia se distraía mirando la televisión. Le gustaba mucho un programa que se dedicaba a organizar citas a ciegas entre personas desconocidas en torno a una cena. Lo veía todos los días y cuando Carmen la acompañaba algunas veces porque se quedaba hasta tarde, se reían juntas intentando adivinar si las parejas se iban a dar finalmente una segunda oportunidad. La abuela tenía un elevado porcentaje de aciertos y presumía de ello frente a Carmen. Incluso habían llegado a hacer apuestas. Más de un café había tenido que pagar la cuidadora por su mala puntería en el arte del emparejamiento.

Aquel día, Flavia estaba sola viendo la televisión cuando sonó el teléfono. Sorprendida al comprobar que era una llamada de Cora en un horario nada habitual en ella, respondió con cierta inquietud.

—*Riquiña*, ¿pasa algo? —preguntó como si pudiera percibir el desasosiego de su nieta al otro lado de la línea.

Cora rompió a llorar desconsoladamente. Llevaba mucho tiempo guardándose dentro todo lo que sentía y necesitaba contárselo a alguien. Estaba a punto de estallar y, de no haberlo hecho, se hubiera vuelto loca. Las lágrimas apenas le dejaban articular palabra, pero hizo un esfuerzo.

—No te preocupes *avoa*, estoy bien. Solo que estoy hecha un lío y necesitaba hablar contigo.

Flavia apagó el televisor; presentía que la conversación iba a tratar sobre Mason. Como buena meiga, llevaba unas semanas preocupada por el compromiso de su nieta con el abogado.

—¿Es por la boda? ¿Habéis reñido?

Cora se secó las lágrimas y, algo más tranquila, se abrazó a la almohada y se hizo un ovillo, como si estuviera en el regazo de Flavia, recordando cuando su abuela le acariciaba el pelo los días que se sentía triste.

—No, no es eso.

—¿Te ha hecho daño? —preguntó de nuevo Flavia—. Porque te juro que si te ha puesto la mano encima…

—¡No! —se apresuró a negarlo Cora—. ¡Mason nunca me haría algo así! Lo que ocurre es que creo que me he enamorado de otro hombre —confesó finalmente.

Flavia se quedó con la boca abierta por la sorpresa. Intuía que las cosas entre Mason y su nieta no iban del todo bien, pero no habría imaginado jamás que hubiera una tercera persona de por medio tratándose de ella. Suspiró. Conocía a Cora y entendía que estuviera angustiada y hecha un lío.

—Bueno, eso ya lo cantó Antonio Machín hace muchos años en uno de sus boleros. «Yo no puedo comprender cómo se pueden querer dos mujeres a la vez y no estar loco» —tarareó Flavia—. Criatura, no eres la primera ni serás la última a la que le juegue una mala pasada el corazón. Los jóvenes de hoy en día os creéis que los viejos no hemos vivido las mismas cosas. *Ben claro*. Un millón de veces. ¿Lo sabe *o teu home*?

—No. No se lo he contado a nadie. Solo a ti.

—¿Y cómo es él? ¿En qué lugar se enamoró de ti? —preguntó Flavia volviendo a tararear esta vez la canción de José Luis Perales. A Cora le hizo gracia y sonrió. La nona siempre conseguía arrancarle una pequeña mueca, por muy apesadumbrada y confusa que estuviera.

—Es uno de mis alumnos. Un joven que cumple condena en prisión. Se llama Roque —confesó.

Se hizo un silencio eterno al otro lado del teléfono, a pesar de que solo duró unos pocos segundos. El peso del mutismo le oprimía el pecho a Cora. Flavia, por su parte, no supo muy bien cómo encajar la información. Por un lado, se había alegrado al saber que su nieta sentía algo especial por otra persona, porque eso suponía que su relación con Mason corría peligro y, si era sincera consigo misma, a Flavia nunca le había gustado aquel chico para Cora. Pero que esa otra persona fuera un convicto era demasiado para la nona. Parecía que la vida estuviera jugando a tener que decidir entre uno de los dos pretendientes de su nieta y, para la abuela, la segunda opción resultaba casi peor que la primera. «Malo conocido...», se dijo para sí.

Cora necesitaba la aprobación de su abuela desesperadamente. Así que fue la primera en intervenir.

—Sé lo que estás pensando —dijo—, pero él asegura que no es culpable. Su condena es un error del sistema. No hay pruebas para demostrar su inocencia. Ese es el problema, que no es verdad que alguien sea inocente hasta que no se demuestre lo contrario. Esa es la teoría, pero la práctica te aseguro que resulta mucho más complicada.

—¿Por qué está en la cárcel? ¿Cuál es ese delito que dice que no ha cometido? —preguntó Flavia con cierta ironía.

Cora ahogó un grito en la almohada. Se sentía impotente. Sabía que, en cuanto pronunciara la palabra maldita —«homicidio»—, a la *avoa* se la iban a llevar los demonios, «como a cualquier persona en su sano juicio», pensó. De hecho, ella misma estaba confundida, no solo por los sentimientos que se habían despertado en su corazón estando comprometida con Mason, sino porque Roque era un delincuente y le angustiaba estar enamorada de un hombre encarcelado.

—Lo acusan de la muerte de un chico, pero en realidad fue un accidente —explicó intentando ser escueta con la información.

—¿Y tú le crees o simplemente quieres creerle?

La pregunta descolocó a la chica. Flavia siempre daba en el clavo. Cora le había dado muchas vueltas a esa cuestión y había concluido que necesitaba creer en la inocencia de Roque para aceptar sus sentimientos. Pensar en Roque como un homicida le generaba un conflicto difícil de resolver.

—¿Me juzgarás si te digo que he decidido creerle?

—*Neniña*, yo no estoy aquí para eso. Te quiero y solo deseo lo mejor para ti. Dime una cosa, ¿sigues amando a Mason?

Esa era otra muy buena pregunta, pensó Cora, que también se la había hecho en más de una ocasión durante las últimas semanas sin haber sido capaz de llegar a una respuesta clara.

—Creía que lo amaba hasta que empecé a sentir algo por Roque —respondió—. Eso es lo que no sé, abuela. ¿Acaso se puede querer de dos formas distintas?

La *avoa* no tenía las respuestas a todas las cuestiones del corazón, solo era más vieja y por lo tanto un poco más sabia. La vida le había enseñado mucho, pero estaba convencida de que, cuando se trataba de amor, nunca se sabía lo suficiente y nadie podía aprender de las lecciones de otro. Así es el amor de traicionero, opinaba Flavia.

—Supongo que sí —dijo finalmente—. Pero creo que, si de lo que se trata es de amar a un hombre, es importante el ingrediente secreto.

—¿Y ese cuál es? —preguntó Cora interesada.

—La pasión.

Al escuchar a Flavia, Cora no pudo evitar acordarse de los primeros encuentros con Mason. Ese hormigueo que le recorría todo el cuerpo, desde los dedos de los pies hasta el pelo, cada vez que lo miraba. Y cómo se le erizaba la piel con solo sentir su presencia. Cuando no estaban juntos, Mason acaparaba todo su pensamiento. Y su ausencia le dolía en el pecho, como si al marcharse se hubiera llevado consigo también su respiración y se ahogara lentamente hasta su próximo encuentro. Eso ya no le ocurría. Se había acostumbrado a la vida con el abogado. Era cómoda y agradable. Más que pasión, entre ellos solo quedaban momentos de deseo carnal, como fogatas que, una vez consumidas, dejan tras de sí un puñado de cenizas. Y lo quería, pero de una forma calmada. Como el remanso de un río, cuando antes había sido una cascada.

—¿Qué estás pensando? —interrumpió Flavia su reflexión.

—Tú siempre me has dicho que siga el dictado de mi corazón, que nunca se equivoca; que hemos venido a este mundo para ser felices y que hay que insistir en llevarle la contraria al destino si se empeña en ponérnoslo difícil.

Flavia reconoció esas palabras como suyas. Las había pronunciado muchas veces, pero le asustaba aceptar que, de aplicarlas en el caso concreto de Cora, supusiera tirar por la borda toda su vida por haberse enamorado de un convicto. Así que, por un momento, se arrepintió de aquel discurso, aunque sabía que se estaba dejando llevar por sus prejuicios.

—Dime una cosa. ¿Ha pasado algo entre ese joven preso y tú?

—Solo un beso —confesó Cora—. Es difícil iniciar una relación dentro de un penal. Resulta todo tan distópico... Además, está Mason. No sabe nada de lo que está ocurriendo y siento que lo estoy traicionando. ¿Tú crees que le he sido infiel? Quiero decir... ¿Técnicamente ese beso supone que le he puesto los cuernos?

Flavia suspiró al otro lado del teléfono. En su opinión, el beso era lo de menos. Lo importante era el vínculo emocional que se había gestado entre ellos; un sentimiento que a Cora le generaba conflicto por el simple hecho de existir.

—Si no estuviera en la cárcel, ¿crees que hubiera ocurrido algo más? —insistió Flavia.

—¡Pero lo está! ¿Por qué me iba a poner en una situación que no se ha producido? La realidad es la que es, *avoa* —se lamentó Cora—. Roque es un preso que cumple condena por un homicidio imprudente.

—Pero tú le crees cuando afirma ser inocente.

—Tú también lo harías si lo conocieras. Si lo hubieras mirado a los ojos como he hecho yo. Es más, sé que te gustaría. Le he hablado de ti. Y de Combarro. No conoce Pontevedra, y le he prometido que algún día se la enseñaré. ¿Sabes lo que me dijo el otro día? Que, si lo nuestro era un error, yo sería el error más hermoso de su vida.

Al escuchar hablar a su nieta de aquel hombre, Flavia entendió que la joven estaba perdidamente enamorada. De nada iba a servir intentar disuadirla porque el amor es terco y obstinado y, aunque se equivoque a veces, siempre se empeña en salirse con la suya. Así que la *avoa* decidió apoyar a Cora intentando poner algo de razón a aquella locura. Si ese tal Roque había sido sincero con la chica, era importante asegurarse de ello.

—Está bien. Esto es lo que vamos a hacer. *Escoitame*. Hay que cerciorarse de que todo lo que te ha contado es verdad. Porque, si no lo es, además de un delincuente es un mentiroso y no queremos dejarlo todo por un hombre mentiroso. ¿Estamos?

A Cora se le escapó un profundo suspiro. Hablar con la nona le clarificaba las ideas. Y estaba en lo cierto. La joven necesitaba tener la certeza de que Roque Gato no era un homicida y que realmente la muerte de Edwin había sido una fatalidad, resultado de un terrible accidente.

—¿Y cómo voy a hacerlo? —se cuestionó en voz alta—. ¿Cómo voy a ser capaz de averiguar lo que realmente ocurrió?

Flavia se encogió de hombros. No tenía ni idea de cómo hacerlo, pero sabía que era necesario para avanzar con aquella relación.

—Encontrarás la manera, *neniña*. Si de verdad amas a ese hombre y él te corresponde, confío en que encontrarás la manera.

—¿Y Mason? —preguntó Cora—. Tal vez debería ser sincera y contarle lo que está ocurriendo. No es justo para él, ¿no crees?

La abuela meditó la respuesta durante unos segundos. A su entender, el culpable de toda aquella situación era el abogado. Si no se hubiera llevado a Cora a Madrid y no le hubiera encontrado aquel trabajo en un penal, jamás hubiera conocido a ese tal Roque y, por lo tanto, nunca se hubiera enamorado de él. Así que, aunque sabía que su nieta tenía razón y no estaba bien mantener aquel engaño, no se sentía magnánima con Mason, ni mucho menos. La *avoa* lo hubiera mandado a freír espárragos hacía mucho tiempo si de ella hubiera dependido.

—Siempre pensando en los demás —respondió finalmente intentando ser evasiva—. Deberías empezar a hacerlo en ti misma. ¿Acaso crees que él te lo cuenta todo? Ningún hombre lo hace. Así que no te precipites. Al fin y al cabo, todavía no ha ocurrido nada entre Roque y tú. Encontrarás el momento de hablar con Mason, pero primero debes ordenar tus sentimientos. Las decisiones no son una sopa, no se toman en caliente.

Algo más reconfortada, Cora echó en falta la suave piel de Flavia. Un abrazo de aquel cuerpo frágil que tanto había soportado, la caricia de sus manos arrugadas atravesadas por ríos azules y sus dedos como sarmientos jugando con su cabello, pero se conformó con su voz. Si cerraba los ojos, podía verla y hasta oler su perfume dulce, y se aferró a ello.

De repente, escuchó el sonido de unas llaves en la cerradura de la casa.

—*Avoa*, te tengo que dejar. Mason ha vuelto del trabajo. *Quérote moito* —dijo en un susurro antes de colgar. Después, se hizo la dormida.

# 22

# MADRID

Noviembre

Era sábado y en Soto del Real apenas hacía tres grados de temperatura. Pasear por el patio de la prisión era más una tortura que un recreo porque el frío se calaba en los huesos. Algunos presos jugaban al fútbol para entrar en calor. Otros practicaban deporte por su cuenta. Unos cuantos charlaban mientras daban vueltas en círculo alrededor de los muros, bajo la atenta mirada de los guardas que, desde las alturas, controlaban que todo transcurriera con normalidad. Roque solía estar solo. Hacía tiempo que le habían retirado el preso sombra que tenía asignado desde su ingreso. Para las autoridades penitenciarias, Gato ya no suponía un riesgo para sí mismo y sus informes psicológicos eran más que favorables desde hacía unos meses. Su adaptación había sido extraordinaria y mucho tenía que ver en ello el programa de teatro del que formaba parte.

Aquella tarde, Roque pensaba en Cora apoyado en una esquina del patio a la que le alcanzaba un tímido rayo de sol. Los fines de semana se le hacían eternos y cada minuto deseaba con más fuerza que llegara el lunes para asistir a las clases y poder verla. En su imaginación, la abrazaba y recorría su cuerpo con delicadeza como quien acaricia una flor, con temor a dañarla, pero sin poder reprimir el deseo de tocar cada centímetro de su piel. Podía pasar horas fantaseando con ella. A menudo tenía sueños lujuriosos en los que hacían el amor ante la lumbre de una chimenea una y otra vez. Su pensamiento era tan libre como los pájaros que surcaban el cielo de la cárcel y como los que llevaba tatuados en su cuello. Aquella fantasía lo hacía sentirse optimista. Con la mirada puesta en un futuro donde volviera a ser un hombre libre dueño de su destino.

Pensaba en ello mientras jugueteaba con un guijarro del suelo cuando, de manera sorpresiva, se vio rodeado de un grupo numeroso de internos. Eran bastantes. Gato calculó de un vistazo que, por lo menos, debía haber unos doce. Sin apenas tener tiempo de reaccionar, entre todos habían hecho un muro humano, acorralándolo en una esquina. Estaba claro que pretendían ocultarlo de la vista de los guardas y, por la forma de hacerlo, Roque supo al instante que no tenían buenas intenciones.

Uno de ellos —conocido en prisión por ser uno de los cabecillas de la mayoría de los disturbios— se acercó a él. Caminaba despacio, protegido por el grupo, y lo hacía con una cadencia que asustaba. Mientras lo hacía, se frotaba los puños y mascaba chicle. Tenía la cabeza rapada y, a pesar del frío, llevaba camiseta de manga corta, dejando ver sus brazos musculados y llenos de tatuajes.

—Ven aquí, guapito de cara —le dijo mientras se aproximaba—. Me envían para que te mande un recado.

Acorralado, Roque miró a un lado y a otro. No tenía escapatoria. De manera instintiva, se palpó los bolsillos del pantalón, en busca de algún objeto con el que defenderse, pero no llevaba nada encima.

—Míralo, parece una ratita asustada —dijo otro preso. El grupo le rio la gracia.

—¡Saca la lengua! —le ordenó el cabecilla—. ¡Que saques la puta lengua he dicho! —insistió al ver que Gato no obedecía.

Desconcertado, Roque no reaccionó. Entonces, el preso le agarró la mandíbula y le obligó a abrir la boca con tal fuerza, que a punto estuvo de desencajarle la mandíbula. Después, le agarró la lengua y tiró de ella para finalmente soltarla.

—No se mete esa cosa asquerosa en la boca de la prometida de un abogado —dijo mientras se limpiaba las manos en la pernera del pantalón al tiempo que hacía una mueca de repulsión—. Si lo vuelves a hacer, te la tendré que cortar y metértela por el culo. ¿Has entendido?

—Mejor una corbata colombiana —apuntó otro. El resto jaleó la idea.

—No seas bruto. Además, de momento no lo quieren muerto —dijo el jefe de la banda—. Aunque solo de momento. ¿Me has oído?

Roque permanecía callado. Claramente estaba en desventaja y no quería hacer ni decir nada que pudiera calentar más los ánimos. Pero el silencio del mecánico enfureció a su agresor, que le propinó un puñetazo con tal violencia que cayó al suelo.

Derribado, el agresor utilizó la cara de Roque como un saco de boxeo mientras el grupo, arremolinado alrededor, evitaba que fueran vistos por los vigilantes. Tras reventarle la ceja y hacerle sangrar por la boca, comenzó a darle puntapiés en el costado hasta romperle dos costillas sin que Gato pudiera hacer nada por defenderse. La agresión apenas duró un par de minutos, tiempo suficiente para propinarle una buena paliza. Cuando terminó, volvió a preguntarle mientras le estiraba del pelo.

—Este es solo un primer aviso. Aléjate de esa muñeca. No te pertenece. La chica de un picapleitos es fruta prohibida. ¡¿Entendido?!

Con dificultad y escupiendo sangre, Roque contestó afirmativamente. No porque estuviera de acuerdo en dejar de ver a Cora, sino porque temió que aquel tipo siguiera pegándole hasta un desenlace fatal.

—Esto han sido caricias. Si hay una próxima vez, no utilizaré los puños —dijo el preso mostrándole un pincho casero que llevaba escondido en el calcetín, fabricado con un cepillo de dientes.

Tras la paliza, todo el grupo se dispersó inmediatamente por el patio, como las hormigas cuando comienza a llover. Gato quedó en el suelo, ensangrentado y hecho un ovillo hasta que otro interno dio la voz de alarma.

Roque pasó todo el fin de semana en la enfermería. La ceja requirió puntos y las costillas necesitarían tiempo para soldar, le había dicho el médico. Por lo demás, los golpes solo le habían causado contusiones, por fortuna, sin daños internos. Había tenido suerte. Al menos esta vez. A pesar de la insistencia de los funcionarios, Roque Gato se negó a desvelar quién había sido el responsable de tal brutal asalto. ¿Qué iba a decir? ¿Que un abogado le había encargado a un preso que le diera una paliza? De haberlo hecho, sabía que su vida habría estado en peligro, mucho más de lo que ya lo estaba después de descubrir que Cora era la novia de un tipo con toga, pero sin escrúpulos; alguien con poder fuera y, por lo visto, también dentro de la cárcel, a quien no le había hecho ninguna gracia su acercamiento con la profesora.

Lejos de disuadirlo, la agresión que había recibido había acrecentado en Roque el deseo de estar con Cora. No le gustaba que le dijeran lo que tenía que hacer y mucho menos que lo amenazaran. Si alguien tenía que decidir al respecto esa era ella, opinaba Gato, más convencido que nunca de luchar por lo que sentía, aunque para ello tuviera que jugarse el pellejo.

# 23

# MADRID

Con la excusa de mantener una tutoría privada, Cora solicitó una reunión a solas con Roque Gato uno de los días de la semana en los que no se impartía el taller de teatro. Le urgía hablar a solas con él. Unos días atrás, el diario *Al Minuto* había publicado una información tendenciosa sobre ellos, insinuando que eran algo más que alumno y profesora, lo que los colocaba en una situación complicada, especialmente para Cora, que estaba prometida. Ella se había enterado del artículo de «La Mirilla» porque, de vez en cuando, leía ese periódico en la cafetería que había cerca de su casa, durante el desayuno. Pero no lo había comentado con Mason. Ni una palabra. Tampoco su novio le había hecho referencia alguna al respecto. Con suerte —pensaba Cora—, el abogado no se había enterado de nada. Era un hombre muy ocupado que no podía perder el tiempo leyendo los chismes de un periódico local.

La reunión se produjo en la biblioteca. Cora estaba muy nerviosa. Tenía la sensación de que todo estaba a punto de saltar por los aires y que la situación parecía estar sujeta con alfileres. Le angustiaba no tener control alguno sobre los acontecimientos que transcurrían como pompas de jabón, los cuales siempre terminaban estallando. Enfadada con el periodista que se le había acercado el día de la *première*, decidió hablar primero con Roque. Ya tendría tiempo de aclarar el asunto con aquel redactor de tres al cuarto; pensaba en ello mientras aguardaba a que llegara Gato, que, como siempre, lo hizo acompañado de un funcionario de prisiones. Por suerte para ambos, no era el de costumbre. El habitual estaba enfermo. Había pillado una gripe que le había llevado a guardar cama, le habían dicho a la profesora al preguntar por el motivo de su ausencia.

Nada más verlo entrar, la joven reprimió las ganas de correr hacia él para abrazarlo. Se percató enseguida de que el preso presentaba un aspecto lamentable. Tenía un ojo hinchado y una ceja partida que había requerido puntos. Por la inflamación del rostro y el color de los moratones, no hacía demasiado tiempo que le habían golpeado. Cora se mordió la lengua para evitar que se le escapara una mueca de preocupación y disimuló lo mejor que pudo el gozo que le producía su presencia.

—Estaré en la puerta —dijo el funcionario indicando el lugar.

—Lo sé —apuntó Cora—. Me conozco el protocolo.

Una vez solos, se miraron de arriba abajo con el ansia de quien no puede tocar al otro. Ambos sabían que los vigilaban un par de cámaras de seguridad. Intentando parecer profesional, Cora lo invitó a sentarse frente a él en la mesa, como si en realidad estuvieran manteniendo una tutoría en lugar de una charla sobre asuntos personales.

—Estás preciosa —le dijo él, sabiendo que podían verlos, pero no escuchar su conversación.

—¿Qué te ha pasado? —preguntó Cora preocupada.

—¿Esto? —dijo Roque señalándose el rostro—. Tendrías que ver cómo quedó el otro.

—Hablo en serio.

Roque dirigió la mirada hacia una de las cámaras de seguridad. Apuntaba hacia ellos directamente. Así que evitó tomarle las manos a la joven, aunque se moría de ganas por sentir el tacto de su piel.

—Me encantaría besarte ahora mismo —confesó—. Me volvería a dejar pegar si ese fuera el precio.

—¿Te has metido en líos? —preguntó Cora.

Roque negó con la cabeza.

—Vinieron a por mí. En el patio, el sábado por la tarde. Fue un encargo.

—¡¿De quién?!

—Los Dominican Don't Play quieren venganza, supongo. Pero no debes preocuparte por nada. Los guardas ya se han ocupado del asunto y tomarán medidas para que no vuelva a ocurrir. Además, estoy bien. Esta cicatriz de la ceja me dará un aspecto de tipo duro en cuanto se cure del todo —bromeó—. Lo mismo hasta resulta sexi.

Roque mintió para no contarle a Cora la verdad. A juzgar por sus palabras, la chica desconocía que era su novio el que estaba detrás de aquella agresión. Así que, aprovechando que ambos estaban solos en la biblioteca, pasó a la acción, decidido como estaba a luchar por ella.

—¿Confías en mí? —le preguntó a la joven. Desconcertada, Cora asintió—. Pues actúa con naturalidad. No mires a la cámara que está a nuestra derecha —le indicó con los ojos—. Tampoco la que está al fondo de la sala. Levántate y toma un par de libros de cualquiera de las estanterías. Después, los acercas a la mesa. Simularemos que los ojeamos. A continuación, nos levantaremos, como si fuéramos en busca de otros títulos. Sígueme. Sé dónde hay un punto ciego. Allí podemos hablar sin que nos graben. Aunque las cámaras fallan más que una escopeta de feria, es mejor asegurarse.

Cora escuchaba asombrada. Estaba perpleja y al mismo tiempo excitada por lo morboso de la situación. Cumplió al dedillo cada una de las indicaciones. Era una buena actriz, se dijo mientras interpretaba. Después, ambos se dirigieron a un lugar donde, según había podido comprobar Roque, no llegaban las cámaras. Era justo en la esquina ubicada detrás de la estantería dedicada a los libros de Historia. Una vez allí, Roque la apoyó contra la pared y la sujetó por las muñecas. Después, la besó comenzando por el cuello.

—Dime que sientes lo mismo que yo —le susurró al oído—. No puedo seguir negándome esto. Me voy a volver loco si lo hago.

Cora cerró los ojos y dejó escapar un suspiro; no podía evitar sentir una atracción animal por Roque. La respiración se le agitó en pocos segundos y respondió entre jadeos:

—Estoy prometida —confesó—. Esto no está bien.

Sin dejar de besarla, Roque le soltó las muñecas y atrajo su cuerpo al suyo como un imán. Al hacerlo, sintió una punzada de dolor en las costillas, pero no le importó. El aroma de su perfume compensó su malestar.

—Lo imaginaba —respondió Roque mirándola a los ojos— y no me importa. Solo necesito saber si lo quieres. ¿Acaso lo deseas como a mí?

Cora no supo qué decir. Su cuerpo parecía responder por su cuenta, sin obedecer a su pensamiento. Estaba excitada de una manera salvaje, aunque Roque apenas la hubiera tocado. Podía sentir la erección del preso a través de la ropa y se moría de ganas por desnudarlo y recorrer cada centímetro de la piel, pero no podía hacerlo; no en aquel lugar al menos.

Entonces, el joven le desabrochó la blusa dejando al aire el sujetador negro de encaje, a través del cual se adivinaban los pezones de Cora. Los tenía tan duros que el roce de la tela le molestaba. También estaba muy húmeda. Roque metió la mano y apretó con firmeza uno de los pechos, mientras Cora le correspondía acariciando el pene a través del pantalón.

—Nos van a descubrir —acertó a decir la joven.

—Y qué nos harán... ¿encerrarnos? —bromeó Roque mientras le lamía el cuello con lujuria.

Después, dirigió sus manos al culo de Cora, agarrándole las nalgas con fuerza, al tiempo que disfrutaba del roce de su mano en la entrepierna. Apenas unos minutos después, el joven eyaculó, ahogando un grito de placer en la boca de Cora, para evitar que lo escucharan desde fuera. Hacía demasiado tiempo que no estaba con una mujer y había fantaseado tanto con aquel momento que no pudo evitar correrse.

—Lo siento —dijo intentando recobrar la respiración.

La joven se apresuró en cerrarse la blusa. En el fondo agradecía que Roque hubiera sido tan rápido porque, de no haber ocurrido, estaba segura de que se hubiera abandonado a aquel placer prohibido y no quería ni imaginar qué hubiera ocurrido entonces.

—Esto es una locura —respondió finalmente.

Roque la miró a los ojos. No solo la deseaba con la pasión de una tormenta, también la amaba como la luna ama el horizonte cuando se rozan cada anochecer, de manera irremediable.

—Dame una oportunidad —le pidió él—. Algo así no puede ser un error.

Ella, a punto de romper a llorar, intentó recomponerse. Estaba hecha un lío. Se arregló la ropa y el cabello y, disimulando la zozobra, abandonó el rincón ciego y se dirigió a la mesa de nuevo. La siguió Roque, que había agarrado un libro de una estantería para aparentar que continuaban con la tutoría. De nuevo en el punto de mira de las cámaras, Cora recogió sus cosas, sonrió y le tendió la mano al preso de manera cordial. Este hizo lo propio, devolviéndole el saludo formal. Después, ambos se dirigieron a la puerta. Fuera los esperaba el funcionario de prisiones.

# 24

## MADRID

Noviembre

Mason Brown era un hombre orgulloso y con un elevado amor propio. Concienzudo y calculador, siempre meditaba mucho sus decisiones, especialmente las importantes. Lejos de lo que solía opinar la gente al conocerlo, también era un joven apasionado, aunque no fuera amigo de mostrar sus emociones en público. Prefería que, en la batalla entre la razón y el corazón, ganara la primera. Por su experiencia, resultaba más práctico y, a la larga, daba mejores resultados, según la opinión del abogado.

Con el asunto de Cora y aquel preso con el que parecía estar coqueteando su novia, actuó de la misma manera: dejó reposar su ira y no tomó ninguna decisión al respecto hasta que se hubo calmado. Actuar en caliente suponía para Mason una clara falta de autocontrol y él presumía de ser un hombre reflexivo. Al fin y al cabo, todo lo que había conseguido en la vida —su carrera profesional, su estatus y su proyección— se lo debía a su inteligencia y a su capacidad para separar lo práctico de lo emocional. Aunque tenía que reconocer que había necesitado más tiempo del habitual para llegar a un estado de calma que le permitiera pensar con la cabeza y no con el corazón en lo relativo a Cora. El elemento sorpresa lo había descolocado porque Mason no lo había visto venir. El abogado hubiera puesto la mano en el fuego por ella sin dudarlo. Y estaba claro, a juzgar por los últimos acontecimientos, que se hubiera quemado.

Aquel viernes, salió antes del bufete. Aún no habían dado las seis de la tarde en el Breguet que le habían regalado sus padres el día de su graduación y que había pertenecido a su abuelo paterno —una cara reliquia familiar— y pensó que era una hora estupenda para sorprender a Cora. Miró por la cristalera de su despacho, Madrid oscurecía y la gente transitaba envuelta en ropa de abrigo con la mirada en el suelo. Echó un vistazo a la floristería que había en la esquina de la misma calle. Todavía tenía la luz encendida, así que recogió su abrigo y sus guantes y se dirigió hacia allí.

La campanilla de la puerta alertó a una señora que apareció como de la nada entre las flores de la tienda. Nada más verle, le dedicó a Mason una agradable sonrisa. Era menuda y enjuta, y llevaba el pelo cardado de color rosa, como algodón de azúcar.

—Ha tenido usted suerte, jovencito —dijo la mujer quitándose el delantal camino de la puerta—. Estaba a punto de cerrar. Las flores también necesitan descansar. ¿Qué se le ofrece? —preguntó mientras le daba la vuelta al letrero que colgaba del cristal para que se pudiera leer desde fuera «CLOSED».

—Margaritas. Un ramo bien grande —respondió Mason—. Si las tuviera blancas, sería perfecto.

La dependienta alzó un poco la barbilla y echó un vistazo a la tienda. No parecía dar con lo que andaba buscando. De repente, se acordó de algo.

—¡Aquí dentro! —dijo señalando la estancia de donde había salido segundos antes—. Deme un minuto.

Mason esperó contemplando la tienda. A Cora le encantaban las flores y hubiera disfrutado de aquel lugar. Las margaritas blancas eran sus preferidas porque le recordaban a su niñez. Así que, siempre que el abogado quería arreglar algo con ella, recurría a un buen ramo como inicio de la solución del conflicto. Pensaba en eso cuando la mujer apareció de nuevo con un gran manojo en los brazos.

—Lo dicho. Es usted afortunado. Me las habían encargado y no han venido a por ellas —explicó mientras las dejaba sobre el mostrador.

—Pues me las llevo todas entonces.

—Vaya, deben ser para alguien muy especial —dijo la mujer mientras lo preparaba.

—Son para mi prometida.

—Me alegra saberlo. ¿Alguna ocasión especial? —preguntó.

Mason sonrió. No podía contarle a aquella desconocida que su novia se había besado con un delincuente en una prisión y que, lejos de decírselo, se lo había ocultado; que se había tenido que enterar de lo ocurrido por un chismorreo de un periódico barato y que, además, había sido la comidilla de sus colegas en el despacho de abogados en el que trabajaba. Sí, era una ocasión especial porque, tras meditarlo mucho e intentar pensar con practicidad, Mason había decidido darle a Cora una segunda oportunidad y reconducir la situación. Al fin y al cabo, solo había sido un beso. Su orgullo no le permitía romper con ella por un motivo tan vulgar. Además, de haberlo hecho, todos hubieran sabido que aquel chisme del periódico tenía una base de certeza, lo que lo hubiera convertido, oficialmente, en un cornudo. Y a Mason nadie lo traicionaba públicamente y mucho menos con un delincuente de tres al cuarto. Así que, para salvaguardar su imagen y su buen nombre, no le había quedado otra que darle un buen escarmiento a aquel preso, con la intención de que se le quitaran las ganas de acercarse a Cora, al tiempo que ponía algo más de empeño en cuidar la relación con su novia, a quien, debía reconocerlo, había dejado de prestarle mucha atención tan ocupado como estaba con el trabajo.

—Digamos que sí. Es una ocasión especial —respondió finalmente—. Podría decirse que estas flores marcan un antes y un después.

—¡Oh! ¡Qué interesante! —exclamó la mujer—. Y misterioso... Me encantan los misterios. ¿Conoce la *Digitalis purpurea*? Es una flor preciosa que hay en algunos jardines y era uno de los venenos que usaba Agatha Christie en sus novelas. Es mi escritora favorita. Por otro lado, ¿sabía usted que las margaritas blancas representan la inocencia y la pureza? —apuntó la florista—. Todas las flores cuentan historias. A pesar de su efímera existencia, cuando una flor muere ha sido protagonista de un momento importante en la vida de alguien. Me gusta pensar que lo que vendo aquí son instantes.

—No lo había pensado así —comentó Mason intentando parecer interesado.

Resuelta, la dependienta envolvió las flores con papel de celofán y colocó una cinta rosa alrededor. Después, sujetó una tarjeta de la floristería con una pinza diminuta del mismo color.

—Dígale a su prometida que le ponga dos cucharaditas de vinagre blanco por cada litro de agua. Verá qué bonitas se ponen y cuánto le duran. Es un truquito que siempre funciona —explicó mientras le ofrecía el ramo. Mason asintió y con la otra mano sacó su tarjeta de crédito para abonar la compra.

❧

Mientras tanto, Cora conducía camino del polígono industrial de Arroyomolinos, en Móstoles. No tenía ni idea de cómo llegar a aquel lugar, pero le urgía hacerlo. En esa dirección le habían dicho que se encontraba el Centro Municipal de Acogida de Animales Abandonados y cerraba a las siete. Era la ubicación que le había mandado el operario que la había llamado una hora antes preguntando por ella.

—¿Hablo con Cora Quiroga? La llamo del albergue de animales. Se trata de Petra, la podenca que nos dejaron aquí hace unos meses. El propietario nos ha dado su nombre de contacto —le había dicho ante la sorpresa de Cora—. Mañana a primera hora la van a sacrificar. Lleva demasiado tiempo en una jaula y nadie ha querido adoptarla. Verá —había explicado el hombre—, las instalaciones están saturadas y no podemos hacernos cargo eternamente de tantos animales. Es lo que hay. Es duro, pero esto funciona así; hay que hacer hueco. No somos rescatistas. De todas formas, este animal se hubiera muerto de pena más pronto que tarde. Apenas come.

—¿Y le han dicho que me llame a mí? —había preguntado Cora confusa.

—Si el perro tiene chip y el dueño está localizable, nos ponemos en contacto con él por si se trata de un caso de extravío y no de abandono. Petra lo tiene, pero resulta que su propietario está en prisión y nos ha costado mucho dar con él, así que está claro que no puede venir a por ella y que, si nadie lo hace antes de que cerremos, mañana la dormirán. El tipo de la cárcel ha dicho que la llamemos a usted. Ha asegurado que se quedaría con el animal.

Cora había guardado silencio. Estaba claro que Roque había recurrido a ella de forma desesperada para salvar a su perra de la muerte. Probablemente no tenía a nadie más a quién encomendarle la tarea.

—Señora, ¿va a venir a recoger a Petra o qué? No tengo todo el día —la había apremiado el operario.

Así que allí estaba, llegando a un lugar apartado de Madrid cuando ya había anochecido para salvar a la perra de Roque de la eutanasia. A Cora se le antojaba que era algo así como sacarla del corredor de la muerte. Respecto a Mason, le había dejado una nota prendida de un imán de la nevera para avisarle de que llegaría un poco más tarde sin especificarle el motivo de su retraso. Tenía que pensar la manera de explicarle por qué iba a aparecer con un animal. Al abogado no le gustaban los perros. En su opinión, olían mal y suponían una obligación que no le compensaba asumir. Soltaban pelo y babeaban, comportamientos incompatibles con sus trajes de sastre. Y mucho menos el perro del preso sobre el que Cora no le había contado toda la verdad.

El operario del albergue la estaba esperando. Cora llegó justo a tiempo, minutos antes de que cerraran las instalaciones. El hombre le abrió las pesadas puertas de forja y, al hacerlo, un sonido metálico rasgó el silencio de la noche. Los perros ladraron como un lamento. Cora siguió sus indicaciones y aparcó bajo un techado de uralita que había a la derecha. Después, bajó del vehículo y se dirigió hacia el trabajador tendiéndole la mano.

—Vengo a por… Petra —dijo recordando el nombre de la perra.

El hombre no le devolvió el saludo y mostró sus manos cubiertas por unos guantes de plástico para excusarse por no hacerlo.

—La estaba esperando. Acompáñeme —le indicó.

El panorama del albergue era desolador. No había mentido aquel hombre al decir que el servicio de recogida de animales abandonados estaba saturado. Decenas de jaulas se sucedían en un corredor que parecía interminable.

—Estos son los que mañana dormirán —indicó al percibir en Cora cierto desasosiego.

A su paso, algunos perros gruñían y buscaban el contacto, llamando la atención de distintas maneras. Otros, por el contrario, permanecían inmóviles, acurrucados en una esquina de la jaula. Petra era una de ellas. Estaba en mitad del pasillo.

—Es esta —dijo el hombre al llegar a su altura—. Lo que le dije por teléfono: está deprimida.

A Cora se le encogió el corazón al ver al animal. Había visto alguna fotografía suya en *Al Minuto* y conocía la historia del rescate de Petra porque aquel periodista entrometido la había contado en su periódico, pero la perra que tenía enfrente en nada se parecía a aquella del artículo. Cora se puso de cuclillas para observarla. Estaba en los huesos; las costillas se le marcaban y parecía tener heridas en la piel.

—¿Está enferma? Tiene llagas —apuntó la joven.

—No es contagioso, no se preocupe —la tranquilizó el operario—. Solo es una alopecia producida por el estrés, asociada a una reacción alérgica. Se les cae el pelo y se rascan, lo que produce esas laceraciones. Nada que no se cure con un poco de cariño y un hogar.

Despacio para no atemorizar al animal, que estaba hecho un ovillo, la joven introdujo los dedos por entre los barrotes para invitar a que la perra se acercara a ella, pero Petra no reaccionó. Simplemente levantó la mirada. Sus ojos eran la tristeza absoluta. Se había abandonado a su suerte.

—Hola, Petra —dijo Cora con voz dulce—. Soy una amiga de Roque y he venido a buscarte. ¿Quieres venirte conmigo?

El hombre soltó un bufido. Era tarde, lo esperaban en casa y no estaba para escenas sentimentales. No es que fuera un insensible, pero había aprendido a poner distancia emocional con los animales para poder hacer su trabajo; de lo contrario, hubiera dimitido la primera semana. Además, aún tenía que hacer todo el papeleo y el trámite les iba a llevar unos minutos, así que interrumpió el momento y abrió la jaula. Después, con cuidado, agarró a Petra del collar y le colocó una correa. El animal se levantó y caminó unos pasos hasta poner las patas fuera de allí llevada por la inercia. Al salir, olfateó a Cora que se dejó hacer sin tocarla.

—Buena chica —dijo finalmente al comprobar que Petra parecía aceptarla—. Tú y yo vamos a tener que hacernos amigas.

—Has tenido suerte —dijo el hombre dándole unas palmaditas en el lomo—. Salvada en el último minuto.

Ya en las oficinas del albergue, Cora recogió toda la documentación de la perra y firmó el contrato de adopción sin ser demasiado consciente de las consecuencias de lo que acababa de hacer. Después de haber mirado a los ojos a Petra, habría sido incapaz de dejarla de nuevo en esa jaula camino de la muerte; la mirada de desolación del animal la había conmovido. Nunca había tenido un perro, pero desde niña lo había deseado. Así que pensó que «todo pasa por algo», como solía decirle Flavia. Además, no estaba entre sus planes fallarle a Roque cuando todo el mundo parecía haberle dado la espalda.

Mason había puesto las margaritas en un jarrón con agua y lo había colocado en la mesa del salón para que Cora lo viera nada más llegar. Después, se sirvió un vino. Al hacerlo, se percató de la nota que su novia le había dejado en la nevera. Volvería tarde, decía, pero lo cierto es que no se hizo esperar demasiado. Cuando el abogado estaba a punto de servirse la segunda, escuchó el sonido de unas llaves en la puerta, así que fue a su encuentro. La sorpresa de Mason fue monumental al verla entrar acompañada de un perro.

—Déjame hablar antes de que te pongas hecho una furia —se apresuró a decir ella al tiempo que dejaba las llaves en la bandeja de la entrada y unas bolsas de comida para el animal que había comprado en el supermercado de camino a casa.

—¿Se puede saber de dónde ha salido eso?

—Me la he encontrado en la calle —mintió Cora.

—¿Y lo traes a casa?

—Solo será por unos días, hasta que le busque un lugar definitivo. Es una hembra muy dócil. No podía dejarla vagando a su suerte. Podrían haberla atropellado o algo peor.

Mason se echó las manos a la cabeza y comenzó a dar vueltas sobre sí mismo. Estaba empezando a cabrearse. Podía notar la adrenalina circulando por su torrente sanguíneo. El buen humor con el que había decidido afrontar la crisis con su prometida se estaba disipando por momentos. Cora se empeñaba en complicarlo todo y en ponérselo difícil.

—¡No puede quedarse aquí ni un minuto! —exclamó enfadado—. Este piso no nos pertenece; es una concesión del bufete y tenemos prohibido por contrato tener mascotas.

Petra comenzó a ladrar a Mason; su tono de voz parecía haberla alterado. Nerviosa, Cora intentó que se callara sin conseguirlo.

—¿Te das cuenta? —dijo el abogado haciendo un gesto con las manos para indicar a qué se refería—. Tienes que sacarla de aquí ahora mismo.

—Son más de las ocho de la tarde, ¿dónde quieres que la lleve a estas horas de un viernes?

—Al albergue, donde se lleva a los perros callejeros. Además, ¡tiene sarna! —exclamó con repulsión al observar las heridas que Petra tenía en la piel.

—Es solo estrés. No es contagioso.

—¿Ahora eres veterinaria?

Desoyendo a Mason, Cora tiró de la correa y entró en el baño con la perra. Buscó en el armario una toalla vieja y la puso en el suelo, al lado de la ducha. Mason la seguía. Le parecía inaudito que estuviera ignorándolo y no le hacía ninguna gracia aquella actitud.

—Hoy dormirás aquí, Petra —dijo Cora.

—¿Ya le has puesto nombre y todo? —protestó Mason—. ¡Quítate esa idea de la cabeza! ¡¿Me has oído?!

Cora se dirigió a la cocina y agarró un par de cuencos de un armario. Después, volvió a la entrada a por las bolsas de comida. Caminaba rápido por el pasillo, seguida por su novio en todo momento, como si fuera su sombra. Estaba nerviosa pero decidida. De vuelta al baño, puso un poco de pienso en uno de los cuencos y agua en el otro. Petra se había acomodado en la toalla y parecía agradarle el lugar. Olfateó la comida, pero solo bebió un poco de agua.

—Está bien —dijo Cora—. Poco a poco.

Entonces Mason la agarró por los hombros y la giró para que no le diera la espalda. Cuando la tuvo sujeta frente a él, la zarandeó. De buena gana la hubiera abofeteado.

—¡¿Qué cojones te está pasando?! —gritó—. ¡¿Se te está yendo la pinza o algo por el estilo?!

Al ver la actitud violenta de Mason, Petra se alteró y comenzó a ladrarle mostrándole los dientes. Era un claro desafío del animal para defender a Cora. Al darse cuenta de que estaba perdiendo los papeles, el abogado soltó a su novia al tiempo que le dedicaba una mirada condescendiente. Después, respiró profundamente intentando controlar su ira y abandonó el cuarto de baño.

Aquella noche, Mason se registró en un hotel cercano a su casa. Estaba tan enfadado que había preferido no dormir en el piso junto a Cora. Necesitaba calmar los ánimos. No le gustaba que las cosas no salieran como las tenía previstas y le molestaba sobremanera que su novia lo tomara por un idiota.

Después de darse una ducha caliente para templar los nervios, Mason había pedido comida al servicio de habitaciones. Algo frío junto con una botella de cava. A continuación, eligió compañía femenina de una web especializada en *bondage*; Mason tenía la necesidad de dominar. La *escort* apenas tardó media hora en llegar y lo hizo vestida con un abrigo de piel. Nada más entrar en el dormitorio, lo dejó caer en el suelo. Debajo solo llevaba un *body* de cuero negro y unas botas altas del mismo color. Un collar de perro le recorría el cuello y de las caderas le colgaba un amarre de piel preparado para anclarse a sus muñecas y tobillos. A Mason la joven le pareció de aspecto vulgar; hubiera jurado que no era la misma que había solicitado por internet.

—Era esto lo que querías, ¿no es cierto? —preguntó ella al saberse observada por el cliente como si no pareciera conforme.

Impaciente por inmovilizarla, Mason la tiró sobre la cama, poniéndola boca abajo para no tener que verle la cara. A continuación, sujetó los extremos del amarre a cada una de las cuatro extremidades dejando a la joven con las piernas abiertas y flexionadas sujetas a sus muñecas. Después, se quitó el albornoz y la penetró en repetidas ocasiones imaginando que se trataba de Cora.

El encuentro sexual apenas duró media hora, lo justo para que el abogado se desfogara. Fue generoso con la prostituta —había gritado como a él le gustaba—, así que, como agradecimiento, le coló unos billetes extra en una de las botas. La tarifa ya la había abonado por internet al requerir sus servicios. Después, la invitó a marcharse.

Ya a solas, pegó un trago a la botella de cava hasta apurarla. Al darse cuenta de que estaba vacía, la colocó boca abajo en la cubitera y pidió otra por teléfono. Mientras aguardaba a que se la sirvieran, todavía desnudo, encendió su ordenador. Solo tuvo que teclear tres palabras en el buscador para confirmar sus sospechas: «Petra, perra, Roque». En cuestión de milésimas de segundo la magia de la red hizo de las suyas y el primer resultado que apareció en la pantalla fue el artículo sobre el perro del homicida Roque Gato, la bonita historia del rescate de un cachorro del motor de un coche. La fotografía de la podenca no daba lugar a dudas. Aunque algo cambiada, era el mismo perro que aquella noche dormía en el baño de su casa. De nuevo, Cora le había mentido.

—Y yo comprando margaritas como un auténtico idiota —dijo en voz alta.

# 25

# MADRID

No estaba sola en la piscina, había otro nadador con ella; un hombre joven que practicaba los largos en dirección contraria a la de Cora. Cada cierto tiempo se cruzaban y la ola que provocaba el hombre, cuyos brazos eran más robustos que los de ella, la desviaban un poco de su trayectoria. De repente, Cora comenzó a notar que el agua bajaba de temperatura y sintió un escalofrío recorrerle todo el cuerpo. Hacía frío. Se afanó por alcanzar la pared, tocó el extremo de la piscina con la punta de los dedos y se agarró al borde para descansar un poco. Al sacar la cabeza se percató de que había perdido de vista al otro nadador. Echó un vistazo alrededor de las instalaciones. Ni rastro del tipo. A Cora le extrañó que se hubiera escabullido sin que ella se diera ni cuenta en tan solo unos pocos segundos, pero no le dio más importancia. En ese instante, notó que alguien la agarraba por los tobillos y tiraba de ella hacia el fondo con mucha fuerza. Sin capacidad de reacción, se vio sumergida por completo. No había podido llenar los pulmones, por lo que apenas tenía aire para aguantar unos segundos la respiración. Alguien la sujetaba para que no pudiera emerger. Angustiada por la situación, Cora comenzó a mover los brazos con energía para alcanzar la superficie y dar una bocanada mientras daba patadas para intentar zafarse de las manos que la retenían. Pero, por más que lo pretendía, no lo lograba y conseguía el efecto contrario, consumir el poco oxígeno que le quedaba. En uno de sus intentos, pudo reconocer sumergido al nadador que segundos antes se cruzaba con ella en la piscina. Por alguna razón quería ahogarla, pero Cora no pudo identificarlo. No distinguía su rostro con claridad.

Cuando estaba a punto de desfallecer y dejarse morir, Cora despertó angustiada y con la respiración agitada, abriendo la boca como un pez fuera del mar. Había tenido una terrible pesadilla. Necesitó unos segundos para tomar conciencia de la realidad. En el lado de la cama perteneciente a Mason, dormía Petra, que había conseguido salir del cuarto de baño en algún momento de la noche para acomodarse al lado de Cora sin que ella se hubiera dado cuenta. La perra abrió los ojos al verla agitada y le dedicó una mirada somnolienta. Parecía estar a gusto.

—Ha sido un mal sueño —dijo la joven mientras se abrazaba a Petra. La perra respondió emitiendo un sonido impreciso y lamiéndole la cara—. Creo que tú has pasado mejor noche que yo.

Miró el reloj. Todavía era temprano, pero ya había salido el sol. Se asomó a la ventana del dormitorio y comprobó que Madrid había amanecido de color grisáceo. El día iba a ser frío y probablemente lloviera, dijeron en las noticias de la radio. Pero Cora no pensaba quedarse en la capital para comprobarlo. Había decidido aprovechar el fin de semana para viajar a Pontevedra.

Tras discutir con Mason por el asunto de Petra, la joven le había dado muchas vueltas hasta encontrar una solución perfecta a su problema: le llevaría la perra a Flavia y asunto arreglado. Así aprovechaba, además, para no estar en casa el fin de semana hasta que las cosas entre ellos se calmaran un poco. Conocía al abogado y sabía que necesitaba su tiempo para templar los nervios y amainar su mal carácter. Nunca antes la había tratado de aquel modo y Cora no estaba dispuesta a justificar lo ocurrido la noche anterior, así que lo mejor que podía hacer por el bien de los tres era poner distancia y tiempo de por medio.

Miró su teléfono móvil en busca de algún mensaje de Mason, pero su prometido no había dado señales de vida. Cora supuso que había pasado la noche en algún hotel o en casa de algún colega del trabajo. En realidad, le importaba bien poco. Ella también estaba enfadada y, como tantas veces le había aconsejado la nona, había decidido pensar primero en sí misma de una vez por todas.

Petra seguía a Cora por toda la casa como si fuera su sombra; temerosa de perderla de vista por miedo a que de nuevo la abandonaran. La joven iba de aquí para allá preparando un par de bolsas de viaje: algo de ropa, el neceser, un par de zapatos de repuesto y todo lo que había comprado para la perra. Al pasar por el salón, reparó en el enorme ramo de margaritas que había sobre la mesa. Se paró en seco frente a él. Con la discusión, no se había dado cuenta de que estaba allí. Eran sus flores preferidas y Mason siempre se las regalaba en ocasiones especiales o cuando quería mostrarse romántico por algún motivo. Cora no pudo evitar dejar escapar un profundo suspiro. Tenía que reconocer que se sentía un poco responsable de lo ocurrido. Al fin y al cabo, le había mentido por temor a no tener la confianza necesaria para compartir con él toda la verdad. Entonces, miró a Petra, que estaba sentada a su lado. Se agachó para estar a su altura y le rascó detrás de las orejas.

—Hay que ver en el lío en el que nos ha metido Roque —le dijo—. Tú también lo quieres, ¿verdad? Supongo que el amor siempre se cobra su precio, pero no seré yo quien se arrepienta de haberse enamorado.

Petra le dio un par de lametazos en la cara mientas movía el rabo. El animal se mostraba contento con su presencia y eso, a Cora, parecía compensarla de alguna manera.

—¿Qué vamos a hacer ahora? ¿Cómo vamos a arreglar toda esta situación? —se preguntaba la joven en voz alta como si la podenca pudiera entenderla—. No puedo seguir viviendo con Mason, no después de lo que ocurrió ayer. ¿A quién pretendo engañar? Me he dado cuenta de que ya no lo amo y que llevo mucho tiempo atrapada en una mentira. ¡Si hasta evito tener sexo con él! Ha tenido que cruzarse Roque en mi camino para poner todo mi mundo patas arriba. O tal vez ya lo estaba antes y ni siquiera me había dado cuenta. Tú me entiendes, ¿verdad?

La perra se mostraba contenta y no hacía más que dar lengüetazos.

—¿Sabes una cosa? —preguntó cambiando de tema—. Creo que te va a gustar Combarro. Vamos a darle una gran sorpresa a la *avoa*. Ya lo verás.

Antes de salir del piso, Cora se quitó el anillo de compromiso, lo dejó al lado del ramo de margaritas y echó un vistazo a la casa con la sensación de que ya no había vuelta atrás.

No le había dicho nada a Flavia, pretendía que su visita fuera una sorpresa. Y vaya si lo iba a ser. Se moría de ganas por ver la cara de asombro de la abuela al verla aparecer acompañada de una preciosa perra en lugar de por su novio. Se le escapó una sonrisa al imaginarla. Por una vez, Cora había decidido improvisar y afrontar las situaciones tal y como se le iban presentando. Al fin y al cabo, tampoco le había dado buen resultado tenerlo todo bajo control porque, en cualquier momento, algo podía hacer saltar sus planes por los aires y entonces se alteraba y lo mandaba todo a la porra, como cuando era niña y perdía los nervios haciendo un puzle y terminaba por alborotar todas las piezas. «A los problemas, soluciones», solía decirle la *avoa*. Así que, haciendo caso de aquel sabio consejo, lo que más urgía solucionar por el momento era buscarle un hogar a Petra. Después, ya afrontaría el resto de sus problemas. «Lo único irreparable es la muerte», era otra de las frases de Flavia que Cora rescató de su memoria en aquel instante, intentando convencerse de lo apropiado de su proceder. Por alguna razón, la joven se sentía liberada, como si se hubiera quitado un peso de encima. Le sentaba bien tomar decisiones pensando en sí misma.

Condujo todo el camino reflexionando sobre ello con la podenca en el asiento del copiloto. Calculó que llegaría a primera hora de la tarde si solo hacía una parada para comer y para que Petra hiciera sus necesidades. Eran algo más de seiscientos kilómetros los que la separaban de su tierra. A mitad de camino, divisó una estación de servicio. Tenía hambre y decidió que era el momento del avituallamiento. Nada más bajar del coche, recibió un mensaje de Mason y el corazón se le aceleró fruto de los nervios. Era una fotografía del anillo de compromiso que había dejado junto al ramo en la mesa del salón. La acompañaba un bombardeo de preguntas: «¿Dónde estás? ¿Qué significa esto? ¿Me estás dejando? ¿Has pensado bien lo que estás haciendo?». Alterada, metió el móvil en el bolso sin responder y se dirigió hacia la cafetería.

Mientras tanto, en Soto del Real, Roque Gato aprovechó el tiempo libre del sábado por la tarde para hacer una llamada. Necesitaba hablar con Cora para saber si le habían hecho llegar el encargo de recoger a su perra del albergue de animales. Allí dentro no había tenido forma de contactar con ella la noche anterior y le urgía tener noticias sobre Petra. Afortunadamente, ella le había dado su número uno de los días en los que habían podido hablar a solas, así que aguardaba su turno para poder utilizar uno de los teléfonos que había sujeto a la pared en la sala de comunicaciones.

—Es tu turno, Gato —dijo finalmente un guarda—. Tienes libre el del fondo a la derecha.

Preocupado por su perra, Roque se aproximó al aparato. Había una silla de plástico para sentarse, pero no la utilizó. Miró a derecha e izquierda. Se le hacía extraño que el resto de los presos hablaran sin importarles la falta de intimidad.

—¡Eh, tú! ¡Si no vas a llamar deja que pase el siguiente! ¡Que no tenemos todo el día! —le increpó un interno de la cola.

Cora le había puesto un poco de agua a la podenca en un cacharro metálico. Después, la dejó sujeta para que aguardara en la puerta de la cafetería mientras ella se tomaba un té y un cruasán. Al momento, su móvil comenzó a sonar. Al escucharlo de nuevo, le dio un vuelco al corazón temiendo que se tratara de Mason que la estaba agobiando. No estaba preparada para hablar con él y, además, no le apetecía hacerlo por teléfono y con las formas con las que se estaba dirigiendo a ella. Su idea era no atenderlo, pero entonces el camarero la alertó.

—Es el tuyo —dijo señalando el bolso que estaba sobre la barra mientras secaba un vaso con un trapo—. Es la tercerea vez que suena. A lo mejor es importante.

Con cierto fastidio, rebuscó en el interior hasta dar con el móvil con la intención de silenciarlo, pero, al hacerlo, se percató de que en la pantalla aparecía un número desconocido. Dudó de si responder o no, por si se trataba de una treta del abogado para engañarla utilizando otra línea, pero, llevada por la curiosidad, finalmente descolgó.

La voz de una operadora le preguntó si quería aceptar una llamada a cobro revertido desde la prisión. Era Roque Gato. Al escuchar aquel nombre le invadió una inmensa emoción. Hasta ese instante, ni siquiera era consciente de cuánto ansiaba hablar con él.

—Menos mal que he logrado localizarte —dijo Gato angustiado al escuchar a Cora al otro lado de la línea—. Necesitaba hablar contigo tanto como respirar. ¿Recibiste mi mensaje?

—Sí. Petra está a salvo, no te preocupes. Llegué a tiempo. —La joven pudo escuchar un suspiro de alivio a través del teléfono—. La voy a llevar a Combarro, a casa de mi abuela. Ya te hablé de ella. No puedo tenerla conmigo en Madrid. Es largo de explicar, pero puedes estar tranquilo. Estará estupendamente.

Roque guardó unos segundos de silencio antes de continuar. Necesitaba recobrar la serenidad después de asegurarse de que su podenca estaba a salvo. Sabía que la chica se refería a su novio cuando había dicho que no podía tenerla consigo en Madrid, pero evitó hacer ningún comentario al respecto.

—No sé cómo agradecértelo. No tenía ni idea de a quién llamar. Espero no haberte comprometido demasiado y haber abusado de tu confianza. Te pido disculpas por todos los problemas que te estoy ocasionando.

—No tienes de qué disculparte.

—Petra es lo único que tengo. En realidad, es mi familia.

—Bueno, ahora también me tienes a mí —apuntó Cora.

—¿Lo dices en serio? —preguntó Gato sorprendido por lo que consideraba una declaración de intenciones—. Tengo que confesarte que no hago otra cosa más que pensar en… nosotros —acertó a decir—. Pero a veces me puede el desaliento. Todo esto es tan injusto…

—Yo también pienso en ti —interrumpió Cora.

—No sé cómo lo has hecho, pero te has metido en mi cabeza y, aunque he intentado apartarte de mi pensamiento, no soy capaz de pasar un minuto al día sin que recuerde tu voz o el aroma de tu piel. Me persigues. Has ocupado cada rincón de mi existencia. Y he de confesarte que me encanta esta forma tuya que tienes de secuestrarme. Tu recuerdo hace que no me sienta solo porque, de alguna manera, siempre estás conmigo.

Cora se estremeció solo de escuchar la voz grave y profunda de Roque. Sus bonitas palabras eran una melodía que le acunaba el corazón, un bálsamo. El camarero, que la observaba sin dejar de secar la vajilla, le dedicó una sonrisa cómplice al percibir la emoción de la chica.

—No puedo hablar demasiado, estoy en una cafetería —se excusó tapando el auricular con la mano—. He parado a mitad de ruta para tomar algo.

—Pues no lo hagas. No digas ni una palabra, solo escucha. Sé que no puedo pedirte que me esperes, no sería justo. Al menos tengo que pasar dos años más aquí dentro y tú eres una mujer libre que no debería hipotecar ni un segundo de su vida con un preso, así que entiendo perfectamente que hagas una vida ahí fuera —explicó Roque.

—No hablemos de ello ahora —dijo Cora.

—Necesito que lo sepas. Entendería cualquier situación a la que tuvieras que enfrentarte porque nunca te pediré que me esperes. ¿Lo entiendes?

—¿Y si quiero hacerlo? ¿Y si elijo encontrar la forma de que la verdad salga a la luz y puedas quedar libre?

Roque suspiró. Ya había pasado por esa fase de rabia e indignación y había abandonado la esperanza de que eso fuera posible. En realidad, estaba resignado a cumplir una condena impuesta a pesar de defender su inocencia y simplemente se esmeraba en su buen comportamiento para conseguir la condicional lo antes posible, pero entendía que Cora estuviera iniciando ese recorrido que él ya había finalizado.

—Créeme. Te hará daño y no quiero que sufras —le advirtió—. Solo conseguirás frustrarte, es inútil. Todo esto ya ha causado demasiado dolor. Lo mejor para todos es dejar que pase y ya está. Al fin y al cabo, no es tanto tiempo. Pero en algo tienes razón: no es momento de hablarlo, no al menos por teléfono. Tendremos ocasión de volver a vernos. Prométeme que no harás nada al respecto.

—Está bien —respondió Cora con la boca pequeña, empeñada como estaba en reabrir el caso.

—¿Te han dicho alguna vez que hueles a almendras dulces? —preguntó Roque cambiando de tema—. Y tu boca es una auténtica adicción. Todas las noches repito en mi cabeza cada segundo de nuestro encuentro como si fuera una película. Pero le cambio el final, ya me entiendes —bromeó—. ¿Puedo confesarte una cosa?

—Por supuesto.

—En mi imaginación te hago el amor entre los libros hasta terminar agotados. No hay barrotes, ni guardas, ni cámaras. Solos tú y yo. Dime una cosa: ¿has soñado conmigo estos días?

Cora se humedeció los labios de manera instintiva porque ella también había fantaseado con el cuerpo de Roque, con su torso bien formado y sus brazos fuertes. Le gustaba el tacto rudo de sus manos y la forma en la que la miraba la sobrecogía.

—Sí, lo he hecho —respondió tímidamente.

—Todo esto es raro, ¿verdad? Pero, al mismo tiempo… —reflexionó el preso en voz alta dejando en el aire su pensamiento—. Te prometo que algún día conocerás una versión de mí mismo muy diferente y te compensaré por todo lo que estás pasando.

—No quiero promesas. Estoy harta de planes que después se estropean —lamentó la joven.

—Está bien. Tienes razón, nada de promesas. Solo tú y yo, y ahora. El presente. Nuestras circunstancias no nos definen, o al menos no deberían hacerlo. Pero tampoco nada de mentiras, ¿de acuerdo? Solo déjame decirte que sabes quién soy. Me he mostrado transparente ante ti y me da igual lo que diga el resto del mundo, cien abogados o mil tribunales. También sé quién eres tú; lo he visto en tus ojos. Estoy convencido de que lo que hay entre nosotros es auténtico, una historia que ocurre una sola vez en la vida. Y tengo la sensación de que todo ha pasado para que ambos nos encontráramos.

Cora era de la misma opinión. Le había dado muchas vueltas a la cantidad de acontecimientos que habían tenido que suceder para hacerlos coincidir en un lugar tan extraño como una cárcel. La vida tenía formas curiosas de planificar el destino y mover los hilos de sus marionetas.

De repente, se escuchó una voz de fondo. Era otro preso.

—¡Déjate de cháchares Romeo, que hay gente esperando! ¡Vete al baño a cascártela!

—Tengo que colgar —dijo Roque.

—Está bien.

—Te quiero —confesó el joven antes de terminar la conversación de manera apresurada.

A punto había estado Cora de responder que ella también lo quería, pero las palabras se le quedaron en la punta de la lengua porque Roque colgó antes de que llegara a pronunciarlas. Estaba emocionada y se sorprendió a sí misma abrazando el teléfono sobre su pecho con cara de idiota.

—Ves cómo era importante —dijo el camarero—. Menos mal que has respondido.

Cora le sonrió al tiempo que dejaba un billete sobre la barra para pagar la consumición antes de continuar el camino hacia Combarro junto a Petra.

# 26

# MADRID

Diciembre

Era la hora de la comida. El menú de la cárcel aquel día consistía en un plato de lentejas de primero, canelones con carne de segundo y un yogur de postre; todo ello acompañado de pan y agua. Como de costumbre, Roque Gato mostró su pulsera identificativa de su alergia alimentaria antes de que le sirvieran. Nada de cacahuetes.

El funcionario le sirvió la bandeja con sus raciones y, de camino a la mesa que ocupaba habitualmente —ubicada en una esquina del comedor desde donde se divisaba el patio—, tropezó con otro interno. A punto estuvo de dejar caer la bandeja. Lo evitó haciendo equilibrio, pero, aun así, el vasito del yogur se precipitó al suelo con tal violencia, que se desparramó. También el pan y los cubiertos.

—¡Eh! ¡Lleva más cuidado! —protestó Roque mientras se agachaba para intentar arreglar el desaguisado.

—¡Mira tú por dónde vas, imbécil! —respondió el otro preso.

—No te quedes ahí como un pasmarote. ¿No vas a ayudar? —preguntó señalando el suelo.

El compañero le dedicó una mirada condescendiente. No estaba dispuesto a limpiar. Se limitó a colocar su yogur en la bandeja de Roque antes de quitarse de en medio.

—Toma el mío. A mí no me gusta.

Con cierto fastidio, Gato lo recogió todo como pudo utilizando una servilleta de papel, hasta que llegó alguien con una fregona. Después, se sentó en su lugar de siempre. Desde el día de su ingreso, había preferido comer solo, contemplando un trocito de cielo desde aquel rincón del comedor. El día era gris y parecía que iba a nevar, pero a Roque le gustaba porque los pájaros volaban en círculo antes de buscar refugio. Dio buena cuenta de los dos primeros platos en un santiamén. Tenía apetito. Y todo transcurrió con normalidad hasta que tomó la primera cucharada de yogur.

De repente, comenzó a encontrarse mal. Sintió un intenso picor en el cuero cabelludo que rápidamente se extendió a las palmas de las manos y las plantas de los pies. La piel de todo el cuerpo se le enrojeció y empezó a tener serias dificultades para respirar. Roque supo al instante que estaba sufriendo una reacción alérgica. No era la primera vez que le pasaba. Miró la bandeja de la comida sin alcanzar a entender qué alimento había ingerido que fuera el causante de su malestar. Pero su alergia era muy grave y Gato era consciente de que, de no actuar inmediatamente, corría el riesgo de sufrir un *shock* anafiláctico y la pérdida de conocimiento en cuestión de segundos.

Como pudo, intentó alertar a los presentes de que no se encontraba bien. Haciendo un gran esfuerzo, porque apenas podía moverse, alzó una mano mientras la otra se la llevaba al cuello; se estaba ahogando. No fue capaz de gritar porque le faltaba el oxígeno, por lo que terminó por desplomarse como un fardo.

Uno de los guardas se dio cuenta al instante de que algo no iba bien. Rápidamente, avisó a otro compañero y al personal sanitario. Se montó un revuelo en el comedor que los funcionarios intentaron controlar. No había tiempo que perder. Entre tres personas lo llevaron sujeto por las axilas a la enfermería, que, por suerte, no estaba demasiado lejos de allí. Pero Gato ya no respiraba cuando lograron colocarlo sobre una camilla. A toda velocidad, el enfermero le administró una inyección de epinefrina sin que recobrara el conocimiento. A continuación, le rasgó la camiseta, dejando el pecho al descubierto, y comenzó las maniobras de reanimación; treinta compresiones y dos insuflaciones, una y otra vez.

—¡Rápido! ¡Desfibrilador! —gritó al darse cuenta de que el preso seguía sin respirar.

A toda prisa, otro funcionario acercó el aparato y el médico le propinó una descarga. Los noventa kilos que pesaba el cuerpo de Roque se sacudieron como un peso muerto, que cayó de nuevo a plomo sobre la camilla. Su corazón seguía sin latir a pesar de la actuación desesperada de los sanitarios y necesitó de un segundo intento para recobrar el ritmo cardiaco, para alivio de los presentes.

Después de estabilizarlo, el médico recomendó trasladarlo a un centro hospitalario con urgencia. Roque Gato había sufrido una grave pérdida de conciencia que requería observación. El *shock* anafiláctico había estado a punto de acabar con su vida, así que una ambulancia custodiada por la Guardia Civil se encargó de llevarlo al Hospital General Universitario Gregorio Marañón, donde quedó ingresado bajo vigilancia policial.

Cora Quiroga llegó lo antes que le fue posible tras recibir una llamada telefónica que le avisaba de que Roque Gato estaba ingresado en la Unidad de Cuidados Intensivos del hospital; su nombre aparecía como contacto en caso de emergencia.

Había tardado una eternidad en atravesar Madrid porque una gran nevada había hecho intransitable la ciudad. Angustiada, recorrió los pasillos del Gregorio Marañón a toda velocidad. Por teléfono solo le habían dicho que Roque estaba vivo, pero en estado crítico. Al parecer había sufrido una reacción alérgica.

Cuando llegó a la puerta de la unidad, se topó con un agente uniformado de la Policía Nacional sentado en una silla de plástico y supuso que se encontraba haciendo vigilancia por Roque. Cora se identificó mostrando su carné.

—Vengo a ver a uno de los enfermos, el que han trasladado desde Soto del Real. Me han avisado hace un par de horas aproximadamente —dijo visiblemente nerviosa.

El policía la observó de arriba abajo con calma. Miró su reloj de pulsera y finalmente señaló un cartel que había en la pared indicando el horario de visita de los enfermos.

—Me temo que no podrá verlo hasta mañana —contestó.

—Lo entiendo, pero no he podido llegar antes. Ahí fuera está nevando. ¿Usted sabe la que está cayendo? —protestó ante la indiferencia del agente.

—Vuelva mañana, señora. Las normas son las normas —insistió el policía.

Aunque sabía que era una mala idea, a Cora le entraron ganas de colarse. Necesitaba con urgencia ver a Roque, tener información sobre su estado y saber más sobre lo que había ocurrido. Además, le molestaba sobremanera la falta de empatía de aquel hombre.

—¿De verdad es necesario tener a un policía custodiando a alguien que está en la UCI? No estará esposado ahí dentro, ¿verdad? —preguntó molesta—. Ojalá hubiera riesgo de fuga, eso significaría que su vida no corre peligro. No creo que vaya a salir corriendo. ¿No le parece?

El agente se puso de pie para intentar infundir mayor autoridad. Empezaba a fastidiarle la insolencia de Cora.

—Es el protocolo. A un homicida se le vigila, aunque esté medio muerto y las visitas en la Unidad de Cuidados Intensivos se realizan cuando toca. ¿Entendido? —indicó colocándose el cinto al tiempo que se subía los pantalones—. Y ahora, si no quiere nada más, circule que este no es lugar para estar de cháchara.

A punto estaba de marcharse cuando se abrió la puerta y salió una mujer vestida con uniforme sanitario. Cora supuso que se trataba de una enfermera, así que, desesperada, la abordó.

—Soy Cora Quiroga. Vengo por Roque Gato. Lo han trasladado esta tarde desde Soto del Real. Por favor, le ruego que me deje entrar.

La mujer hizo un gesto al identificar al paciente. No era habitual tener a un preso ingresado en la unidad, por lo que supo al instante a quién se refería. Sujetó a Cora del brazo y la apartó hasta una esquina del pasillo algo más alejada del policía. Allí tenían más privacidad para poder hablar. Después, la puso al tanto.

—Me temo que no podrá pasar hasta mañana. Lo lamento mucho. Hay normas muy estrictas al respecto y no puedo hacer ninguna excepción. Además, el paciente está en coma. No sabemos hasta qué punto sería consciente de su visita.

—¿En coma? No lo sabía…

Acongojada por la gravedad del estado de Roque, Cora a punto estuvo de echarse a llorar. La enfermera intentó calmarla tomándole la mano.

—No se preocupe. Está muy bien atendido. Los médicos hacen todo lo posible por él.

—¿Cuál es su pronóstico? ¿Despertará pronto? —preguntó Cora.

—Esa es la pregunta del millón —respondió la enfermera con voz calmada—. Y ojalá tuviéramos una respuesta certera para ella. La verdad es que nadie sabe cuándo saldrá un paciente del coma y en qué condiciones. Depende de muchos factores. Con suerte, dentro de unos días y antes de un par de semanas. Más allá de ese tiempo, la evolución es impredecible. Las próximas horas son cruciales. El señor Gato ha sufrido una parada cardiaca y, aunque ha tenido suerte y se ha actuado con celeridad, aún es pronto para valorar los daños que su cerebro haya podido sufrir. ¿Es usted su mujer? —preguntó. Cora negó con la cabeza. Ni siquiera sabía qué era—. ¿Familia? —continuó indagando la enfermera.

—Es complicado —respondió Cora finalmente—. En realidad, soy la única persona que tiene. Tengo entendido que dio mi nombre como contacto en caso de emergencia.

La enfermera consultó unos papeles que llevaba sujetos con una pinza sobre una madera hasta dar con el dato que buscaba.

—Eso es. Aquí aparece. —Después, se detuvo unos segundos leyendo algo más que llamó su atención de las anotaciones—. Se me olvidaba: mis compañeros encontraron una cosa para usted entre sus efectos personales —apuntó—. Aguarde aquí un segundo, voy a por ella.

Con cierta prisa, la mujer volvió a entrar en la unidad y solo tardó unos pocos segundos en volver. Llevaba un papel en la mano. Estaba doblado y parecía sucio, como si no fuera reciente.

—Lo tenía el señor Roque en el bolsillo del pantalón. Aquí pone su nombre —dijo señalando la letra de Gato donde se podía leer «Para Cora Quiroga».

Sorprendida, la joven miró de reojo al policía que estaba entretenido con su teléfono móvil. Se había vuelto a sentar y parecía ignorarlas. Cora dudó acerca de si era obligación de la enfermera entregárselo al agente en lugar de a ella, pero ante la forma en la que aquel hombre la había tratado, decidió tomar el papel y no alertar a la mujer.

—Muchas gracias —respondió mientras se lo guardaba en el bolsillo del pantalón sin perder de vista al policía.

—Vuelva a casa y descanse un poco —le aconsejó la enfermera—. El señor Gato necesita tranquilidad y cuidados médicos para que su cuerpo se recupere. Es joven y fuerte, seguro que saldrá de esta. Descuide que, si hay alguna novedad a lo largo de las próximas horas, la llamaremos inmediatamente.

La enfermera le tendió la mano y Cora se la estrechó. Sus palabras la habían reconfortado un poco. Después, caminó por el largo corredor hasta que la joven la perdió de vista.

El trozo de papel en el que Roque había escrito su nombre le quemaba en el bolsillo del pantalón. Necesitaba leer la nota cuanto antes, así que no aguardó a que el ascensor del hospital hiciera parada en su planta, y bajó las escaleras a toda prisa en busca de un sitio tranquilo. Quería salir de aquel lugar porque se estaba ahogando. Odiaba los hospitales. Ya en el *hall*, las puertas automáticas se abrían cada vez que alguien entraba o salía del recinto y, al hacerlo, una bocanada de viento helado le sacudía la cara. Fuera seguía nevando con intensidad.

Cora decidió que era mejor quedarse allí dentro —al menos hasta que el temporal amainara un poco—, así que buscó un asiento vacío entre la hilera de sillas metálicas que había a ambos lados del lugar y, con cuidado, desdobló la hoja de papel. Después, se dispuso a leer.

Querida Cora:

Si estás leyendo esto es porque algo me ha ocurrido. No tengo forma de demostrarlo, pero alguien me quiere fuera de circulación y ese alguien es una persona muy cercana a ti. No puedo correr el riesgo de dejar su nombre por escrito, pero eres inteligente y sabrás a quién me refiero si te digo que me considera un rival. No sé en qué momento leerás esta carta (espero que no tengas que hacerlo nunca), pero no es la primera vez que intentan quitarme de en medio. La paliza que me dieron hace unos días fue por encargo suyo. Al parecer, se trataba de una advertencia y me exigieron que no volviera a verte. Sin embargo, no pienso dejar de hacerlo. Lamento haberte mentido cuando dije que había sido cosa de los Dominican Don't Play. No quería asustarte, pero aquellos tipos no mentían y la persona de la que hablo no parece ser de las que se dan por vencida. Me ha quedado claro que tiene poder fuera de la prisión y contactos aquí dentro. Por esto escribo esta nota, que llevaré siempre conmigo por si me ocurre algo. No me importa lo que puedan hacerme, pero es un hombre peligroso y temo que no se conforme con hacerme daño a mí y también quiera hacértelo a ti. Por favor, ten cuidado.

Te quiere, Roque

# 27

# COMBARRO

Noviembre

La llegada de Cora no había sido una sorpresa para Flavia como la joven había pretendido. Al no responder a sus llamadas, Mason había recurrido a la abuela para intentar manipular el comportamiento de su novia de la que no sabía nada desde la noche anterior en la que habían discutido por culpa de Petra. Mason sabía que, en caso de rabieta de su prometida, esta siempre corría a refugiarse en las faldas de Flavia en un comportamiento del todo infantil para el abogado. Así que había llamado a la abuela hasta en tres ocasiones antes de que la nona decidiera responderle utilizando a Carmen como interlocutora.

—Atiende tú —le había dicho a la cuidadora para intentar evitar a Mason— y dile que estoy ocupada. A ver qué tripa se le ha roto a este ahora.

Carmen obedeció y excusó a Flavia. Estaba en el baño y no podía atender la llamada, mintió.

—¿Qué se le ofrece? ¿Quiere que le deje un recado?

Carmen había puesto el manos libres y Flavia escuchaba con atención mientras le dedicaba miradas cómplices a su cuidadora para hacerle saber que estaba fingiendo estupendamente. Con cierto fastidio, Mason carraspeó al otro lado de la línea. No estaba convencido de que no le estuvieran tomando el pelo, pero decidió mantener el papel de novio preocupado tal y como había planeado.

—De acuerdo —respondió finalmente—. Solo quería saber si había tenido noticias de su nieta. No sé nada de ella desde anoche y no responde a mis llamadas.

—Por algo será —susurró Flavia al oído de Carmen que le chistó para que guardara silencio.

—Pero… ¿ha ocurrido algo? —preguntó Carmen.

—¡Oh! ¡No! Nada importante. Una discusión sin mayor trascendencia. Se encontró un perro por la calle y se lo trajo a casa —explicó Mason— sabiendo que a mí no me gustan y que, además, el arrendador nos tiene prohibidas las mascotas en el piso. Se ha empeñado en quedárselo. Ya sabe lo cabezota que puede llegar a ser.

—Pues no, señor. Aquí no ha llamado Cora desde hace un par de días y no sabemos nada de ningún perro.

—¿Me avisarán si contacta con ustedes? —preguntó el abogado—. Estoy preocupado porque no es propio de ella no responderme.

Flavia levantó el dedo índice y le hizo una peineta. El gesto provocó la risa en Carmen que tuvo que taparse la boca para que el abogado no la escuchara.

—Descuide. Lo mantendremos informado —respondió finalmente la mujer antes de colgar.

—¡Y un cuerno! —exclamó Flavia después de hacerlo—. Este es un *barallocas*. Que no le gustan los perros, dice. Si no habrá perro en la faz de la Tierra que lo aguante. No me creo ni una palabra de este *parvo*. Ahora mismito estamos llamando a la *neniña* a ver qué es lo que está pasando.

Pero no fue necesario marcar el número de Cora porque, en ese mismo instante, entró por la puerta, utilizando la llave que tenía de casa de la abuela.

—¡Sorpresa! —exclamó al entrar en el salón acompañada de Petra que no hacía más que agitar la cola de contenta.

Las dos mujeres se miraron y soltaron una carcajada. Cora, que no entendía de qué se estaban riendo, protestó:

—¿Qué os resulta tan gracioso? ¿Acabo de hacer seiscientos kilómetros para que os riais de mí en cuanto me habéis visto aparecer?

—Anda, ven aquí. Después te explico —dijo la *avoa*.

Flavia abrió los brazos de par en par para poder abrazar a su nieta. Pero, en cuanto se acercó, lo hizo también la perra lamiéndole la cara. Las tres se dieron un sentido achuchón.

No podía quedarse mucho tiempo en Combarro, el lunes tenía que trabajar y aún debía preparar la clase de teatro, así que solo pasó una noche en casa de Flavia. Acurrucadas en su cama, como cuando era niña y algo la angustiaba, tenían la televisión puesta sin que ninguna de las dos le prestara atención mientras Petra dormía hecha un ovillo en una de las esquinas de la cama.

—Voy a dejarlo —dijo Cora como si se le escapara un pensamiento en voz alta.

—¿A cuál de los dos? —preguntó Flavia.

La chica levantó la mirada para encontrarse con la de su abuela. No dejaba de sorprenderla la perspicacia de Flavia.

—A Mason —confesó—. No puedo seguir con él. Estoy enamorada de Roque. No es verdad que se pueda querer a dos personas al mismo tiempo.

—¿Habéis discutido por la perra?

—Le mentí. No me la encontré en la calle. Es de Roque y la iban a sacrificar; me pidió que la rescatara. ¿Qué otra cosa podía hacer?

Flavia agarró la cabeza de la chica y le dio un beso dulce en el pelo. Su niña. La que siempre pensaba en los demás antes que en sí misma.

—¿Y ya sabes cómo lo vas a hacer? —preguntó la nona conociendo muy bien el carácter del abogado y su empeño por tenerla controlada.

—En cuanto vuelva a Madrid, mañana mismo, buscaré un lugar donde alojarme. Tengo que dejar el piso. Algo provisional hasta que finalice el taller de teatro. Tengo un compromiso con mis alumnos y no puedo abandonarlos ahora que está funcionando tan bien. Los resultados están siendo excelentes y lo mejor para todos es que termine las clases. El curso finaliza en mayo. Después, ya pensaré qué hacer; si quedarme allí o volver a Pontevedra.

Flavia escuchaba con atención. Sentía que las palabras de Cora no eran del todo ciertas y que, de alguna manera, se engañaba a sí misma. La abuela estaba convencida de que el sentido del deber era secundario en aquellas circunstancias. Lo que mantenía a su nieta en Madrid impartiendo clases en la prisión después de haber tomado la decisión de romper con Mason era ese otro chico, el tal Roque Gato. El taller de teatro solo era la excusa perfecta para verse con él al menos tres días por semana. Y ella misma lo había confesado: estaba enamorada.

—¿Y qué hay del asunto de ese otro chico? El de la cárcel... —se atrevió a preguntar—. ¿Has averiguado algo? —Cora negó con la cabeza.

—No sé por dónde empezar —confesó—. Y me da miedo descubrir que lo que me ha contado pueda no ser verdad. Después, cuando lo miro a los ojos y escucho sus palabras, me siento mal por desconfiar. He decidido creerle y no sé si es lo correcto. Ni siquiera estoy segura de que sea sensato. Pero lo amo y no sé qué otra cosa puedo hacer.

A Flavia se le escapó un suspiro. Temía que su nieta volviera a equivocarse y eso la hiciera sufrir, pero no encontraba la forma de ayudarla más que estando a su lado. Agarró la colcha que les cubría medio cuerpo y tiró de ella. Después la arropó y se acurrucó junto a ella.

—Voy a contarte un secreto —le dijo—. Pero prométeme que no le dirás nada a Carmen.

Cora hizo un gesto como si se cerrara una cremallera en los labios. Entonces, Flavia echó mano debajo de la cama y agarró una botella de licor que tenía allí escondida.

—Es orujo de hierbas casero. Lo hace mi amigo Moncho, el que tenía una tienda de ultramarinos detrás de la iglesia. Fuimos amantes durante un par de años; aunque de eso hace un siglo —explicó espantando la idea en el aire con un gesto de la mano.

—*Avoa!* —exclamó Cora perpleja.

—Debió quedar satisfecho porque desde entonces no me cobra el orujo y ya me ha regalado unas cuantas botellas —dijo divertida—. Después se casó y sentó la cabeza, pero siempre hemos tenido buena relación. Es un buen hombre. Se jubiló hace mucho, pero sigue haciendo orujo y como sabe que me encanta…

—¿Y tú escondes el licor debajo de la cama?

—Si lo encuentra Carmen, me lo confisca. ¡Menuda es!

—Lo hace por tu bien.

—Pero si solo le doy un traguito de tarde en tarde, cuando no puedo dormir. Mejor esto que una pastilla, ¿no te parece? O cuando no quiero pensar, que ese también es un buen motivo —explicó—. Así que no me vayas a regañar que ya estoy mayor como para que me echen sermones. Y chitón. Ni una palabra a Carmen, que después se lo chiva al doctor Fulgencio.

Resuelta, Flavia salió de la cama. Cora la escuchó trastear en la cocina. A pesar de su poca visión, se manejaba de maravilla en la oscuridad. Un par de minutos después, volvió con dos vasitos de cristal, sirvió un poco de orujo en cada uno y se lo ofreció a Cora que se había sentado con las piernas cruzadas.

—*Para boa sorte* —dijo brindando—. Para que siempre te acompañe.

Cora hizo lo propio y después se bebió de golpe el licor.

—¿Otro *poquiño*? —preguntó Flavia botella en mano.

La chica negó con la cabeza. Era casi medianoche y necesitaba descansar para emprender el viaje de vuelta a Madrid a primera hora de la mañana.

—¿De verdad no te importa quedarte con Petra? —preguntó.

La perra levantó las orejas al escuchar su nombre y Flavia fue hacia ella.

—Esta señorita y yo nos vamos a llevar muy bien —dijo mientras la acariciaba—. Habrá que enseñarle Combarro a esta perra de capital. Seguro que le encanta. Y engordarla, que está en los huesos. Le vendrá bien respirar un poco de brisa marina.

—¿Quieres que te lea un rato? —preguntó Cora al tiempo que se le escapaba un bostezo.

—Otro día. Has hecho un viaje muy largo.

Satisfecha, Cora se hizo un ovillo debajo de las mantas. Estaba cansada pero feliz, así que no tardó ni dos minutos en quedarse dormida.

# 28
# MADRID

Noviembre

Las seis horas de carretera de regreso a Madrid la habían ayudado a pensar. Cora tenía que reconocer que estaba muerta de miedo —abandonar su zona de confort nunca había resultado sencillo para ella—, pero al mismo tiempo notaba un pellizco de emoción en su interior, algo estimulante que la hacía sentirse viva. Era una sensación contradictoria. No había sido hasta ese momento cuando se había dado cuenta de que, durante los últimos años, había estado viviendo instalada en la rutina y que esa rutina solo le reportaba aburrimiento y cierta desidia. Conocer a Roque la había despertado de aquel letargo y agradecía que eso hubiera ocurrido, aunque todo hubiera sido como una sacudida, una especie de terremoto emocional que había puesto su vida patas arriba. Ahora tocaba ordenarlo todo e intentar salir ilesa, porque en todo seísmo siempre hay víctimas. Sin embargo, Cora era una superviviente; la tercera generación de una saga de mujeres luchadoras a la que le gustaba pensar que, como la abuela Flavia, sabía elegir sus batallas; al contrario de lo que le había ocurrido a su madre. Además, sabía que al miedo solo hay que hacerle frente para vencerlo y que únicamente los combates que no se pelean son los que se pierden. Así que estaba decidida a luchar por lo que sentía y a asumir los riesgos que conllevara aquel amor prohibido que la vida le había puesto en su camino.

Se sacudió cierto desánimo nada más entrar, maleta en mano, en la habitación del hostal que había elegido para pasar lo que restaba de curso. Por nada del mundo pensaba volver al piso con Mason, lo había decidido. Estaba agotada después del viaje y aún no había tenido tiempo de recoger sus cosas. Echó un vistazo a su alrededor. El panorama era desalentador. La estancia no tenía nada que ver con la bonita casa que había compartido con el abogado, pero era lo único que se podía permitir con el sueldo que le reportaba su contrato en la prisión.

—Ya le dará usted su toque personal —dijo el dueño del hostal al percibir su abatimiento—. Se lo permito a los clientes de larga estancia como usted. Además, las mujeres para esas cosas sois muy apañadas. A mí, mientras no me agujeree las paredes como si las llena de cuadros.

El hombre, de unos cincuenta años, espigado y pelirrojo, le entregó las llaves y le dio una palmadita en la espalda.

—Estaré bien —respondió Cora intentando convencerse a sí misma.

—Puede llamarme a cualquier hora del día. Yo siempre estoy aquí. Ya sabe, como la funeraria —bromeó el casero antes de desaparecer por un pasillo que conducía a otra parte del hostal.

Cora cerró la puerta y arrastró la maleta hasta la cama. Después, se dejó caer sobre la colcha de flores y se dio cuenta, en ese instante, de cuánto le pesaban los acontecimientos. Con la mirada perdida en un punto del techo que tenía una grieta, la chica se echó a llorar. No estaba triste, tan solo necesitaba desahogarse. Ni siquiera recordaba la última vez que lo había hecho, porque se había obligado a estar fuerte y a no mostrarse vulnerable para no preocupar a Flavia y para demostrarse a sí misma que era una mujer valiente. Pero Cora sabía muy bien que las valientes también lloran y que convierten sus lágrimas en agua sanadora, así que dejó que el llanto la liberara recordando las palabras de Flavia que siempre le decía que era como el mar, con sus tormentas y sus días de calma, y con la certeza de que esta llega siempre después de la tempestad.

De repente le sonó el móvil. Por un momento temió que volviera a ser Mason, que había insistido hasta agobiarla sin que Cora hubiera respondido a ninguna de sus llamadas. La joven no encontraba el momento de mantener una conversación incómoda con su prometido y ponerle palabras a lo que ya era una evidencia. Además, aún quedaba el espinoso tema de volver al piso a por sus cosas. Conocía muy bien a Mason y sabía que debía de estar muy enfadado. Pero al mirar la pantalla comprobó que estaba equivocada. No era él. Se trataba de un número desconocido para ella.

—Señorita Quiroga —dijo una voz masculina al otro lado de la línea—, soy Pascual Galindo, reportero de *Al Minuto*. Nos conocimos hace unas semanas en una *première*, ¿lo recuerda?

«Cómo olvidarlo», pensó Cora, que se arrepintió al instante de haber descolgado. Tras un par de segundos de silencio, decidió que tal vez aquel periodista entrometido podía serle de utilidad, al fin y al cabo.

—Lo recuerdo muy bien. Es el hombre que está obsesionado con la historia de Roque Gato, el mismo que publica rumores infundados que afectan a terceras personas —respondió Cora.

El tono desafiante utilizado por la joven agradó a Gali; le gustaban las mujeres con carácter.

—El mismo, a su disposición.

—¿Qué quiere ahora? —preguntó la chica—. ¿Alguna mentira más que retorcer hasta hacerla pasar por verdad?

—La verdad es un punto de vista. Es demasiado joven todavía para comprenderlo.

—Si usted lo dice. No tengo tiempo de discutir cuestiones filosóficas ni mayor interés en debatirlo con un periodista.

—Nada más lejos de mi intención. Solo quería que me confirmara si ha sido usted quien ha rescatado del albergue de animales a la podenca del preso.

—Así es —confirmó Cora, que entendía que no tenía sentido mentirle a aquel tipo.

—Bonita acción. Muy loable por su parte.

Cora lo imaginó apuntando en su libreta ávido de carnaza.

—No irá a decirme ahora que es algo noticiable.

Gali mordisqueó la punta del bolígrafo. Estaba pensando al respecto de esa misma cuestión. El rescate de Petra en sí mismo no era un acontecimiento reseñable, pero le ayudaba a contextualizar el aspecto humano de un homicida confeso en el interior de una prisión. Sobre todo, después de los rumores acerca de su idilio con la profesora de teatro, pero no mencionó nada al respecto.

—Digamos que me parece una bonita historia —apuntó Gali—, y soy de la opinión de que los periódicos no solo deberían contar sucesos trágicos. A la gente le gusta conocer otros puntos de vista más amables de esta sociedad. ¿No le parece?

Cora pensaba que aquel tipo era un oportunista que, por alguna razón, se había obsesionado con Roque Gato. Había leído todo lo que Gali había publicado respecto a la muerte de Edwin y aquel tipo de periodismo le resultaba tendencioso y amarillista, pero no dijo nada. No era buena idea ponerse en contra a alguien que tenía en sus manos un altavoz tan importante como un diario que todo Madrid leía, así que intentó ponerse al periodista a su favor.

—¿Y si le dijera que hay una historia mucho más interesante que contar sobre Gato? —preguntó Cora logrando captar la atención sobre Gali.

—¿A qué se refiere?

—A un error judicial. ¿Sabe usted cuántos inocentes hay encarcelados en nuestro país?

Gali soltó una carcajada.

—Por el amor de dios, pero si Roque Gato confesó el homicidio.

—Por consejo de su abogado de oficio —apuntó Cora—. No le interesaba la verdad de lo ocurrido. Ni siquiera se molestó en investigar. No estar al cien por cien seguro de las decisiones que se toman en determinados casos puede llevar a personas inocentes a la cárcel y marcarlas de por vida. Un mal abogado y una opinión pública en contra porque un periodista se dedique a señalar insistentemente a un hombre como culpable no ayuda en absoluto a que la justicia sea equilibrada y ciega, ¿sabe?

Gali recibió el ataque como un desafío. Sabía que, en el fondo, Cora tenía razón. Sus primeros artículos habían sido bastante inculpatorios, pero él opinaba que se había limitado a hacer su trabajo, teniendo en cuenta que no había ni una sola prueba que avalara la versión de Roque.

—Está bien —dijo Gali—. La escucho.

—Acabar entre rejas siendo inocente no es algo que solo pase en la ficción. Por desgracia el sistema no es infalible. Incluso el Consejo General del Poder Judicial ha admitido decenas de errores judiciales durante los últimos años: defectos en el trabajo policial, declaraciones falsas, identificaciones incorrectas —argumentaba Cora con vehemencia—, y abogados defensores incompetentes.

—Vaya. Veo que Gato ha conseguido convencerla.

—Yo solo digo que la justicia debería perseguir la verdad; lo mismo que un periodista. Conseguir un acuerdo para un inocente no es hacer justicia por muy provechoso que sea el trato. La verdad de lo que ocurrió es la única justicia posible. ¿Es usted de la misma opinión o prefiere especular a base de rumores?

Gali empezaba a entender qué tenía aquella mujer que la hacía diferente. Era obstinada y apasionada, y su olfato le decía que podía llevarlo a una buena historia. Tal vez el caso de Roque Gato estaba a punto de dar un giro inesperado delante de sus narices y no pensaba perdérselo por nada del mundo.

—¿Y qué piensa hacer al respecto? —preguntó el periodista.

—Aún no estoy segura, señor Galindo —confesó Cora—. Pero necesito pedirle un favor.

—Usted dirá.

—Quiero que me prometa que publicará cualquier avance que consiga respecto al caso de Roque Gato. Lo mantendré informado. Usted lo señaló como culpable. Es justo que ayude a limpiar su imagen si nos acercamos a la verdad. En cierta manera, se lo debe.

Gali valoró la propuesta de la joven unos segundos y concluyó que nada tenía que perder y, sin embargo, podía obtener información más que interesante, aunque en absoluto se sentía en deuda con aquel preso.

—Con una condición —dijo finalmente—. Usted solo hablará conmigo. Nuestro acuerdo será en exclusiva.

—Trato hecho —aceptó Cora.

# 29

# MADRID

Noviembre

Cora durmió bastante bien para ser la primera noche que pasaba en la habitación de la pensión; tantas emociones y el viaje a Combarro la tenían agotada. Se levantó optimista. Ese lunes por la mañana estaba deseando ir a trabajar. Ya tenía el día planeado. Después de su clase en la prisión, se encargaría de buscar un buen abogado penalista para poder estudiar el caso de Roque y por la tarde, tenía pensado volver al ático a recoger todas sus cosas de una vez por todas. No podía demorarlo demasiado. Era una situación a la que tenía que hacer frente y retrasarla no iba a ayudarla en nada.

Se arregló y se maquilló más de lo habitual, con un poco de rubor en las mejillas, color azul en los párpados para resaltar su mirada y, como toque final, algo de *gloss* en los labios. Quería estar radiante y sentirse hermosa. Al fin y al cabo, era la ocasión que tenía de volver a ver a Roque; la primera después de que le dijera que la amaba. Cada vez que recordaba ese momento en la cafetería de camino a Combarro, se le escapaba una sonrisa y se le ponía cara de boba. Tenía tantas ganas de mirarlo a los ojos que por un momento temió no poder disimular el deseo de abrazarlo y besar sus labios carnosos. Los enormes ojos verdes de Roque la ponían tan nerviosa que siempre se ruborizaba cuando en clase se dirigía a él. Era algo que no podía explicar porque nunca antes le había ocurrido, no al menos de aquella manera tan irracional.

Ya en Soto del Real, se echó un último vistazo rápido en el espejo del retrovisor antes de salir del coche para darse la aprobación. Después, se colgó al cuello la credencial que tenía que mostrar al entrar antes de entregar el bolso y sus objetos personales en custodia, y se atusó el cabello que se había dejado suelto. Estaba guapa y radiante.

Tras atravesar el primer corredor hasta llegar al control de seguridad, Cora mostró su tarjeta al funcionario como hacía habitualmente y dejó sobre el mostrador sus cosas para que las guardaran en una taquilla hasta su salida. Aquello ya se había convertido en una rutina para ella y prácticamente conocía a todos los funcionarios que hacían el turno de mañana. Pero aquel día, el que la recibió torció el gesto al verla aparecer.

—Buenos días —saludó Cora como siempre hacía—. ¿Ha pasado usted un buen fin de semana?

El hombre no respondió. En su lugar, dejó escapar un bufido en señal de que estaba contrariado. Rebuscó entre unos papeles que tenía encima de la mesa sin lograr dar con lo que estaba buscando así que, finalmente, levantó el teléfono y marcó un número que Cora no supo identificar.

—¿Ocurre algo? —preguntó la joven, que no entendía por qué actuaba aquel guarda de esa manera tan extraña.

—¿Nadie se lo ha comunicado? —preguntó el vigilante tapando el auricular del teléfono contra su pecho.

—¿Comunicado? ¿Qué es lo que me tienen que comunicar?

El hombre dejó de atender a Cora porque una voz respondió a su llamada en ese instante.

—Está aquí la señorita Quiroga —dijo—. Sí, señor. Me temo que no, señor. De acuerdo. Así lo haré. Gracias, señor. —Después, colgó.

—¿Y bien? —preguntó Cora totalmente desconcertada.

—Hemos recibido orden de no dejarla pasar.

—¡Soy la profesora del taller de teatro! —exclamó la joven sin terminar de entender lo que estaba ocurriendo.

—Me temo que ya no —explicó el hombre—. Esa es la cuestión. La han cesado de su puesto. La orden ha llegado esta mañana a primera hora con carácter de urgencia y lo han hecho directamente desde arriba —dijo señalando con el dedo índice el despacho de su superior.

—¡¿Despedida?!

—Lo siento mucho. Lamento que haya tenido que enterarse de esta manera. Supongo que no es agradable.

Un remolino de ira comenzó a formársele en la boca del estómago. Sabía que aquella venganza era cosa de Mason. Él le había conseguido aquel trabajo para que lo acompañara a Madrid y él se lo había quitado para que dejara de ver a Roque como castigo por no haberle atendido el teléfono durante todo el fin de semana. Era su forma de actuar. Mason Brown manejaba toda su vida como un titiritero hace con los hilos de su marioneta.

—¿De quién ha partido esa orden? —preguntó para confirmar sus sospechas aunque, en el fondo, no lo necesitara.

—No le sabría decir. Yo solo soy un mandado —se excusó el funcionario—. Pero, desde luego, deberían habérselo comunicado a usted también.

Entonces cayó en la cuenta. Con tanto ajetreo no había consultado su correo electrónico. Había estado muy ocupada con Petra y Flavia, había recorrido mil doscientos kilómetros y, a su regreso, había tenido que encontrar alojamiento en Madrid de manera urgente y preparar la clase del día. Así que no, no había prestado atención a su correspondencia. Rebuscó en su bolso hasta dar con el móvil. Después, nerviosa, abrió el correo y refrescó la bandeja de entrada que tardó en hacerlo una eternidad por la mala cobertura de la prisión. Pero allí estaba, la carta de cese tenía fecha de ese mismo lunes a las siete de la mañana. Motivo: pérdida de confianza.

Al confirmar sus sospechas, Cora recogió todas sus cosas de un puñado. Podía sentir la adrenalina de tan enfadada como estaba y, antes de marcharse, se quitó la credencial que llevaba colgada al cuello y se la lanzó al funcionario sobre el mostrador.

—Dígale a su jefe de mi parte, que le den. Y que esto no va a quedarse así —dijo antes de abandonar el lugar.

El edificio donde estaban las oficinas de García y Riquelme era imponente, con su fachada de cristalera y más de veinte plantas. Cora había aparcado justo enfrente, en una zona de carga y descarga. Llevaba un buen rato allí, mirando desde dentro del coche la ventana del despacho de Mason en la tercera planta. Pudo ver a través del ventanal que la luz estaba encendida y que él hablaba por teléfono gesticulando con la mano que tenía libre, dándose aires grandilocuentes.

Lo hubiera fulminado con la mirada de haber podido. Se había prometido a sí misma que no iba a actuar en caliente y que aguardaría unos minutos en el coche hasta que la ira se disipara un poco, pero no lograba calmarse. Cuanto más le daba vueltas a lo ocurrido, más se enervaba. Se la llevaban los demonios y le urgía exigirle una explicación a tan rastrero comportamiento, así que ni siquiera se preocupó en aparcar bien y, decidida, entró en el edificio. Se coló en uno de los dos ascensores que en ese momento estaba en la planta baja y del que acababan de salir un par de ejecutivos dejando tras de sí un rastro de perfume y pulsó el número tres. Le pareció que subía muy despacio de tanta prisa que llevaba y que la música melódica que sonaba de ambiente era una horterada.

Ya arriba, atravesó el pasillo a toda prisa hasta llegar a las puertas del bufete, al que se entraba sin llamar. No saludó a la sobrina de Riquelme, que estaba en la recepción atendiendo el teléfono.

—¡Un momento! ¡¿A dónde va?! —preguntó la joven interrumpiendo su conversación—. ¡No puede pasar sin permiso! ¡Eh! ¡Oiga!

Pero Cora hizo oídos sordos a las órdenes de la rubia. Pudo escuchar cómo esta colgaba el teléfono y, después, sus tacones persiguiéndola intentando darle alcance. Así que, en mitad del pasillo, se paró en seco y se volvió. La chica hizo lo propio. Cora le dedicó una mirada desafiante y la apuntó con el dedo índice.

—Soy Cora Quiroga, la prometida del señor Brown —dijo con vehemencia ante la perplejidad de la recepcionista que la observaba ojiplática. Pero Cora rectificó inmediatamente—. Bueno, en realidad soy su exprometida —enfatizó—. Te voy a dar un consejo gratis para empezar esta maravillosa semana: no te metas en medio de esto, bonita, porque no te conviene. ¿Entendido?

Atónita, la chica cerró la boca y, sin rechistar, dio media vuelta en dirección a su mesa.

Cora irrumpió en el despacho de Mason como un elefante en una cacharrería. No se molestó en pedir permiso para entrar ni en cerrar la puerta después de hacerlo. Para entonces, algunos de los compañeros del abogado ya estaban en el pasillo intentando averiguar a qué se debía todo ese revuelo. Sorprendido al verla aparecer, Mason interrumpió la conversación telefónica que estaba manteniendo en inglés.

—*Excuse me, Mr. Spencer. I must leave you now. I'm needed urgently. I'll call you later.* —Después, colgó—. Vaya, me alegra saber que estás viva —dijo con absoluto cinismo—. Por un momento pensé que te habías lanzado al Manzanares y que nunca íbamos a recuperar tu cadáver.

—¡¿Despedida?! —gritó Cora.

Mason se apresuró entonces a cerrar la puerta. El espectáculo parecía tener bastante público interesado.

—¿No tenéis trabajo del que ocuparos? —preguntó antes de hacerlo.

Después, se acercó a la joven e intentando parecer calmado y tener la situación bajo control, le susurró al oído:

—Cuida tus modales. Ni se te ocurra montarme una escenita. Aquí no. ¿Me has oído?

—Ni se te ocurra a ti decirme lo que tengo que hacer —respondió Cora con la misma calma—. Porque, por una vez en esta relación, voy a hacer lo que me dé la gana sin que puedas impedírmelo.

Acto seguido, Cora se acercó a la mesa del abogado y con una furia irrefrenable, tiró al suelo todo lo que había encima, provocando un tremendo estruendo. En ese momento, la sobrina de Riquelme asomó la cabeza por la puerta con cierto reparo.

—¿Necesita que avise a seguridad, señor Brown? —preguntó tímidamente.

—¡Oh! No te preocupes —se excusó Mason—. Esto solo ha sido un terrible accidente. ¿Verdad, *darling*? —preguntó dirigiéndose a Cora.

Pero la joven no respondió y volvió a clavar su mirada amenazante en la recepcionista.

—Te he avisado de que no te metas en esto. No habrá una tercera advertencia. Largo de aquí —le ordenó—. A ver si es posible tener un poquito de privacidad en este bufete de abogados.

La chica se escabulló de inmediato.

Después de que la joven cerrara la puerta de nuevo, Mason se abalanzó sobre Cora con la mano en alto. Pero ella no hizo ningún ademán de protegerse. Muy al contrario, se mostró desafiante.

—¿Ahora también vas a pegarme? —preguntó.

Entonces Mason se dio cuenta de lo que estaba a punto de hacer y bajó el brazo.

—La culpa es tuya —la acusó—. ¿Te das cuenta de qué manera me haces perder el control? Te comportas como una loca. Estás desquiciada.

—Yo soy la culpable de todo. Ese es el veredicto del perfecto señor Brown, que además de abogado ahora resulta que también es juez y ha dictado sentencia. El que nunca se equivoca. El que no tiene dudas. El que no es capaz de mirar más allá de su propio ombligo. El que lo tiene todo bajo control. ¡¿Y yo qué?! ¡He renunciado a todo lo que tenía para seguirte! ¡¿Acaso no te das cuenta?! ¡He dejado atrás todo lo que me importaba por ti! —le reprochó golpeándole con el dedo índice en el pecho—. ¡Eres un cretino y un ingrato! ¿Dejarme sin trabajo es una de tus artimañas para que siga dependiendo de ti? ¿De tu dinero? ¿De tus ingresos? ¡¿Eres consciente de lo manipulador que eres?! Si lo que pretendes es conseguir que te necesite, siento decirte que esta trampa no va a servirte de nada.

Cora se dejó caer sobre un sillón que había al lado de la mesa y, en ese momento, se echó a llorar. Le dolía el pecho de tanta pena que sentía. Porque, en realidad, ya se le había pasado la ira y ahora estaba triste, profundamente abatida. Se preguntaba en qué momento habían llegado a aquella situación cuando antes se habían amado tanto y qué parte de responsabilidad tenía sobre lo ocurrido. Porque, en el fondo, no podía arrancarse de dentro ese resquicio de culpa.

Cuando logró recuperar un poco la calma, miró a Mason a los ojos. No reconocía al hombre que tenía delante. Se le antojó un extraño. Por un segundo dudó de que siempre hubiera sido así. Tal vez no se había dado cuenta de su verdadera naturaleza hasta que no se había quitado la careta. Y ya era demasiado tarde.

—Dime una cosa. ¿A qué sabe la boca de un asesino? ¿También te lo has follado? —preguntó Mason pretendiendo hacerle daño—. Nunca hubiera imaginado que fueras capaz de tirarte a un delincuente en una sucia cárcel. Se puede caer bajo, pero no tanto. Al menos, podrías haber sido más discreta. Hasta las fulanas saben guardar un secreto.

La mirada del abogado era tan gélida que Cora sintió un escalofrío. Empezaba a darle miedo el comportamiento de Mason.

—Eso es lo único que te importa, ¿verdad? Tu reputación. Lo que opine de ti toda esta gente estirada —dijo con desprecio refiriéndose al bufete—. Te crees mejor que los demás, pero déjame decirte que no lo eres. Eres escoria. Que lleves un traje caro y comas en buenos restaurantes no te convierte en una buena persona. No tendrás antecedentes penales, pero eres un ser despreciable. Aún no entiendo cómo hubo un día en el que te quise.

Cora ya se había puesto en pie y se dirigía hacia la puerta. No aguantaba ni un segundo más en aquella habitación junto a Mason, así que la abrió de par en par y comenzó a gritar.

—¡Atención! ¡Escúchenme todos! ¡Vamos! ¡Salgan de sus despachos! ¡Mason Brown es un cornudo! —exclamó para avergonzarlo—. ¡Lo he engañado con un recluso!

Todos los presentes reían divertidos con la escena mientras Mason había enmudecido. Después, Cora recorrió el pasillo hacia la puerta de salida y, al pasar por delante de la recepcionista, se dirigió a ella.

—El señor Brown vuelve a estar soltero. Por si te interesa —le dijo antes de marcharse.

# 30

# MADRID

Diciembre

Pascual Galindo le daba vueltas a la cucharilla del café mientras leía con detenimiento la nota manuscrita que la doctora le había entregado a Cora en el hospital. La joven le había dicho que tenía en su poder información importante y quería que el periodista le echara un vistazo, así que se habían citado en un bar cercano a la redacción de *Al Minuto*.

Con las gafas haciendo equilibrio en la punta de la nariz, Gali parecía un forense estudiando al detalle aquel trozo de papel.

—Entonces, ¿dice que Roque Gato se refiere a su novio, el abogado Mason Brown, como el responsable de intentar hacerle daño?

—Exnovio —matizó Cora. Gali hizo una mueca.

—Pero no menciona su nombre.

—Por temor a las represalias —argumentó la joven—. Como habrá leído, ya sufrió una agresión hace unas semanas por encargo de Mason. La cronología de lo ocurrido es reveladora: Roque recibe una paliza a modo de advertencia, Mason y yo discutimos y rompemos. Como consecuencia de todo ello, y al no conseguir lo que pretende, mi expareja intenta quitar de en medio a Roque provocándole una terrible reacción alérgica. Así de sencillo. Todo queda como un lamentable accidente; un error en la dieta de un preso que a nadie le importa si está vivo o muerto. Mason es un hombre manipulador incapaz de asumir el fin de nuestra relación y hace responsable de ello a Roque. Es su rival, su enemigo que abatir.

Además, yo lo humillé en público. Estaba enfadada y en aquel momento no calibré las consecuencias. No podía imaginar que fuera capaz de intentar matar a nadie como venganza. Pero, por lo visto, me equivoqué.

Pascual Galindo escuchaba con atención mientras se calentaba las manos con la taza del café. La historia le parecía de lo más suculenta, pero debía de encontrar la forma de contarla. Quería estar seguro de que la versión de Cora no era la de una mujer despechada. La escuchaba hablar y le recordaba a su mujer tras el divorcio.

—No me cree —dijo Cora algo desalentada al percibir cierta desconfianza.

—No es eso. Solo estoy analizando la situación. No puedo acusar en mi periódico a un abogado de intento de homicidio a un recluso solo porque intuya usted que, en esta nota, el preso se refiere a su exnovio.

A Cora le molestó aquella respuesta. Como siempre, la palabra de Roque no parecía tener la menor credibilidad si se trataba de compararla con la de un abogado.

—Dígame una cosa, señor Galindo. ¿Qué otra persona podría ser si no? Le recuerdo que, además, me han despedido de mi trabajo en la prisión. Todo forma parte del mismo plan. ¿No se da cuenta?

El periodista se encogió de hombros.

—Tal vez lo de la intoxicación haya sido realmente un accidente y Roque esté algo paranoico y haya desarrollado algún tipo de manía persecutoria. Ni se imagina la de cosas que puede provocar el encierro de un hombre —argumentó haciendo girar su dedo índice alrededor de la sien—. A muchos se les va la cabeza.

Cora dejó escapar un suspiro.

—Démosle la vuelta a la tortilla. ¿Y si hubiera ocurrido al contrario? Si esta nota la hubiera escrito Mason, acusando a Roque Gato de intentar quitárselo de en medio, ¿la pondría en duda? —preguntó finalmente.

El periodista meditó la respuesta unos segundos y, por la expresión de su rostro, Cora concluyó que había dado en el clavo.

—Una vez más no busca la verdad, sino que le mueven los prejuicios —sentenció la joven.

Algo incómodo, Gali se recolocó en la silla del bar. Después, dio un sorbo al café con leche. Sabía que Cora estaba en lo cierto y lo había convencido. Debía ser profesional, se dijo.

—¿Puedo hacerle una foto? —preguntó refiriéndose a la nota. Cora asintió.

Con su teléfono móvil, Gali enfocó el trozo de papel e hizo varias instantáneas. Después, retomó la conversación.

—Está bien. Le diré lo que voy a escribir. Contaré que Roque está en el hospital a consecuencia de un *shock* anafiláctico. De qué forma ha podido llegar algún alimento contaminado con trazas de cacahuete al menú de un recluso alérgico fallando todos los protocolos de seguridad es algo que habrá que investigar. También publicaré esta fotografía. La historia de una nota manuscrita hallada en el bolsillo del paciente en el momento del ingreso en la UCI es realmente inquietante. Al fin y al cabo, son hechos objetivos. Pero no puedo mencionar a Mason ni a nadie como responsable de lo ocurrido —explicó—. Mi consejo es que vaya a un abogado. Busque uno bueno. Si Roque despierta del coma debería denunciar lo que ha pasado y poner negro sobre blanco sus sospechas. Con una denuncia sí publicaré el nombre. Si, por el contrario, no logra superarlo, usted debería actuar en su lugar.

—No diga eso —interrumpió Cora angustiada ante la posibilidad de que un desenlace fatal pudiera suceder.

—La nota lleva su nombre como destinataria —continuó Gali—. Usted es el pico del triángulo, el nexo de unión entre estos dos hombres, y esto se ha convertido ya en un asunto policial. Pero tenga cuidado a quien le busca las cosquillas. Si están en lo cierto, hablamos de gente peligrosa.

Pascual Galindo rebuscó unas monedas del bolsillo de su pantalón y las dejó sobre un platillo que había en la mesa con el tique de la consumición. Después, alzó el brazo para que la camarera lo recogiera, se levantó como si de repente le hubiera entrado prisa y se puso el abrigo y un gorro de lana.

—Estaremos en contacto —le dijo a Cora mientras le ofrecía la mano. La joven se la estrechó y Gali salió del bar camino de la redacción del diario.

Aquella tarde, Cora tomó el metro para llegar al barrio de Malasaña y se bajó en la estación de Tribunal de la Línea 1. Faltaban diez minutos para las siete de la tarde y hacía tanto frío que le dolían las sienes. Se rodeó el cuello con una bufanda verde que le había tejido Flavia cuando todavía tenía buena vista y aceleró el paso para entrar en calor esquivando al resto de transeúntes. La separaban tres manzanas de las oficinas de la asociación Free Man donde se había citado con una abogada a la que había logrado convencer para que escuchara el caso de Roque Gato. No hacía mucho que había visto en la televisión un reportaje acerca de Free Man, un proyecto nacido en Estados Unidos, dedicado a excarcelar a inocentes condenados como consecuencia de juicios irregulares que recientemente se había implantado en España. Aquel programa de televisión había resultado providencial. Como si el destino le hubiera mandado una señal acerca de a quién acudir para pedir ayuda. «Nada pasa por casualidad», solía decirle Flavia, «más bien por causalidad».

Sin dejar de mirar el móvil por si recibía alguna noticia del hospital, Cora llegó puntual a la dirección que le habían dado. Era un local situado entre dos cafeterías, con aspecto de comercio. Temiendo haberse equivocado, la joven comprobó de nuevo las señas y alzó la vista. En la fachada había un enorme cartel pintado con aerosoles donde se podía leer el nombre de la asociación.

En ese instante una mujer de melena canosa y rizada, gafas de pasta blanca y vestida de negro abrió la puerta y se dirigió a ella.

—¿Eres Cora? —preguntó. La joven asintió—. Pasa, es aquí. No te has equivocado. He salido a buscarte porque siempre nos ocurre lo mismo. Todo el mundo se piensa que esto es una tienda; aunque en realidad están en lo cierto. Yo soy Silvestra —se presentó tendiéndole la mano—. Hemos hablado por teléfono. Sígueme.

Las dos mujeres atravesaron la estancia que estaba atestada de objetos diversos y ropa de segunda mano. La mayoría de las cosas eran antigüedades, viejas piezas de coleccionista y obras de arte. Un joven de aspecto alternativo atendía a la clientela que curioseaba. Al pasar por delante, el chico les dedicó una sonrisa.

—Es Álex, uno de nuestros presos liberados. Ahora es voluntario. Y todo esto que ves son donaciones de nuestros clientes —explicó Silvestra—. Somos una asociación formada por profesionales multidisciplinares que ofrecemos un servicio gratuito. Esta es solo una forma de autofinanciarnos. Las oficinas están aquí al fondo —dijo abriendo una puerta y cediéndole el paso—. Yo lo llamo «la caverna».

El lugar resultaba acogedor. Olía a incienso y parecía una trastienda reconvertida en oficina. Distribuidas por toda la estancia había seis mesas con sus respectivos ordenadores y un puñado de archivadores ocupaban toda una pared de estantería. En aquel momento no había nadie más. Estaban solas. La mujer bordeó una de las mesas y se sentó en una silla de escritorio.

—Ponte cómoda —le dijo, indicándole con la mano que ocupara la que tenía justo enfrente—. Esta es nuestra base de operaciones, pero es provisional. Nos han cedido unas oficinas a tres calles de aquí. Las estamos acondicionando. Yo me encargo de la parte jurídica, pero también trabajamos con una trabajadora social y un psicólogo. Entre los tres y un numeroso grupo de voluntarios, la mayoría de ellos estudiantes, estamos sacando adelante este ambicioso proyecto.

—Os vi en televisión —apuntó Cora. Silvestra dejó escapar una mueca de desaprobación.

—Tú y demasiada gente, me temo. Tanta publicidad es contraproducente para lo que hacemos. Yo hubiera preferido ser más discreta, porque creo que la atención mediática no siempre es buena, pero no estoy sola en esto. —Al escucharla, Cora pensó en cómo le había perjudicado a Gato que su caso hubiera salido en los periódicos y no podía estar más de acuerdo con ella—. Ahora nos llegan más solicitudes de las que somos capaces de atender —prosiguió

Silvestra—. Perdemos mucho tiempo cribando las que son realmente de inocentes de las que solo pretenden aparentarlo. Hay mucho trilero de la verdad. Así que hay que estar muy seguros antes de cuestionar al sistema. No podemos permitirnos un solo error. Con un culpable que saquemos de la cárcel, todo el trabajo de décadas se iría al garete. Adiós a nuestro prestigio en el mundo entero.

—Gracias por atenderme —se apresuró a decir Cora, haciéndose cargo de la situación. La mujer respondió con un gesto impreciso.

—He leído sobre el caso de Roque Gato —explicó Silvestra—. Los requisitos que exigimos para hacernos cargo de la defensa de un condenado son que no tenga recursos económicos, que exista una condena firme, que no se trate de un delito sexual y que el preso haya mantenido su inocencia durante todo el proceso. Gato cumple todos y cada uno de ellos, excepto este último. Firmó una confesión.

—Se trata de una confesión cuanto menos irregular —explicó Cora—. Estuvo motivada por las presiones de su abogado de oficio. Un consejo legal muy poco profesional en mi opinión. La ignorancia del sistema de un hombre aterrado ante una situación tan dramática como que te acusen injustamente del homicidio de un joven, ¿no debería ser parte de su defensa? ¿Quién no le haría caso a su abogado en una situación como esa? Cuando alguien está desesperado no es capaz de calibrar las consecuencias de una decisión como la que tomó Roque en aquel momento. De haberlo sabido, jamás hubiera firmado esa confesión. Pero eso ya está hecho y no podemos volver atrás. Solo podemos avanzar. Por eso estoy aquí.

Silvestra se ahuecó el cabello mientras pensaba. Había visto muchas negligencias de colegas que solo buscaban llegar a un acuerdo rápido para cobrar sus honorarios lo antes posible sin importarles demasiado las alternativas de sus clientes. Antes de responder se encendió un cigarrillo, le dio una sola calada y lo espachurró en un cenicero con cierta rabia.

—Lo tengo que dejar, pero no soy capaz —apuntó mientras lo hacía—. Está bien. En caso de estar en lo cierto, sería necesario aportar nuevas pruebas para reabrir el caso o tener conocimiento de la existencia de circunstancias que no se conocieran en el momento del juicio. ¿Las hay? —preguntó la abogada. Cora se encogió de hombros sin lograr mencionar nada nuevo al respecto.

—Estoy aquí porque la vida de Roque corre peligro. Lleva cuarenta y ocho horas en la UCI. Sigue inconsciente.

—Sí, lo he leído en el periódico. Una reacción alérgica grave.

—Es la segunda vez que atentan contra su vida en prisión. Pero se ha callado por temor a empeorar la situación —explicó Cora—. Si ha visto la prensa también tendrá conocimiento de esto.

Cora sacó del bolso la nota manuscrita y la puso sobre el escritorio dando un manotazo. Silvestra la observó sin tocarla. La reconocía de la fotografía del diario.

—No fue un accidente. Temía por su vida desde hace tiempo. Y esta es la forma que se le ocurrió de hacérmelo saber si le pasaba algo. Roque necesita ayuda —dijo Cora con vehemencia—. Cuando despierte, no puede volver a prisión porque estoy convencida de que morirá encerrado por un delito que no ha cometido. No se salvará una tercera vez. ¿Entiende lo que le estoy diciendo?

La abogada la miró a los ojos. Había visto la desesperación en la mayoría de los familiares que acudían a la asociación en busca de ayuda. Cora tenía esa angustia dentro. Pero, sin nuevos indicios, cualquier intento de reabrir un caso resultaba del todo inútil y Silvestra lo sabía. Ningún tribunal se iba a plantear tal cosa y mucho menos habiendo una confesión por escrito de por medio.

—Mire, sé muy bien cómo se siente. Pero lamento decirle que necesitamos algo nuevo para poder hacernos cargo del caso de Roque —dijo finalmente—. Cualquier cosa, por pequeña que sea, podría valernos. Una pista de la que tirar del hilo.

—¿Ustedes no pueden ayudarme a investigar? —preguntó Cora.

—Lamentablemente no tenemos ni tiempo ni recursos para ello. Consígame algo con lo que trabajar y me comprometo a seguir adelante. Es todo lo que puedo hacer por usted ahora mismo.

Silvestra se levantó de la silla, se colocó las gafas en el tabique nasal y le tendió la mano. Era su forma de dar por zanjada la reunión, pero a Cora se le escaparon las lágrimas sin control. Decepcionada, recogió el papel y lo volvió a meter en el bolso. No le devolvió el saludo a la abogada. Tenía la mano mojada de secarse el rostro.

—Lo siento —se disculpó, incapaz de disimular su congoja. Solo quería salir de allí lo antes posible.

—No pierda la esperanza —dijo Silvestra mientras Cora abandonaba el lugar a toda prisa.

Nada más pisar la calle, el teléfono de Cora dio un aviso de que tenía una llamada perdida. Durante todo el tiempo que había estado en el interior de aquella oficina había estado sin cobertura. El corazón le dio un vuelco al comprobar que se trataba del número del hospital.

# 31

# MADRID

Diciembre

Mason despertó con la boca pastosa y la lengua que parecía cartón. No recordaba cuánto había bebido la noche anterior. De buena gana hubiera seguido durmiendo de no haber sido por un insolente rayo de sol que entró por la ventana del dormitorio para darle en la cara. Miró de reojo el despertador de la mesilla de noche y comprobó que pasaban ocho minutos de las doce del mediodía. Por suerte, era sábado y no tenía que ir a trabajar, así que pensó que lo mejor que podía hacer era ir al baño para orinar y así bajar la erección matutina. Después, se volvería a la cama para abandonarse debajo del edredón al menos un par de horas más. Pero entonces se giró hacia el lado donde solía dormir Cora y se percató de que no estaba solo. Una melena rubia asomaba debajo de la almohada. Mason levantó un poco la cubierta y descubrió el cuerpo desnudo y curvilíneo de la chica. Dormía de lado, dándole la espalda y con la cabeza cubierta por el cojín, como si quisiera amortiguar todo lo que ocurriera a su alrededor. «Bonito culo», pensó Mason mientras se esforzaba en recordar qué era exactamente lo que había ocurrido la noche anterior.

Sin hacer ruido y con movimientos sigilosos, el abogado salió de la cama. También estaba desnudo y, además, empalmado. De camino al servicio, sorteó la ropa que había tirada por el suelo del dormitorio. La lámpara de pie que solía estar sobre la cómoda, había volcado y tenía la bombilla rota. Sobre el cristal del mueble había restos de cocaína junto a su inhalador de plata para esnifar, regalo de un compañero de estudios. Entonces comenzó a recordar. Le venían a la cabeza *flashes* de una noche de desfase; imágenes inconexas de haber mantenido sexo con la chica en distintas estancias de la casa hasta acabar en el dormitorio.

—Joder. ¿Cómo has podido ser tan idiota? —se lamentó en voz alta al acordarse de que la rubia era la sobrina de Riquelme. Fruta prohibida.

Cayó en la cuenta de que la noche anterior la había invitado a cenar después de que ella llevara días coqueteando descaradamente con él y se habían tomado la última copa en el ático del abogado, cortesía del despacho García y Riquelme. A partir de ese momento, todo parecía borroso en su cabeza.

Mason retrocedió sobre sus pasos, se acercó a la cama de nuevo y levantó ligeramente la almohada con cuidado de no despertar a la chica para comprobar que efectivamente se trataba de la recepcionista del bufete. La joven cambió de postura sin abrir los ojos y se colocó boca arriba, dejando al descubierto sus pechos que vibraron como flanes. El abogado la contempló con lascivia. Lamentaba haber metido la pata de aquella manera acostándose con la sobrina de uno de sus mentores, pero lamentaba aún más no recordar con nitidez la noche de sexo con aquella veinteañera que encontraba tan irresistible.

Ya en el baño, decidió darse una ducha. Necesitaba espabilarse y pensar en su estrategia. Debía planificar concienzudamente cada paso que dar para vengarse de Cora. A Roque ya le había dado su merecido. Nadie en toda su vida lo había desafiado de aquella forma tan vulgar como había hecho su prometida. Nadie avergonzaba a Mason Brown sin pagar las consecuencias. Lo primero que pensaba hacer aquella mañana era meter todas las cosas de Cora en bolsas de basura y llamar a la beneficencia. Inmediatamente cambió de opinión. Las tiraría al contenedor más cercano. Allí es donde se depositan los desperdicios; por lo tanto, ese era su lugar, concluyó. No quería en su casa ni un solo objeto que le recordara a la que había sido su pareja durante los últimos tres años y le importaba un bledo que tuvieran valor sentimental o económico. Quería a Cora fuera de su vida y, por supuesto, también de su casa. La hubiera fulminado sin el menor remordimiento de haber podido hacerlo. Se había enterado de que se alojaba en una pensión cutre y, solo de imaginarla durmiendo en una habitación de mala muerte, le producía una intensa sensación de satisfacción. Ese regustillo le producía placer, pero no era suficiente. Mason Brown necesitaba más. Quería hacerle daño para que aprendiera la lección. Destruirla.

Planeaba bajo el chorro de agua caliente mientras se enjabonaba cuando escuchó abrirse la puerta del baño. La rubia se había despertado y apareció entre el vaho como una muñeca. Se había cubierto con una camisa de Mason que le quedaba enorme, pero que la hacía estar muy sexi. El abogado cerró el grifo y se retiró el agua de la cara con las manos. Un mechón de pelo le caía sobre el rostro. Después limpió el cristal de la mampara para poder contemplarla mejor. Era de una belleza exuberante. Sin maquillaje parecía mucho más joven, casi una adolescente. La piel blanca y el color de su cabello resaltaban sus enormes ojos color miel. Pero lo que más llamaba la atención de ella era la forma de mirar. Era una mezcla perfecta de inocencia y sensualidad.

—¿Cabemos los dos? —preguntó la chica de manera sugerente mientras se desabrochaba los botones con lentitud.

Mason abrió la puerta invitándola a entrar. Total, ya había mordido la manzana de Eva una vez. Nada malo podía ocurrir por pecar de nuevo, esta vez, eso sí, disfrutándolo. La rubia dejó caer la camisa al suelo y entró en la ducha. Se abrazó a Mason pegando su cuerpo al del abogado. El hombre estaba caliente y mojado. Le resultó excitante notar los pechos de la joven contra sus pectorales.

—¿Cómo me dijiste que te gustaba que te llamaran? —preguntó Mason al oído para intentar que la chica le desvelara su nombre. Para el abogado siempre había sido la sobrina de Riquelme y no había hecho ningún esfuerzo por recordar cómo se llamaba en realidad.

—Sami —respondió ella—. Ya sabes, diminutivo de Samanta. Mi tío me tiene prohibido utilizarlo en el despacho porque dice que es vulgar.

—La dulce Sami de labios de fresa —respondió Mason antes abrir el grifo de nuevo—. Tú no tienes nada de vulgar, te lo aseguro. ¿Cuántos años tienes?

—¿Nadie te ha dicho que esa pregunta no se le debe hacer a una mujer? —preguntó Sami divertida.

—¿No me estaré metiendo en un lío? —La rubia soltó una risita.

—Tranquilo. Hace unos años que dejé de ser ilegal si te refieres a eso.

Sami apretó el dispensador del gel y se distribuyó el jabón por ambas manos. Después, comenzó a masajear el pecho de Mason.

—Date la vuelta —le ordenó—. Voy a rascarte la espalda.

El abogado obedeció y se dejó hacer. Era agradable notar el roce de las uñas sobre su piel. Le excitaba.

—¿Sabes una cosa? Me alegra que tu ex montara esa escenita el otro día —dijo ella mientras bajaba las manos hasta llegar al pene de Mason, que seguía dándole la espalda. Con habilidad, comenzó a juguetear con él bajo el chorro del agua mientras proseguía con la conversación—. Desde el primer día que pisaste el bufete me fijé en ti. Eres tan elegante; un *gentleman*. Pareces un actor inglés. Me recuerdas a Jamie Dornan. Y ese punto perverso que tienes me pone a cien.

—¿Parezco perverso?

—Creo que eres ambicioso y la ambición es capaz de moverte a hacer cualquier cosa —respondió Sami—. Pero prácticamente estabas casado. Prometido. Un chico de la vieja escuela. Y yo no me acuesto con hombres casados. Es una de mis líneas rojas.

—Muy considerado por tu parte —respondió Mason jadeando.

—Pero después de ese numerito tan ordinario —continuó Sami—, ya no hay nada que me impida estar aquí contigo. Ella misma me lo dijo: vuelves a estar soltero de nuevo.

—Tal vez tendría que ser yo quien no debería estar con la sobrina de mi jefe —argumentó el abogado—. Podrían despedirme por esto, ¿sabes?

Sami torció el gesto sin dejar de masturbar a Mason. Sabía muy bien lo que estaba haciendo. Aunque a menudo jugaba a mostrarse como una chica inocente y boba, ese era solo un papel que interpretaba a su interés. Le convenía que la gente no supiera lo inteligente que era. Había comprobado que, de esa manera, le resultaba más sencillo conseguir sus propósitos.

—Si lo prefieres, paro —sugirió con voz aniñada.

—Ni se te ocurra.

—Ahora va a resultar que le tienes miedo a mi tío.

—Yo no le tengo miedo a nadie —sentenció Mason.

—No diré nada si tú tampoco lo haces.

Mason se giró entonces. Con cierta brusquedad, agarró a la chica por las muñecas y la sujetó contra la pared con los brazos en alto como si la estuviera engrilletando. Después de inmovilizarla, le susurró al oído.

—Puedes follarme, pero no intentes joderme. No es una buena idea, te lo aseguro. Ni una palabra de esto a tu tío. Ni a nadie del trabajo. Ni siquiera a tu mejor amiga. ¿Entendido?

Mason aprovechó para lamerle la oreja y mordisquearle el cuello como punto final a su advertencia. Era su manera de dejarle claro quién mandaba.

—Y si no obedezco, ¿me matarás? —preguntó Sami divertida mientras se dejaba hacer.

—Algo parecido —respondió el abogado.

El juego de dominación excitó a la rubia, que en el tira y afloja se dejó ganar. Le gustaba llevar las riendas, pero se había dado cuenta de que Mason no era de los que ceden el control. Muy al contrario, el abogado prefería ser el dominante cuando se trataba de marcar las reglas.

Sin dejar de sujetarle las muñecas, Mason abrió las piernas de la joven introduciendo su rodilla. Después, la sujetó por la cintura con un solo brazo y la levantó, hasta acoplarla a sus caderas. Sami era menuda y ágil, y al instante se abrazó a su cuerpo utilizando las piernas. Después, Mason la penetró con fuerza elevándola y dejándola caer sobre su pene una y otra vez. Las embestidas eran tan profundas que la chica gritaba de placer en cada una de ellas hasta que ambos se corrieron al mismo tiempo.

# 32

# MADRID

Diciembre

Cora atravesó la ciudad lo más rápidamente que fue capaz. Tenía un buen motivo para darse prisa. La llamada telefónica que no había podido contestar mientras hablaba con Silvestra, la jurista de la asociación Free Man, era del Hospital Gregorio Marañón. Roque había despertado del coma, estaba ingresado en planta y había preguntado por ella. La primera palabra que había pronunciado había sido su nombre. Sin lugar a duda, aquella buena noticia era el mejor regalo anticipado de Navidad para ella, tan necesitada como estaba de acontecimientos positivos en su vida.

Atravesó la Plaza Dos de Mayo a toda velocidad. Las terrazas estaban repletas de jóvenes a quienes, al calor de las estufas exteriores, parecían no importarles las bajas temperaturas. Charlaban animadamente, bebían y algunos fumaban, ajenos todos a que su mundo parecía desmoronarse como si sus problemas fueran insignificantes para el resto de la humanidad. Se respiraba un ambiente festivo. Los locales estaban decorados con detalles navideños y Cora ni siquiera había caído en la cuenta de que apenas faltaban unos días para su época del año favorita.

Tras sortear a un puñado de gente por la calle, logró llegar hasta la boca de metro de Noviciado en el momento justo de la llegada del convoy. Solo habían transcurrido seis minutos, pero a la joven le pareció un siglo. Nada más subirse al vagón, se dejó caer sobre uno de los asientos con la respiración agitada. Se aflojó la bufanda para poder respirar con mayor facilidad y escuchó con atención la voz metálica de la megafonía porque aún no se manejaba demasiado bien con el transporte público de Madrid. Debía bajarse en la parada de Goya, así que la separaban de Roque tan solo ocho más. Un total de unos diez minutos en metro y otros tantos caminando hasta la puerta del hospital, según le había indicado el navegador de su teléfono.

Cora se sentía impaciente. Necesitaba abrazar a Roque y poder sujetarle la mano; sentirlo cerca para asegurarse de que se encontraba fuera de peligro y poder hacerlo con libertad, sin temor a ser sorprendidos y sin tener que ocultarse de los guardas o del resto de reclusos. Cerró los ojos y dio gracias al cielo por la buena noticia. No era creyente, pero sí una mujer agradecida. Después de la reunión tan desesperanzadora que había tenido con Silvestra, de la que había salido llorando, recibir la llamada del hospital había resultado del todo providencial. Como si el universo la compensara de alguna manera. Como si, en realidad, existiera cierto equilibrio, como solía decirle la nona. En cualquier caso, le pareció justo dar la gracias a quienquiera que controlara su destino.

Debió escapársele en voz alta porque el anciano que estaba sentado a su lado se dirigió a ella.

—¿Buenas noticias? —preguntó.

Cora se giró sorprendida. Ni siquiera se había percatado de la existencia del hombre, tan ensimismada como estaba en sus pensamientos.

—Muy buenas —respondió.

El anciano, menudo y arrugado, lucía un sombrero de ala media y un bastón con empuñadura metálica. Un elegante abrigo de paño color gris le cubría casi por completo. Llevaba barba canosa, fina y arreglada y olía a sándalo. Ante la respuesta de Cora, sonrió.

—No sabe usted cómo me alegro.

A continuación, le tendió la mano. Llevaba puestos unos guantes negros de piel. Algo desconcertada, Cora le ofreció la suya. Parecía amigable.

—Pide un deseo —le dijo mirándola a los ojos—. Tal vez este también se cumpla. Hay que aprovechar una buena racha. Como las olas y los surfistas.

Cora obedeció sin saber muy por qué. Había algo en aquel hombre tan pintoresco que la hacía confiar. Además, qué daño podía hacerle aquel desconocido, pensó. Apretó muy fuerte los ojos y pidió un deseo. Después, los abrió. Tenía un brillo infantil en la mirada.

—Ya está —dijo ilusionada.

En ese momento, la megafonía anunció la parada de Sol. El hombre se apoyó en el bastón y, con cierta dificultad, se incorporó, agarrándose con una de las manos a la barra de sujeción que tenían delante de sus asientos.

—Es la mía —dijo.

El vagón disminuyó la velocidad provocando que el anciano perdiera ligeramente el equilibrio. Cuando ya estaba parado y a punto de abrir las puertas, se quitó el sombrero a modo de saludo y se dirigió a Cora.

—Me llamo Ángel. Feliz Navidad. —Y desapareció entre la multitud que, como hormigas, entraba y salía del convoy.

Cora escuchó el sonido de una campanilla sonando en algún lugar impreciso del metro y no pudo evitar acordarse de la película preferida de Flavia —*Qué bello es vivir*—, que veían juntas todas las Navidades. Había una frase en el guion que siempre hacía llorar a la *avoa*: «Cada vez que suena una campana, un ángel consigue sus alas». Tal vez porque le recordaba a todas las pérdidas que había tenido en su vida, a todos sus ángeles particulares.

Tras abandonar la UCI, Roque había pasado a ocupar una de las camas del área de apoyo a pacientes provenientes de instituciones penitenciarias del Gregorio Marañón, llamada Unidad de Acceso Restringido (UAR). Para poder visitarlo había necesitado el permiso del director de la institución, aunque lo cierto era que no había encontrado el menor inconveniente y el trámite había resultado rápido y rutinario. Roque no había sido clasificado como un interno peligroso y Cora era la única persona del exterior que había solicitado la visita, así que allí estaba, a punto de poder encontrarse con él por primera vez fuera de una cárcel.

Roque dormía cuando Cora entró en la habitación. Le llamó la atención que las paredes estuvieran hechas en su mayor parte de cristal, para que desde fuera pudiera divisarse lo que pudiera ocurrir dentro del cuarto. Una máquina a la que estaba conectado emitía un pitido intermitente que indicaba que sus constantes vitales eran las correctas. La estancia olía a medicamentos, pero era mejor que el olor a cerrado y a rancio de la prisión. Con cuidado de no despertarlo, la chica puso una silla al lado derecho de la cama y después tomó asiento. Tomó la mano de Roque, que tenía puesta una vía y una pinza con una luz roja en el dedo índice, y la colocó con delicadeza entre las suyas. Su tacto era cálido y su piel mantenía la rugosidad propia de alguien que trabaja con las manos a pesar de que hacía meses que no era mecánico.

Al notar su presencia, Roque abrió los ojos.

—¿Ya me he muerto y estoy en el paraíso? —preguntó al verla.

Cora sonrió. Era buena señal que bromeara.

—Me temo que todavía no —respondió ella—. Pero me has dado un buen susto.

Roque torció el gesto. Por un segundo revivió el momento del *shock* anafiláctico y la impotencia de no poder hacer nada por evitarlo. Pudo sentir la muerte rondándole como un buitre a la espera de poder hincarle el pico a la carroña.

—Doy por bueno todo lo ocurrido solo por poder vivir este momento contigo. ¿Te dieron mi mensaje? —dijo al acordarse de la nota. Cora asintió.

—Tienes que denunciarlo. No puedes volver dentro sin contar lo que te ha pasado —le aconsejó la chica bajando la voz—. Estoy muy preocupada por ti.

Roque meditó durante unos segundos. No quería enfrentarse a un abogado con contactos como Mason y mucho menos estando

Cora de por medio. Ese tipo era despreciable y también peligroso, lo había sufrido directamente. Era de esa clase de hombres que se sienten intocables por el hecho de llevar un traje caro y saber jugar con el sistema. Era evidente que Roque estaba al otro lado de la línea, el lado equivocado, el de los perdedores. Además, el mecánico temía por la chica.

—Hemos roto —se apresuró a decir Cora adivinando sus pensamientos—. Debería haberlo hecho hace mucho tiempo, pero no ha sido hasta conocerte a ti cuando me he dado cuenta de que no lo amaba.

—No sé si estás a salvo. Si es capaz de hacerme esto a mí...

—Mason nunca me haría daño —interrumpió Cora—. Me han despedido y sé que está enfadado conmigo, pero no creo que fuera capaz de ir más allá.

La chica eligió maquillar la realidad. Prefirió no contarle a Roque la bronca que habían tenido en el bufete y que su prometido incluso le había levantado la mano. Cora estaba convencida de que, de haber estado en un lugar privado, el abogado le hubiera dado un bofetón. Pudo ver el odio en su mirada. Supo en aquel instante que Mason era muy capaz de pegarle, pero se lo calló. Roque no necesitaba más preocupaciones en aquel momento.

—Supongamos que estás en lo cierto —prosiguió Roque—. Aun siendo yo el único objetivo sobre el que descargar su ira, no puedo denunciar a Mason. ¿Acaso no lo entiendes?

—¿A qué te refieres? —preguntó Cora desconcertada.

—Es la historia de mi vida. No puedo demostrar nada de lo que ha ocurrido. Una vez más mi palabra tiene el mismo valor que el papel mojado, que se deshace entre los dedos. La paliza que recibí fue por encargo de Mason. Aquel tipo no pronunció su nombre, pero se refirió a ti como «la chica del abogado». Blanco y en botella. Y respecto a la reacción alérgica, le he dado muchas vueltas y estoy convencido de que aquel preso tropezó conmigo adrede para darme el cambiazo del yogur. Sin embargo, no tengo pruebas.

—Pues, si no lo denuncias tú, lo haré yo —respondió la joven, decidida—. Hay que parar esto de alguna manera. A lo mejor se lo piensa la próxima vez si sabe que el asunto no ha quedado en nada. Es posible que no haya una tercera intentona si nota el aliento de la justicia en la nuca. Además, es la única forma de que la policía abra una investigación al respecto. La denuncia te protegerá.

Cora se apresuró a rebuscar algo en su bolso. Al instante dio con ello y se lo mostró a Roque: era un recorte del artículo que Gali había publicado en *Al Minuto* acerca de su reacción alérgica y del fallo de todos los protocolos de seguridad alimenticia en la prisión.

—Si denuncias a Mason, este periodista publicará su nombre. Le filtraremos una copia del informe. Tengo su compromiso. He hecho mis gestiones mientras tú estabas al borde de la muerte. Te aseguro que no hay nada en este mundo que pueda odiar más Mason Brown que su reputación se ponga en entredicho. Lo conozco muy bien y créeme, es la única manera de pararle los pies.

Roque ojeó el artículo. Aquel redactor no era de su agrado. Sus publicaciones lo habían perjudicado al inicio de su proceso. Después, había sido el instigador acerca de los rumores sobre la relación con Cora y todo ello había desatado la ira del abogado. Pero le dio vueltas al argumento de la joven. Tal vez era el momento de utilizar a aquel periodista en su propio beneficio. Calibró durante unos segundos las consecuencias de lo que pensaba hacer y concluyó que Cora estaba en lo cierto.

—Está bien. Denunciaré —afirmó—. Solo te pido que tengas mucho cuidado, por favor.

Satisfecha, Cora reposó la cabeza sobre la cama sin soltarle la mano. Desde los cristales de la habitación se veía al personal sanitario ir y venir de un lado a otro. Entonces, aprovechando que nadie parecía observarlos, acercó sus labios a los de Roque. Deseaba besarlo más que nada en el mundo. El solo roce de su piel era gasolina para ella, el combustible inflamable que hubiera ardido a la mínima chispa. Durante unos segundos sus lenguas juguetearon con lascivia. Hubiera dado cualquier cosa porque nadie los viera, por ser invisibles y libres…

Lo deseaba con la fuerza que se desea lo prohibido y lo necesitaba con la inmediatez de quien no piensa en el futuro. Solo quería vivir el momento, porque este era un tesoro que se escurre entre los dedos.

El carraspeo de una enfermera los interrumpió; había que cambiarle la bolsa de suero al paciente.

—Se le ha acelerado el ritmo cardiaco. Es mejor dejar ciertas cosas para cuando esté recuperado —dijo dirigiéndose a Cora.

—El amor es la mejor medicina —respondió ella.

Antes de volver a la pensión, decidió pasar por el ático para recoger algunas de sus cosas de una vez por todas. Solo lo imprescindible: su ropa y poco más. No había avisado a Mason. De hecho, no había vuelto a hablar con él desde el día de la discusión, pero sabía que a esa hora no estaba en casa sino en el gimnasio. Era un hombre de rutinas, así que era el momento perfecto para no coincidir.

Al llegar, quiso asegurarse de que en la última planta no hubiera ninguna luz encendida y levantó la cabeza para observar el ventanal del salón desde la acera de enfrente. Le pareció increíble pensar que hacía unos pocos meses, el día de su llegada a Madrid, había hecho el amor con Mason apasionadamente en aquel lugar. Ahora, todo parecía distinto. Extraño. Como si viviera en otro mundo y, sin darse cuenta, hubiera atravesado una puerta secreta como había hecho Alicia en el País de las Maravillas. Su vida era surrealista; una sucesión de acontecimientos que había aprendido a sortear como en una carrera de obstáculos.

Buscó en el bolso hasta dar con el juego de llaves y miró el reloj. Tenía poco más de media hora si no quería cruzarse con su expareja, así que debía darse prisa. Ya mandaría a alguien para recoger los bultos más grandes cuando todo estuviera más calmado. Por suerte, no se cruzó con ningún vecino en el ascensor. No le apetecía tener que darle conversación a nadie y mucho menos tener que responder a preguntas de aquellos que se interesaban en las vidas ajenas. Por el contrario, a Mason le encantaba presumir de su vida perfecta como si su relación estuviera expuesta en un escaparate.

Ya en la puerta, metió la llave con cierta dificultad y, cuando intentó girarla, no lo consiguió. Parecía atascada. La sacó de nuevo y comprobó que no se hubiera equivocado. Volvió a intentarlo de nuevo, pero tampoco lo consiguió. Solo había una explicación a lo que estaba sucediendo. Mason había cambiado la cerradura. Enfadada porque el abogado se le hubiera adelantado de nuevo, Cora golpeó la puerta con rabia varias veces.

—¡Cabrón! —exclamó. Parecía que su ex siempre iba varios pasos por delante de ella.

A punto estaba de abandonar el lugar cuando la puerta se abrió después de escuchar girar desde dentro los cerrojos. A Cora se le aceleró el corazón temiendo por un segundo que se tratara de Mason, pero fue Sami la que apareció envuelta en una toalla blanca y con su melena rubia mojada. Acababa de salir de la ducha y, alertada por los golpes, había ido a ver qué estaba ocurriendo.

—¿Qué haces aquí? —preguntó la recepcionista—. Mason no está.

—Lo sé. Vengo a por mis cosas —dijo Cora mostrando el juego de llaves. Después, intentó entrar, pero Sami le interrumpió el paso.

—Esta ya no es tu casa y Mason ya no es tu novio —sentenció—. Puedes tirar las llaves a la basura. Ya no abren esta puerta. Respecto a tus cosas, si las quieres recuperar, busca en los contenedores de la esquina. Lo mismo hasta tienes suerte y todavía no se las ha llevado el camión.

Cora le dedicó una mirada condescendiente. Por un segundo, sintió lástima por ella y se reconoció un poco al verla atrapada en las redes del hombre encantador que podía resultar Mason. Cora, por suerte, ya veía las cosas desde otra perspectiva.

—No sabes dónde te estás metiendo. No es lo que parece —le dijo. La chica soltó una risita sarcástica.

—¿Acaso alguien lo es? Además, no creo que tú seas la más adecuada para dar consejos —respondió—. Tengo entendido que te has liado con un delincuente convicto. Dime, ¿sabes tú dónde te estás metiendo?

Cora se dio media vuelta, respiró profundamente y, cuando estaba llegando al ascensor, se volvió para responderle antes de abrir la puerta. No quería ser hiriente, pero estaba harta de ser la única que recibía desprecios en aquel asunto. Así que no se mordió la lengua.

—¿Sabe tu tío que te lo estás tirando? ¿Crees que se alegrará de lo vuestro? —preguntó con sarcasmo.

Sami torció el gesto. Temió que su secreto saltara por los aires y que eso diera al traste con la relación nada más iniciarla. Ya se lo había advertido el abogado. Nada de contarlo en el trabajo.

—Te advertí de que no te metieras en este asunto —dijo Cora señalándola con el dedo—. Pero no me has hecho caso. Feliz Navidad.

Después, cerró la puerta del ascensor tras de sí y se marchó del edificio.

# 33

# MADRID

Diciembre

Cora estaba hecha un ovillo debajo de las mantas. Se había despertado de madrugada, cuando aún no había salido el sol. La ventana de su cuarto daba a un patio interior desde el que le llegaba el sonido de algunas voces imprecisas, el ruido de las cañerías y la luz de las habitaciones del edificio vecino. Por otro lado, una pensión no era un lugar tranquilo precisamente, ya que a todas horas había trasiego de gente que arrastraban maletas y murmuraban en diferentes idiomas. Con todo, hacía mucho que Cora no dormía de un tirón; se sentía agitada y cualquier cosa la despertaba en mitad de la noche. Además, tenía una pesadilla recurrente. De tanto en tanto, soñaba con que se ahogaba en la piscina. Un hombre desconocido tiraba de ella por las piernas hasta conseguir hundirla y Cora no conseguía alcanzar la superficie por más que agitaba los brazos e intentaba dar patadas. Se despertaba angustiada cuando le faltaba la respiración. Era tan real la sensación de ahogo que el corazón se le aceleraba como si se le fuera a salir del pecho y necesitaba de unos minutos para recobrar la calma. Pero después ya no lograba volver a dormirse. Incluso había dejado de ir a nadar por ese motivo. Aunque sabía muy bien que se debía a su ansiedad y que nadie quería ahogarla en la piscina, ya no se encontraba a gusto en el agua. Por eso, cuando no tenía nada mejor que hacer, se quedaba en la cama acurrucada como si fuera un conejo en su madriguera intentando convencerse de que todo iba a mejorar. Además, hacía mucho frío en Madrid y no terminaba de acostumbrarse al clima de la capital. Sin trabajo al que acudir y sin casa en la que vivir, su habitación era su refugio y, al menos, tenía calefacción.

Pensaba en ello cuando el hombre pelirrojo de la pensión tocó a su puerta con los nudillos. Cora asomó la cabeza por encima del edredón y echó un vistazo al reloj de la mesilla. Ya era mediodía y ni siquiera había desayunado. Dudó sobre si responder al casero o ignorarlo, pero el hombre insistió pasados unos segundos sin obtener respuesta. La segunda vez repiqueteó con más fuerza. Tenía la certeza de que estaba dentro. Incluso la llamó por su nombre.

—Señorita Cora, ¿está despierta? —preguntó—. Ha llegado correo a su nombre —dijo sin esperar respuesta.

Extrañada, la joven se sacudió el desánimo para salir de la cama. Sentía curiosidad por saber qué tipo de carta podía haberle llegado a esa dirección, teniendo en cuenta que nadie conocía sus nuevas señas, que ella recordara. Cora se calzó unas zapatillas y, con el pelo alborotado y el pijama de felpa, se dirigió a la puerta. Quitó el pestillo y la entreabrió un poco; lo justo para asomar la cabeza.

El hombre desgarbado sujetaba una carta y se la mostró con una sonrisa, como quien está seguro de ser mensajero de una grata sorpresa. El sobre era de color rojo y estaba decorado con motivos navideños. Además, su nombre y dirección aparecían escritos a mano con letra de trazo algo tembloroso.

—Creo que alguien quiere desearle felices fiestas. Me alegra saber que hay quien piensa en usted estos días —dijo al entregársela.

Cora la tomó y esbozó una mueca que pretendía ser una sonrisa a modo de agradecimiento. El comentario del casero le hizo recordar lo sola que estaba y lo mucho que había cambiado su vida en solo seis meses.

—He hecho café. Si le apetece uno, se lo puedo servir en la sala de la televisión —apuntó antes de alejarse hasta perderse al final del pasillo.

Cora cerró la puerta y volvió a la cama. Intrigada, ojeó el sobre. No llevaba remitente. Con cuidado de no rasgarlo, lo abrió.

Contenía una tarjeta navideña y una fotografía de Flavia y Petra. Era una imagen enternecedora. La perra llevaba puesta una bufanda de rayas rojas y blancas y la *avoa*, una diadema con unos cuernos de reno hechos de fieltro. A Cora se le encogió el corazón. Tan absorta como había estado con todo lo ocurrido, se dio cuenta de que hacía días que no llamaba a su abuela. Intentó hacer memoria, pero ni siquiera recordaba la última vez que lo había hecho y se sintió fatal por ello. Había incumplido su promesa, la que le había hecho el día en que había abandonado Pontevedra para instalarse en Madrid junto a Mason. Y ya ni siquiera le leía libros por la noche. Sin embargo, Flavia jamás le había hecho ni el más mínimo reproche haciendo gala de una generosidad infinita. Una profunda sensación de egoísmo secuestró a Cora durante unos segundos y se prometió a sí misma que, en cuanto se arreglaran las cosas, volvería junto a su abuela para siempre. Besó la fotografía para sellar la promesa y después se apresuró a leer la tarjeta. No reconoció la caligrafía, claramente no era la de Flavia. La carta decía así:

*Mi querida niña. Mi niña hermosa. Lo primero que quiero que sepas es que nosotras estamos bien. Que sé que te preocupas por todo el mundo. Petra me hace mucha compañía y junto con Carmen, que me ayuda a escribirte estas letras, pasamos los días la mar de entretenidas. Esta perra no se cansa nunca y salgo a pasearla dos veces cada jornada. ¡Bendita juventud! Le gusta el río y acurrucarse a mi lado en el sofá mientras escucho la radio. La muy jodida solo quiere que le rasque la panza. Yo creo que este animal es gallego y no madrileño. Se ha puesto gorda como un lechón. Quisiera que vieras cómo se zampa el pote. El pienso ese que le trajiste dice que nanai. Así que ahí está, muerto de asco.*

*De vez en cuando, Carmen me lee alguna novela. Ahora estamos con una de amor: «Memorias de África». Carmen ni siquiera ha visto la película. ¿Te lo puedes creer? Yo me la sé de memoria, pero a ella le está encantando la historia, así que no me importa repetir lectura, ya lo sabes.*

*La foto te la envío para que te la pongas en la mesilla. Sé que está cerca tu época favorita del año. Así que, cada vez que la mires, imagina que te estoy dando un beso de buenas noches. Para desearte sueños bonitos, como cuando estabas aquí. Como hacía también con tu madre, mi pequeña Lu, cuando era una niña.*

*Sé que pronto vendrás a vernos. Cuando puedas. Tú por eso no te preocupes. Nosotras estaremos siempre esperándote. Esta es tu casa. Uno tiene el hogar donde está su corazón y a ese lugar nunca se hace tarde para llegar. Lo mismo haces como en el anuncio, que nos das la sorpresa y vuelves por Navidad. Pero si no puedes, no pasa nada. Soluciona todo lo que tengas que arreglar y no te olvides de que aquí te recibiremos con los brazos abiertos siempre.*

*¡Ah! Y pide un deseo cada vez que escuches sonar una campanilla. Ya sabes que hay ángeles por todas partes en busca de sus merecidas alas. Seguro que tus sueños se cumplen pronto porque te lo mereces. Te lo digo yo que soy meiga y de las buenas.*

*Cuídate. ¿Prometido?*

*Te ama, la avoa Flavia*

Cora acabó de leer con un nudo en la garganta. Se abrazó a la tarjeta y se limpió las lágrimas que se le escaparon con la manga del pijama. Las palabras de la abuela Flavia siempre llegaban en el momento que más las necesitaba; la *avoa* tenía un don secreto. Como buena bruja, siempre daba en el clavo y conseguía hacerla reaccionar. Era como si, a pesar de los kilómetros que las separaban, percibiera cuánto la necesitaba y la sacudiera con cariño para espabilarla. La echaba de menos, aunque podía sentirla en la distancia. Volvió a mirar la fotografía y esta vez sonrió. Flavia y Petra parecían hechas la una para la otra. Imaginó a la abuela poniéndole la bufanda y a Carmen haciendo la instantánea mientras Flavia se colocaba esa diadema tan graciosa. La perra parecía estar posando y tenía la lengua fuera. Era cierto que Petra había engordado. Lucía con el pelaje brillante y Flavia parecía complacida de tenerla a su lado.

Cora besó la instantánea de nuevo y la colocó en la mesilla, apoyada sobre el pie de la lámpara. Después, suspiró profundamente. Flavia tenía razón. No podía quedarse todo el día metida en la cama, lamentándose y esperando a que sucedieran las cosas sin hacer nada; tenía que tomar las riendas de la situación.

«Un par de lametones a las heridas como hacen las leonas y para adelante, que para atrás ya no hay camino», solía decirle la nona cuando volvía del colegio llorando por alguna disputa de críos.

Así que, decidida, abrió la maleta y eligió algo de ropa entre lo poco que tenía. Mason había tirado todas sus cosas a la basura, pero no era momento de lamentarse por ello. Se puso unos pantalones vaqueros y un jersey abrigado, se calzó unas zapatillas deportivas y se recogió el cabello en una cola. Después, se colgó del brazo la bufanda verde y el abrigo, y salió de la pensión con el bolso al hombro camino de la cafetería de la esquina.

En el rellano del edificio donde estaba la pensión, un vendedor ambulante hacía sonar una campaña para captar la atención de los transeúntes mientras gritaba.

—¡Lotería de Navidad! ¡La que toca! ¡La de la buena suerte! ¡Los números de doña Manolita!

Cora se acercó al hombre. Tenía toda la pechera cubierta con boletos de lotería sujetos con pinzas a las solapas del abrigo.

—¿Qué número quiere? —preguntó al ver que la chica mostraba interés.

—Deme el que más rabia le dé —dijo Cora—. Pero, por favor, vuelva a hacer sonar la campana una vez más.

El hombre obedeció y después le ofreció un décimo cualquiera. El primero que llevaba prendido en el lado derecho.

—Que tenga usted mucha suerte —le dijo.

—No me importa que me toque el premio —explicó Cora—. Solo es dinero. Pero ojalá se cumpla el deseo que acabo de pedir. Es el segundo en unos días. Primero el anciano del metro y ahora usted. Tal vez sean señales del universo. ¿No cree?

Sin entender demasiado a qué se refería, el vendedor le guiñó un ojo de manera cómplice.

—Déjelo. Son cosas mías —explicó Cora haciendo un gesto con la mano como si disipara el comentario en el aire.

El vendedor volvió a agitar la campana y a levantar la voz para llamar la atención de los viandantes mientras caminaba calle arriba.

# 34

# MADRID

Diciembre

Pascual Galindo jugueteaba con el bolígrafo girándolo sobre sí mismo con cierta habilidad. Solía hacerlo cuando estaba algo impaciente. Sentado en una butaca de piel negra, aguardaba en la mesa de su jefe y amigo, Francisco Contreras. Tenía en su poder una copia de la denuncia del preso que a punto había estado de morir como consecuencia de haber ingerido un alimento al que era alérgico en la prisión de Soto del Real.

Al parecer, la historia había dado un giro de ciento ochenta grados. Lo que se había zanjado inicialmente como un accidente —una intoxicación fortuita a la hora de manipular los alimentos con responsabilidades aún por determinar— parecía encerrar, en realidad, un intento de asesinato. La víctima era el recluso condenado por homicidio imprudente del joven dominicano, Edwin Santana, ocurrido en enero de ese mismo año. Y el acusado de pretender causarle la muerte, Mason Brown, un joven y prometedor abogado, pareja de la profesora de teatro del interno.

Gali pensaba en cómo plantearle la historia al editor jefe para que a este no se le antojara un galimatías. Cumpliendo con su palabra, la chica le había filtrado la información que necesitaba: la denuncia que Roque había hecho a la policía donde señalaba al abogado como el responsable de haber ordenado darle una paliza. También era el sospechoso de idear el plan para provocarle una grave reacción alérgica con la intención de matarlo. Así que ahora le tocaba al periodista cumplir con su parte del trato: publicar la historia. Pero para ello necesitaba el visto bueno de Contreras, porque el asunto era sumamente delicado y no quería meter la pata como otras veces.

El editor jefe entró en el despacho hablando por teléfono. Mantenía una airada discusión con alguien que Gali no identificó. Se dejó caer sobre su silla de escritorio y zanjó la conversación enfadado. Después, lanzó el móvil sobre la mesa de escritorio mostrando su hastío.

—Ni se te ocurra hacerte jefe nunca —le dijo al periodista—. Te pasas el día discutiendo con todo el mundo. Y después, llego a casa y Sara parece que me esté esperando para buscar bronca también.

—Ahora va a ser una suerte estar divorciado —dijo Gali.

—¿Cómo lo llevas?

El redactor se encogió de hombros. Ya se había acostumbrado a vivir en un pequeño apartamento de Villaverde. La soledad empezaba a hacerle compañía.

—Mejor —se limitó a decir—. A ratos añoro a los chicos, pero así son las cosas.

—Tienes que buscarte una novia. Para echar un polvo de vez en cuando, nada formal. Con sexo las cosas se ven de otra manera. Te lo digo yo que lo cato de uvas a peras, cuando la parienta quiere.

Contreras se levantó de la silla y se acercó a una de las estanterías. Retiró un par de libros del rincón de una de las baldas y agarró una botella de licor y un par de vasos pequeños que tenía escondidos.

—¿Sabes una cosa? Echo de menos cuando de verdad era periodista. Ser director es una mierda, te lo aseguro —argumentó mientras servía un poco en cada uno—. Venga, vamos a brindar por los viejos tiempos.

Gali miró de reojo un reloj de gran tamaño que presidía la redacción. Eran poco más de las diez de la mañana; demasiado temprano para echar un trago, incluso para él, pero no quiso contrariar a Contreras, así que alzó el vaso y lo hizo chocar con el de su jefe.

—¡Por los viejos tiempos! —exclamó. Después se lo bebió de un tirón.

El licor lo atravesó como si portara fuego. Hizo una mueca que provocó la carcajada de su amigo.

—Te me has hecho un flojo. Es aguardiente chileno; cuarenta grados. Me lo regaló el embajador. Lo llaman pisco y está hecho con uvas. Un chupito de estos cada día y jamás te refriarás —explicó mientras lo metía de nuevo en el escondite—. Lo tengo aquí porque Sara no me dejaría beberlo en casa. Por la tensión, ya sabes. Si me lo encuentra, seguro que lo tira por el váter. Así que guárdame el secreto.

Más calmado, Contreras retomó la conversación profesional.

—A ver, cuéntame.

Gali sacó un papel de entre las hojas de su libreta. Era la copia de la denuncia que había interpuesto Roque Gato y que le había filtrado Cora. La desdobló colocándola sobre la mesa.

—Tengo este documento en exclusiva —explicó en tono confidencial—. Mi fuente me lo acaba de enviar. El preso que cumple condena por la muerte de Edwin ha denunciado un intento de asesinato dentro de la cárcel.

—¿Cuentas pendientes entre reclusos? Eso no es noticia.

Gali negó con la cabeza.

—El tipo dice que un abogado ha intentado quitarle de en medio hasta en dos ocasiones, encargando el trabajo desde fuera.

Contreras se quitó las gafas y se masajeó el tabique nasal. Lo hacía siempre que pensaba sobre algún asunto.

—¿Y? ¿Por qué ese abogado quiere ver muerto a Roque Gato si ya está en prisión? —preguntó intuyendo que había algún dato más en la historia que Gali no le había desvelado todavía.

—Porque le ha levantado la novia. El muy cabrón de Gato se ha liado con la prometida del abogado dentro de la prisión. Hay que tener huevos; como un campeón. ¿Recuerdas aquel artículo que redacté para «La Mirilla»? —Contreras asintió. Ya empezaba a atar cabos—. Pues lo que entonces eran rumores ya está confirmado —continuó—. La profesora de teatro rompió su compromiso con el niño rico y parece que está empeñada en demostrar la inocencia del delincuente. Se ha enamorado del malote y pretende reabrir el caso argumentando que hubo coacciones en la confesión o negligencia en la actuación de su letrado de oficio. No sé muy bien. Esa es otra historia. El caso es que ahora resulta que su ex se quiere quitar de en medio a la competencia.

—¡Joder! ¡Menuda historia!

—Más antigua que la pana. Al final siempre hay una mujer de por medio liándola parda.

—No me seas machista —le regañó su amigo—. También se mata por dinero —dijo Contreras.

—Lo que tú digas.

El jefe observó la denuncia con más detenimiento y comprobó que, efectivamente, se señalaba a Mason Brown como el autor intelectual de dos agresiones. Una primera paliza recibida en el patio de la prisión y una grave intoxicación alimentaria.

—¿Qué sabemos del abogado? —preguntó. Gali buscó entre sus notas. Había hecho sus deberes.

—Es un niño bien. Papás con dinero. Joven y guapo, de origen británico. Ha estudiado en el extranjero, pero ha vivido durante mucho tiempo en Pontevedra, después de que sus padres se instalaran allí. La chica también es gallega. Especializado en Derecho Empresarial y Financiero. Hace poco fichó por García y Riquelme, por eso se mudaron a Madrid. —Contreras silbó al escuchar el nombre del bufete.

—Esos mueven dinero en cantidad. Gente poderosa.

—Si hasta le pusieron un ático en Prosperidad como parte del salario. Y yo viviendo en un piso de mierda en Villaverde —se lamentó Gali.

—Ahora querrás también que te pague el alquiler. Haberte hecho abogado, imbécil —contestó el jefe—. Los periodistas nos morimos de hambre. Lo sabes hace mucho tiempo. ¿Y crees que ese tal

Brown se lo jugaría todo por un ataque de cuernos? —se cuestionó Contreras en voz alta.

—Esta gente se cree que está por encima del bien y del mal. Además, por lo que he podido averiguar, el estirado tiene un lado oscuro. Llevo días haciéndole un seguimiento —explicó Gali—. Le gusta frecuentar locales de perversión.

Contreras se apoyó sobre sus codos en la mesa mostrando interés.

—A ver, explícame eso. ¿A qué te refieres exactamente?

—Sitios en los que se practica todo tipo de perversiones sexuales. Te sorprenderías.

—No te pases, que no soy un mojigato —protestó Contreras.

—Y por supuesto, también se consumen drogas como gominolas en la puerta de un colegio. Me da que es el secreto mejor guardado del míster. Hablé con su ex y no me dio la impresión de que estuviera al tanto. Ella es más modosita. Aunque de eso nunca te puedes fiar.

—Entiendo. Pero eso no lo convierte en un asesino.

—Solo digo que don perfecto no lo es tanto. Tiene toda la pinta de ser un idiota integral. El típico manipulador de manual que necesita emociones fuertes para chutarse adrenalina de vez en cuando. Esta clase de gente cuanto más tiene, más necesita —argumentó Gali.

Contreras dio un golpe seco en la mesa con la palma de la mano, dando por zanjada la conversación.

—Está bien. Ponte con ello —le ordenó—. Puede dar juego. A ver qué hace ahora la policía con esta patata caliente. Me gustan las historias en las que nadie es lo que parece. Vamos a darle una oportunidad a ver cómo se desarrolla. ¿Tu fuente es buena?

—La mejor —aseguró el periodista.

—Pues entonces, no hay más que hablar.

Gali tuvo que contener su emoción al escuchar que tenía vía libre para publicar la historia. Apretó el puño sin que su jefe se diera cuenta. Se felicitó en silencio por no haberle dado la espalda a su intuición, aunque al principio de todo se hubiera distraído un poco. Tampoco estaba en su mejor momento personal, se dijo para disculparse. Después, recogió la denuncia y la volvió a guardar entre las páginas de su libreta. Lo primero que pensaba hacer, antes de ponerse a escribir, era subirse a su viejo Ford Focus y conducir hasta la comisaría. Quería conocer de primera mano la versión oficial de la policía y, más concretamente, buscaba enfrentarse cara a cara con el agente que le había tratado de manera tan despreciable meses atrás, invitándole a dejar de escribir sobre el caso de Gato. Gali no era un hombre vengativo, pero tenía muy buena memoria.

# 35

# MADRID

Diciembre

Hacía un bonito día para ser invierno en Madrid. La ciudad había amanecido con los cielos ligeramente nublados y un sol tímido que apenas calentaba el asfalto. Pero al menos no llovía ni soplaba un viento gélido y tampoco parecía que fuera a nevar. Cora había madrugado. Era domingo. Al salir de la pensión se había cruzado con un grupo de extranjeros que volvían de fiesta —nórdicos, supuso por su acento—, vestidos con ropa ligera y con signos de haber bebido demasiado. Ella, por el contrario, se había abrigado bien, dispuesta a tomar un chocolate con churros en una cafetería que había descubierto a tres bocacalles de donde se hospedaba, donde hacían las mejores porras de Madrid y donde el chocolate era tan espeso que, al mojarlas se quedaban de pie, como si las hubieras plantado en mitad de la taza. Cora necesitaba energías. No estaba muy segura de lo que estaba a punto de hacer, pero algo le decía que debía pasar a la acción si pretendía avanzar en la investigación del caso de Roque, así que, tras pagar la cuenta, tomó el metro en dirección al barrio de Vallecas mientras la ciudad se desperezaba.

Lo primero era inspeccionar el lugar donde había empezado todo: la nave industrial donde había muerto Edwin, la misma donde el chico había citado a Roque aquella noche maldita para iniciar una pelea que había terminado de manera fatal para el muchacho.

No sabía muy bien qué pretendía hallar en el lugar, pero por algún lado tenía que empezar, se había dicho la noche anterior al no poder conciliar el sueño dándole vueltas a todo aquel asunto que la llevaba de cabeza. Además, lo había visto hacer infinidad de veces en las películas. La policía revisaba al milímetro el lugar del crimen en busca de pistas que ayudaran a esclarecer lo ocurrido, así que Cora pensaba hacer lo mismo. Comenzar por el principio no era tan mala idea, al fin y al cabo.

Había descartado ir en su coche porque apenas le quedaba dinero para la gasolina. Después de despedirla del trabajo y, sin casa, debía controlar mucho sus gastos. No quería tener que recurrir a Flavia. No si podía evitarlo. Tras media hora de camino, varias paradas de metro y un buen rato caminando, allí estaba, en el barrio de San Diego. El navegador de su teléfono indicaba que se encontraba en el punto exacto, frente a la nave industrial abandonada en la que habían detenido a Roque.

Echó un vistazo a su alrededor. Ya pasaban siete minutos de las diez y media de la mañana, y el sol lucía con más fuerza en lo alto del cielo. Agudizó el oído y solo pudo escuchar los sonidos del tráfico de la carretera más cercana. El lugar estaba desierto y, al ser un día festivo, a Cora le pareció lo mejor para inspeccionar la zona sin que nadie la molestara.

Suspiró profundamente para armarse de valor. Se dijo para sí que estaba completamente loca, presentándose allí sola, en mitad de la nada, para jugar a los detectives. Pero rápidamente se acordó de Silvestra, la abogada de la asociación Free Man que la había invitado a encontrar una prueba nueva que la ayudara a reabrir el caso y demostrar con ello la inocencia de Roque. También le vino a la memoria Flavia, que tantas veces le había dicho que debía luchar por lo que creía. Aunque sabía muy bien que no le gustaba la idea de que se hubiera enamorado de un convicto, la nona jamás le había hecho ni un solo reproche al respecto. Recordó las veces que había pedido un deseo tras escuchar sonar una campana, como en la película que veía junto a su abuela cada Navidad, y se había convencido de que, tal vez, la fortuna tenía algo reservado para ella. Algo hermoso y emocionante. Un trocito de verdad. Un regalo que se merecía por creer en el amor. Cora había decidido apostar por sus sentimientos cuando nadie más parecía hacerlo, pero también por la confianza. Había puesto toda su vida patas arriba porque en la mirada de Roque había encontrado el germen de la certeza mientras que en los ojos de Mason anidaban la traición y la falsedad. Había tardado tanto en darse cuenta que, por momentos, se sentía estúpida por haber sido tan inocente. Y a veces también temía volver a equivocarse. Pero cuando eso ocurría, se sacudía la desconfianza y se repetía que lo que se hace por amor jamás es un error, que las batallas perdidas son solo aquellas que no se luchan y que, al fin y al cabo, vivir sin amor es una forma de morir lentamente. Y ella estaba decidida a vivir intensamente a pesar de las muchas dificultades que se encontrara en el camino. Así la había educado la *avoa*, y así era como ella había decidido corresponder al destino a partir de ahora.

Meditaba sobre ello mientras se adentraba en la nave pisando escombros y cristales. Con cuidado, llegó a lo que había sido en algún momento la puerta. Solo quedaba un hueco de ladrillos desnudos y destartalados. Alguien había tirado al suelo una chapa metálica que aún conservaba una cadena y un candado que de poco habían servido para impedir el acceso al lugar. Ya en el interior, la nave aparecía atravesada por los haces de luz que entraban como lanzas por las cristaleras rotas. Echó un vistazo rápido a su alrededor. Olía a orines y a suciedad. Tal y como le había explicado Roque, todo estaba repleto de escombros. Si a plena luz del día Cora tenía dificultad para no tropezar, no quiso ni pensar cómo habían podido moverse Edwin y Roque en mitad de la noche y sin apenas iluminación. No le extrañó en absoluto que sucediera lo que al final había ocurrido: un terrible accidente.

La nave era grande; Cora calculó que debía de tener entre seiscientos y ochocientos metros cuadrados. En una de las esquinas había restos de lo que parecía maquinaria industrial, unas piezas de metal que la chica no supo identificar. No tenía ni idea de qué clase de negocio o empresa había podido albergar aquel lugar, pero ya no quedaba nada de lo que había sido, más que vestigios que no servían ni para chatarra. Recorrió el espacio a lo largo y a lo ancho sin saber muy bien qué buscar. Encontró jeringuillas usadas y restos de pequeñas hogueras. También una cuchara quemada. Estaba claro que era un lugar elegido por los adictos para consumir. La pared principal estaba decorada con grafitis de arriba abajo. Creaciones de diversos autores. Nombres escritos quemando los ladrillos desnudos y utilizando un mechero. También un colchón sucio dormía tirado en una esquina. Más adelante, al fondo, divisó unos restos de cinta policial de esa que los agentes colocan para delimitar el lugar del crimen. Ese detalle llamó su atención y se dirigió hacia allí, con tan mala suerte que pisó un tablón que tenía un clavo oxidado. El metal atravesó la suela de su zapatilla y la hizo caer al suelo. Cora dejó escapar un gemido de dolor que retumbó en las paredes de la nave. Después, se descalzó y comprobó que, por suerte, el clavo solo le había pinchado la planta y apenas sangraba.

«Tendrás que vacunarte», se dijo a sí misma mientras se ponía de nuevo la zapatilla.

La cinta policial estaba desgastada y rota, pero le sirvió para indicarle a Cora que en aquel preciso punto era donde se había producido la muerte de Edwin. Había pasado mucho tiempo desde lo ocurrido y en el suelo ya no quedaban restos de sangre ni nada que le sirviera para la investigación.

Cora se puso de cuclillas y tocó el suelo con la punta de los dedos. Un escalofrío le recorrió la espalda y pudo sentir una fría sensación, como si la muerte hubiera dejado su impronta para siempre en aquel sitio. Suspiró de nuevo dejando vagar su mirada por alrededor. El paisaje era desolador y el lugar decadente. Se dijo a sí misma que estaba perdiendo el tiempo pretendiendo encontrar algo en aquel sitio tanto tiempo después del accidente cuando, de repente, un reflejo la deslumbró. Era un rayo de sol colándose por una de las cristaleras que había rebotado en algún objeto y había provocado un efecto espejo que cegó a Cora.

Instintivamente, la joven se protegió los ojos con la mano. Después se incorporó; sentía curiosidad por saber qué había ocasionado aquel reflejo. Siguió con la mirada el haz de luz hasta toparse con algo que había en lo alto de la pared que tenía frente a ella. Brillaba como una bombilla. A primera vista no supo identificar de qué se trataba, así que se aproximó un poco. Cuando estuvo algo más cerca, distinguió un teléfono móvil, camuflado entre dos ladrillos.

Cora buscó algo a lo que poder encaramarse para alcanzarlo. Le dolía el pie. Estaba alto y no llegaba con el brazo, así que, rápidamente, colocó unos tablones y unos ladrillos a modo de escalera. Con cuidado de no caerse, agarró el móvil y lo observó. Era nuevo y estaba en buen estado, aunque recubierto de mucho polvo. La chica no era muy experta en tecnología, pero parecía un modelo actual de la marca Samsung. Dado el estado en el que lo había encontrado, Cora supuso que llevaba algún tiempo en aquel lugar y, por el sitio en el que había aparecido —en lo alto de una pared y algo escondido—, daba la impresión de que alguien lo había colocado allí a propósito. Intentó encenderlo, pero el dispositivo estaba sin batería.

—¡Joder! —se lamentó en voz alta.

Tenía un presentimiento. Tal vez aquel teléfono estuviera allí desde el día del accidente. Roque no le había mencionado nada sobre un móvil, así que no era suyo, pero algo le hacía pensar a Cora que aquel teléfono estaba relacionado de alguna manera con lo sucedido. Esperanzada y también impaciente por averiguar algo más, lo guardó en el bolso como quien guarda un tesoro incierto.

El ladrido de un perro a lo lejos rompió el silencio. Entonces, en ese momento, una voz la asustó.

—¡¿Quién anda ahí?! —dijo un hombre vestido de uniforme desde la puerta de la nave. Empuñaba un arma y llevaba una linterna.

—¡No dispare! —exclamó Cora levantando los brazos—. ¡Solo estaba curioseando!

El hombre bajó el arma y se aproximó a ella en estado de alerta.

—¿Qué demonios hace usted aquí? ¿Está sola? Esto es propiedad privada —le alertó—. Por poco le pego un tiro.

—Solo estaba dando un paseo y he sentido curiosidad —se excusó Cora sin saber muy bien qué decir.

—Pues la curiosidad mató al gato. ¿No lo ha oído nunca? —preguntó el vigilante al tiempo que la radio que llevaba prendida en el hombro comenzaba a emitir sonidos metálicos.

—Ya me iba. Disculpe las molestias —dijo Cora dirigiéndose hacia la puerta cojeando.

—Falsa alarma. Todo en orden. Corto y cierro —dijo el hombre al aparato—. ¡No vuelva más por aquí! —le gritó a Cora al ver que esta se alejaba todo lo rápido que era capaz—. ¡Y a pasear váyase al Retiro! ¡Habrase visto!

Cora aceleró el paso sintiendo una punzada en la planta del pie cada vez que lo apoyaba. Le urgía salir de allí y conocer el contenido del dispositivo. Cualquier información que pudiera aportarle era mejor que nada y no estaba en posición de despreciar ninguna pista. De camino al hostal, rezó para que el teléfono no estuviera protegido con ninguna contraseña.

# 36

# MADRID

Diciembre

Cuando García pasaba la noche del sábado en un hotel de lujo de la capital era porque se había liado con algún hombre guapo y apuesto. Al prestigioso abogado no le gustaba llevarse los ligues a casa; era muy celoso de su intimidad. A lo largo de sus cincuenta y cinco años, solo había tenido dos parejas estables. La primera, en su juventud, durante su etapa de estudiante. La historia de amor había durado diez años y había terminado cuando García había sorprendido a su amigo con otro amante, en la cama del apartamento que ambos compartían por aquel entonces. La segunda, con un arquitecto francés algo mayor que él. Una relación a distancia que no había sobrevivido a los continuos viajes y a las muchas ausencias. Porque, como él mismo solía decir, «no es verdad que el amor lo pueda todo. Es el dinero el que todo lo puede». Desde entonces, García aprovechaba su buen aspecto, para los años que sumaba y que no aparentaba, y el encanto que proporciona ser rico y tener poder. Apostaba por las relaciones esporádicas de una noche —dos o tres a lo sumo— y con hombres más jóvenes normalmente. Y nunca en su casa. Podía permitirse el lujo de un buen hotel siempre que quisiera y así todo le resultaba más sencillo al amanecer. Después del desayuno, cuando la luz del sol desvela los misterios que la noche y el alcohol tan bien saben preservar, García decidía si la experiencia había merecido la pena tanto como para repetirse o si, por el contrario, ni siquiera se molestaría en guardar en su agenda el número de teléfono de su amante.

La noche anterior la había pasado junto a un hombre asiático de nombre impronunciable para él y que rondaba los cuarenta, según el cálculo del abogado. Un ejecutivo que se encontraba en Madrid para asistir a un congreso de no recordaba qué sector. Tampoco le importaba. No había prestado demasiada atención a los detalles de la conversación —en un castellano casi perfecto—, pero sí se había percatado de que el tipo lucía una alianza de oro blanco en el dedo anular. Tras tomarse unas cuantas copas, los dos hombres se habían hospedado en el Madrid Edition, en el centro de la capital. Después de una noche de sexo rodeados de lujo y *glamour*, García había dormido lo justo. Le gustaba madrugar para hacer algo de *running* cuando otros volvían a casa. Al asiático lo había dejado dormido en la enorme cama de sábanas blancas y cabecero del mismo color, que parecía enmarcar el cuerpo escultural de su amante como si de una obra de arte se tratara. El hombre descansaba plácidamente.

García atravesó la *suite* sin hacer ruido. Lanzó sobre la mesa un ejemplar de *Al Minuto* que había recogido en algún punto del recorrido y se dirigió al baño para darse una ducha. En cuestión de segundos, el vapor del agua cuajó los espejos y un intenso perfume a vainilla invadió la habitación. Después, envuelto en un esponjoso albornoz, se acercó a su amante, que continuaba durmiendo, y le susurró al oído.

—Es hora de marcharse. Despierta —le dijo mientras le pasaba los dedos por el cabello negro azabache—. Te espero en Jerónimo. Vas a probar el mejor desayuno de tu vida.

Nada más entrar, saludó amigablemente al personal de sala; García era un buen cliente. Una joven lo acompañó a su mesa preferida, situada al fondo del restaurante de comida mexicana en el mismo edificio del hotel, al lado de un ventanal al que parecía asomarse un enorme macetón con una planta —costilla de Adán— que le daba cierto aire tropical a la estancia. La mujer le retiró ligeramente la silla para que tomara asiento en señal de cortesía.

—¿Un cubierto nada más? —preguntó.

—Dos, por favor. Tengo compañía —respondió el abogado—. Se le han pegado las sábanas. Pero no lo voy a esperar. Ponme lo de siempre si eres tan amable.

—Café de olla, pan dulce de la casa y un batido de frutos rojos.

—Buena memoria —dijo García dedicándole un guiño cómplice.

La chica sonrió y desapareció discretamente camino de la cocina. En ese preciso instante, su amante hizo acto de presencia al fondo del pasillo. Vestía traje negro con camiseta blanca. Era alto y de aspecto elegante. Bien hubiera podido ser modelo en lugar de ejecutivo. Sus andares cadenciosos fascinaron a García, que lo observaba acercarse con admiración recordando, además, lo bien dotado que estaba. Hacía tiempo que no se había acostado con un hombre tan sexi. «Lástima que esté casado», pensó. Le gustaba realmente aquel tipo tan exótico, pero no soportaba la doble vida que algunos de sus conocidos *gays* se empeñaban en mantener. Además, estaba la distancia. Aquel adonis vivía, nada más y nada menos, que en otro continente. Definitivamente, aquello estaba condenado a acabar después del desayuno, concluyó el abogado. Una pena.

El hombre tomó asiento a la derecha de García y echó un vistazo a su alrededor, admirando la hermosa decoración del restaurante.

—Bonito lugar —dijo.

—Uno de los mejores de Madrid —afirmó García mientras se colocaba la servilleta sobre las piernas—. ¿Qué vas a tomar?

—Lo mismo que tú.

El abogado levantó la mano y le hizo un gesto a la joven que lo había atendido indicándole que repitiera la comanda para su acompañante. Después, la colocó sobre la del hombre, pero este la retiró al instante, lo que incomodó a García.

—¿Aún sigues escondido en el armario? ¿A tu edad? ¿No eres un poco mayorcito para eso? —preguntó molesto—. Creía que Japón era una sociedad moderna y avanzada.

El hombre bajó la mirada. No le gustaba hablar del tema, pero entendía que su amante merecía una explicación.

—Nací en Kanazawa, uno de los pueblos más hermosos del país. La ciudad ha sabido conservar los antiguos barrios de samuráis y *geishas* y, aunque no es demasiado pequeño, continúa teniendo un entorno cerrado y claustrofóbico para estas cosas. Toda mi familia vive allí. Yo me mudé a Tokio muy joven para estudiar. Después, viajé por todo el mundo. Pasé largas temporadas en España, por eso hablo vuestro idioma y soy el responsable de esta zona en la multinacional para la que trabajo. Pero volví para establecerme.

—Mujer, matrimonio y niños. Bla, bla, bla… —resumió García el final de la historia aleteando la mano en el aire. Lo aburrían sus explicaciones; había escuchado esa misma excusa un millón de veces antes. El hombre asintió.

—Japón no es como España —se excusó—. Allí todavía es inconstitucional el matrimonio homosexual. Aún queda mucho por hacer.

La camarera interrumpió la conversación y sirvió los desayunos. García lo agradeció; no le apetecía continuar con el tema. Para vida convencional ya tenía la de Riquelme, su socio en el bufete. Veinte años de matrimonio con una mujer, tres hijos varones y en trámites de adopción de una niña de algún país del este para no tener que enfrentarse a un cuarto embarazo, perro y misa de domingo de tanto en tanto. Pero ambos socios se llevaban bien desde la facultad y hacían una excelente pareja profesional, aunque sus vidas fueran absolutamente dispares.

Pensaba en ello mientras sorbía el café con cuidado porque estaba ardiendo, cuando sonó su móvil. Era Riquelme, precisamente. El abogado respondió.

—¿Qué tripa se te ha roto? Es domingo. ¿Hoy no comulgas? —bromeó.

—¿Has leído el periódico? —preguntó Riquelme con ansiedad. De fondo se escuchaba la algarabía que provocaban las voces de sus hijos.

—¿Cuál de ellos?

—El gratuito: *Al Minuto*. Páginas centrales. La décima. En la sección de sucesos —escupió como una metralleta.

García se apresuró a buscar el ejemplar que había agarrado mientras hacía *running*. Recordaba haberlo dejado sobre la silla para ojearlo mientras desayunaba.

—Lo tengo delante —dijo—. Dame un segundo.

Apartó los platos y comenzó a pasar las páginas hasta dar con lo que buscaba. Ahí estaba. Página diez.

## Un preso denuncia a un joven abogado por intento de asesinato

Roque Gato, el mecánico condenado por el homicidio del joven dominicano Edwin Santana, que cumple condena en la prisión de Soto del Real tras confesar el delito, acusa a Mason Brown, abogado del prestigioso bufete de la capital García y Riquelme de pagar a otro interno para que le diera una paliza y de intentar matarlo al provocarle una grave intoxicación alimentaria.

García palideció al leer el artículo. No solo se mencionaba a Mason, sino que, además, se lo relacionaba con el bufete. La noticia estaba ilustrada con una fotografía de la copia de la denuncia interpuesta por Roque Gato.

—¡Te dije que no era buena idea contratar a ese inglés! —exclamó el socio enfadado—. Pero tú te emperraste en ficharlo como si fuera una gran estrella. Es demasiado ambicioso y eso no es bueno. Nuestro bufete no puede permitirse aparecer en la prensa asociado a un asunto tan turbio. Nos dedicamos al derecho mercantil y financiero, no al derecho penal. No nos mezclamos con esa chusma. Esto no es positivo para el negocio.

—¡Cálmate! ¡¿Quieres?! Este es un periodicucho local sin mayor trascendencia —argumentó García para intentar restarle importancia.

—¡¿Sin mayor trascendencia?! —exclamó su socio—. Vivimos en la era de internet, la globalización y toda esa pesca. Ya no hay nada que se quede en el ámbito local y mucho menos un asunto tan morboso como este. Internet lo carga el diablo. Hemos dedicado nuestras vidas a labrarnos una reputación, y lo que hemos tardado años en conseguir se puede ir al garete en un solo día por artículos como este. En cuestión de minutos esta mierda habrá dado la vuelta al mundo y estará en los teléfonos de todos nuestros clientes internacionales. ¡¿Entiendes?!

García apretó los dientes y lanzó la servilleta sobre la mesa ante la atenta mirada del japonés. Sabía que Riquelme tenía razón.

—¿Va todo bien? —preguntó su amante. Pero García no contestó. Se levantó de la silla arrastrándola sonoramente. Hizo un gesto a la camarera para indicar que apuntaran su cuenta y salió, teléfono en mano, al portal. Necesitaba que le diera el aire para poder pensar con claridad.

—¿Sigues ahí? —preguntó Riquelme al no recibir respuesta de su socio.

—¡Sí! ¡Joder!

—Tienes que arreglar esto —le ordenó—. Tú lo trajiste, así que tú nos lo quitas de en medio, ¿entendido? Y después, no olvides enviar un comunicado interno a todos los clientes para dejar claro que no tenemos ninguna vinculación con Brown y que hemos cortado de raíz cualquier relación con él en cuanto nos hemos enterado de la noticia.

Los niños seguían gritando cerca de Riquelme y se los podía escuchar cada vez más alborotados. También a su madre regañándolos.

—¡¿Queréis callaros un momento?! —los increpó el abogado muy nervioso.

—Está bien. Me pongo a ello —respondió García mordiéndose los nudillos para contener su mal humor.

Nada más colgar, García maldijo la noche que había conocido a Mason Brown en un local de ambiente madrileño. Lo recordaba perfectamente. Había sido el británico quien se había fijado en él con aire de *gentleman* y una sonrisa cautivadora. A pesar de su experiencia con los hombres, García se había sentido halagado. Hacía mucho que no se acostaba con un treintañero tan apuesto. Después de cumplir los cincuenta, había tenido que subir bastante el requisito de la edad de sus amantes para evitar problemas. Además, el joven era abogado al igual que él; y de los buenos, por lo que le había contado. A Mason Brown le había dedicado más de tres noches. Una rara excepción. El joven era excelente en la cama. Un tipo brillante en todos los sentidos. Después de aquello, le había contado que era bisexual y que mantenía una relación con una joven profesora de Literatura de Pontevedra, donde residía por aquel entonces. Una fachada para guardar las apariencias. Algo que a García le sirvió para poder contratarlo en el bufete con motivo de la expansión que, junto a su socio, habían llevado a cabo. Sabía que a Riquelme le iba a encantar aquel chico cosmopolita prometido con una joven provinciana a la que pensaba convertir en la madre de sus hijos.

Visto lo ocurrido, García comenzó a sospechar que toda aquella historia no había sido más que una estrategia de Brown para conseguir el puesto y que su encuentro aquella noche en Madrid tampoco había sido casual.

# 37

## MADRID

Diciembre

Lo primero que hizo Cora al llegar a la pensión fue buscar el cargador del teléfono que dejaba siempre en el cajón de la mesilla de noche. Nerviosa, casi acierta a enchufarlo al teléfono que había encontrado horas antes en la nave industrial. El aparato emitió un sonido sordo que indicaba que funcionaba y que se estaba cargando la batería.

—¡Mil gracias! —exclamó Cora mirando al techo sin saber muy bien a quién le estaba agradeciendo que el móvil no estuviera estropeado.

Como el proceso necesitaba algo de tiempo antes de intentar encenderlo, Cora aprovechó para echarle un vistazo a la herida de su pie. Cuando pisó aquel clavo que le había atravesado la suela de la zapatilla, no había pensado que el accidente hubiera sido demasiado grave —tan solo una punzada en un lugar incómodo—, pero de vuelta a casa se le había hinchado el pie y le dolía horrores, hasta el punto de caminar con dificultad.

Se descalzó y se quitó también el calcetín. Aquello tenía muy mala pinta. La herida había empezado a supurar. Cojeando, se acercó a la puerta y se asomó al pasillo, con la idea de poder dar con el casero que siempre andaba de un lado para otro de su negocio. Por suerte, lo divisó al final del corredor, acompañando hasta su habitación a un nuevo inquilino que arrastraba una pesada maleta. Cora le hizo un gesto con la mano para llamar su atención.

—Enseguida voy, señorita Quiroga —dijo amablemente—. En cuanto acomode a estos huéspedes.

Aprovechó los minutos de espera para darle al encendido del móvil. Estaba tan impaciente que solo fue capaz de aguardar hasta que hubo un diez por ciento de batería. Se dijo que era suficiente para curiosear en su contenido si no lo desenchufaba. Al presionar el botón, el teléfono volvió a sonar, esta vez para indicar que estaba en funcionamiento. El corazón de Cora comenzó a latir a mil por hora. No sabía muy bien por qué razón, pero su intuición de buena gallega le decía que tenía algo importante entre las manos. Aunque los golpes de suerte parecieron terminarse justo cuando la pantalla le pidió que dibujara el patrón de acceso al teléfono.

—¡Mierda! —exclamó con fastidio. El dispositivo tenía un dibujo de seguridad—. ¿Qué esperabas? ¿Que no tuviera ningún tipo de contraseña? Pareces boba —se reprochó a sí misma.

En ese instante alguien tocó a la puerta.

—Señorita Quiroga, soy yo —dijo el hombre pelirrojo al otro lado—. ¿En qué puedo ayudarla?

Cora le abrió con el pie descalzo y, sin apoyarlo en el suelo, se lo mostró al casero.

—Lo he llamado por esto. He tenido un pequeño accidente esta mañana. ¿Tendría un botiquín para desinfectar la herida? —le preguntó—. Hoy es domingo y no sé qué farmacia está de guardia.

El hombre frunció el ceño al ver la herida y soltó un silbido al comprobar el mal aspecto que presentaba.

—¡Virgen santa! ¿Qué le ha pasado?

—Es muy largo de contar. Una, que no mira siempre dónde pisa —dijo por toda explicación.

—Vuelvo enseguida.

El hombre desapareció al instante y Cora volvió a sentarse en la cama, sin cerrar la puerta de la habitación. Mientras lo aguardaba, se dedicó a dibujar patrones de acceso al teléfono al azar, probando suerte; pero ninguno era el correcto. Temió que hubiera un máximo de intentos y que, lejos de desbloquear el dispositivo, empeorara la situación. Frustrada, resopló sonoramente en el momento en el que el hombre entró de nuevo provisto de un botiquín.

—¿Qué le ocurre que parece tan malhumorada? —preguntó mientras se sentaba a su lado y le sostenía el pie dispuesto a hacerle las curas él mismo—. Antes de dedicarme a esto estudié para auxiliar de clínica —explicó. Cora se dejó hacer.

—Tengo que desbloquear este teléfono. Es de un amigo —mintió—, y me urge tener acceso a su contenido. Pero tiene patrón de acceso y no tengo ni idea de cuál es.

—Pues, pregúntele a su amigo —dijo el hombre mientras le aplicaba un desinfectante a la herida con un algodón.

—Vera, ahora mismo me es imposible contactar con él —se justificó Cora—. Tengo su móvil y no conozco a nadie cercano. En fin, esto también es largo de contar. El caso es que no acierto con el dibujo correcto y ya no se me ocurre ninguno más.

Con cuidado, el casero le cubrió la herida con una gasa y la fijó con un esparadrapo.

—Listo —dijo—. Pero esta solo es una cura de emergencia. Para que no avance la infección. Debería acercarse al hospital a que le miren ese pie. ¿De acuerdo? —Cora asintió—. ¿Me deja intentarlo? —preguntó a continuación, refiriéndose al teléfono. La chica se lo ofreció. Al fin y al cabo, no tenía nada que perder.

El hombre observó el dispositivo atentamente. Tenía como fotografía de bloqueo de pantalla la de un joven de aspecto sudamericano en primer plano. Un *selfie* con otros chicos detrás.

—¿Es su amigo? —preguntó mostrándosela a Cora.

Con los nervios, la chica ni se había fijado en ella. Tan ansiosa como estaba en dibujar un patrón tras otro deseando tener suerte y dar con el correcto, no se había percatado de la fotografía.

—Sí, es él —volvió a mentir.

—¿Cómo se llama? —preguntó el hombre—. Muchas veces se usa la inicial del nombre para estas cosas. Yo mismo lo tengo así.

Sintiéndose acorralada por tantas preguntas para las que no tenía respuestas ciertas, Cora se dio unos segundos para pensar. No sabía quién era el chico de la foto, ni siquiera cuál era el nombre del propietario del móvil. Pero le resultaba familiar aquel adolescente, como si lo hubiera visto antes en algún momento. Entonces, cayó en la cuenta. Buscó en su dispositivo la imagen de Edwin Santana, el dominicano fallecido en la nave, ante la atenta mirada del casero a quien le parecía extraño el comportamiento de la joven. En décimas de segundo, el navegador le devolvió un sinfín de resultados. No había duda. La fotografía de bloqueo era la del adolescente por cuya muerte estaba encarcelado Roque Gato.

—Se llama Edwin —respondió finalmente.

Sin hacer más preguntas, el hombre lo intentó primero con la letra «e». Pero no dio resultado. Después, con la «n», la última del nombre del supuesto amigo de su inquilina. Tampoco era la correcta. Y, por último, con la «w». Al instante, el teléfono se desbloqueó.

Cora dio un bote de emoción sentada en la cama. Se le acababa de abrir el cielo entre aquellas cuatro paredes de la pensión. No podía creerlo. A punto estuvo de abrazarse a su casero de tan contenta que estaba, pero reprimió su primer impulso.

—Listo —dijo el hombre entregándole el teléfono—. Espero haber contribuido a una buena causa. La de historias que tiene usted que son demasiado largas para contar. Y mire que yo por aquí veo de todo, ya se puede imaginar. Tengo que decirle que está usted llena de misterios.

El casero le guiñó el ojo con complicidad. Recogió su botiquín y abandonó la habitación, dejando a Cora abrazada al dispositivo de Edwin Santana que, por alguna razón que la chica desconocía, había dejado encaramado a una pared seis meses atrás, en la nave industrial donde había citado a Roque Gato y en la que, finalmente, había encontrado la muerte.

# 38
## MADRID

Mayo

Hacía meses que a Mason Brown le rondaba una idea por la cabeza y, cuando eso ocurría, no paraba hasta hacerla realidad. Meticuloso y obsesivo, había dedicado muchas horas de su tiempo hasta alcanzar su objetivo: trabajar en Madrid, la ciudad de las oportunidades. Hacerse un nombre; ser importante. Pretendía formar parte de un prestigioso bufete de la capital y conseguir escapar de Pontevedra de una vez por todas donde un buen día sus padres habían decidido instalarse sin tener en cuenta su opinión. La ciudad gallega le asfixiaba. Casi sin darse cuenta, había terminado allí sin pretenderlo y no estaba en sus planes quedarse. Brown estaba hecho para el éxito, para vivir en una gran urbe y tener a su alcance todo lo que el dinero y el poder pueden comprar. Se consideraba un hombre cosmopolita con una preparación académica obtenida en una de las mejores universidades europeas. Además, hablaba cuatro idiomas a la perfección y no pensaba desperdiciar todo aquel potencial en una ciudad como Pontevedra pudiendo rodearse de la élite de Madrid como trampolín para, más tarde, trasladarse a Estados Unidos antes de cumplir los cincuenta.

Lo tenía todo pensado. Para conseguirlo, había elaborado una lista. Tres eran los bufetes seleccionados por Brown. Había estudiado al detalle cada una de las estructuras empresariales: el número de socios, su volumen de facturación, los clientes internacionales, la posibilidad de expansión... De los tres, solo uno tenía previsto

ampliar su plantilla con la incorporación de cuatro nuevos abogados a corto plazo; se trataba de García y Riquelme, una firma conso-
lidada en el sector con un gran prestigio y más de veinticinco años
de historia. Era la oportunidad de su vida. Allí pretendía Mason
meter cabeza con la intención de que algún día, el despacho pasara
a llamarse, por qué no, «Brown, García y Riquelme». Mason Brown
era de ese tipo de hombres que no se ponen límites y que, además,
están dispuestos a pagar el precio que sea necesario para conseguir
sus objetivos.

Sin contarle a Cora nada acerca de sus verdaderos planes, el
abogado había viajado en varias ocasiones a la capital para analizar
sus posibilidades sobre el terreno. «Trabajo de campo», lo llamaba
él. Había hecho sus deberes concienzudamente y sabía que tenía
demasiada competencia como para confiar su destino exclusiva-
mente en un proceso de selección convencional. Así que necesitaba
diferenciarse del resto de los candidatos, allanarse el camino. De lo
contrario, había concluido Mason, sus posibilidades de ser uno de
los cuatro afortunados para ampliar el bufete se reducirían sensible-
mente.

Tras investigar a ambos socios, Brown había encontrado en García la puerta de entrada. Solo tenía que trabajárselo un poco. El socio
cuyo apellido iba en primer lugar en el membrete era un tipo inteligente y perspicaz, un hombre hecho a sí mismo con una mente brillante y un único punto débil: la bragueta. Al contrario que Riquelme,
García era conocido por su ajetreada vida sexual en los círculos de
ambiente homosexual de la capital. Era libertino y casi tan vicioso
como Brown, según le habían contado. Así que, seguro de sí mismo
y adentrándose en un terreno que al joven británico le resultaba cómodo, Mason pasó a la acción una noche del mes de mayo.

Allí estaba, apoyado en la barra, en una esquina del local de
ambiente hasta donde había seguido a García. Brown lo observaba
como el depredador a su presa; aguardando pacientemente el momento de pasar a la acción. La música era agradable, permitía la
conversación. Tras salir del despacho, García había pasado por su
casa con la intención de darse una ducha y cambiarse de ropa. Así

que vestía informal, pero con ropa cara, y aparentaba unos cuantos años menos. No era la primera vez que Brown lo seguía después del trabajo. Había necesitado un par de meses para conocer sus rutinas. A Cora, que se empeñaba en quedarse en Pontevedra pegada a las faldas de su abuela, siempre le contaba que viajaba a Madrid por trabajo. Y en realidad no mentía, simplemente adaptaba la realidad.

Desde el otro lado de la sala, que olía a una mezcla de incienso y perfumes caros con matices amaderados, y estaba decorada con un gusto exquisito en colores blanco y negro, García se sintió observado y alzó la vista hasta cruzar su mirada con la de Mason. Este le sonrió y comenzó el coqueteo. El británico dejó que fuera García quien se le acercara, para lo que tuvo que atravesar la sala saludando a muchos de los presentes. Era un hombre muy popular a quien le había llamado la atención el nuevo rostro de aquel joven que parecía extranjero. Brown, por su parte, sabía manejar los tiempos a la perfección. No pretendía mostrarse ansioso sino todo lo contrario, invitarle a que entrara él solito en la jaula cuya puerta ya estaba abierta. Era el día de la caza.

Tras unos minutos de coqueteo sutil, se animó a presentarse.

—Me llamo García —dijo mientras hacía chocar su vaso contra el de Mason a modo de saludo. El joven sonrió satisfecho. Su plan estaba saliendo a la perfección.

—Mason —respondió desplegando una enorme y cautivadora sonrisa—. ¿Solo el apellido? —preguntó a sabiendas de que el abogado jamás utilizaba su nombre de pila. Lo habían bautizado como Silverio, por su abuelo paterno de origen italiano, pero García lo odiaba, por lo que, a lo sumo, escribía «S.» en los algunos documentos.

—Todos me llaman así. En realidad, es una larga historia —se limitó a explicar García.

Durante más de media hora, la conversación fue distendida y amena. A García le agradó sobremanera aquel joven con el que parecía compartir tantos intereses y con el que podía hablar de cualquier cosa. Le recordaba a sí mismo años atrás. Era educado y atractivo, con un aire cosmopolita que le hacía parecer enigmático y con clase. Además, también era abogado, una casualidad que a García le pareció curiosa. Pero si algo le gustó de Mason Brown era esa sensación de tener que conquistarlo. La mayoría de las ocasiones en las que alguien se acercaba a García lo hacía conociendo muy bien su estatus y pretendiendo obtener algo a cambio de sexo. Ya no era un hombre joven, eso lo sabía. Y no se le escapaba la idea de que, cuando algún chico veinte años menor que él le metía mano en el paquete, no era solo porque lo deseara sino también por algo más.

Sin embargo, Mason Brown parecía necesitar el juego de la seducción y eso a García lo ponía cachondo; el cortejo se le antojaba sumamente excitante. Los trofeos difíciles de conseguir eran los que más satisfacciones solían proporcionarle y hacía tiempo que no estaba frente a una situación similar. Mason parecía un chico difícil, de los que no se van al baño a la primera de cambio, sino de los que saben esperar. No se había movido de su taburete en toda la noche. Le sonreía con su dentadura perfecta y se le acercaba al cuello para hablarle. Podía sentir su aliento caliente rozarle la piel con cada palabra que pronunciaba. Como las moscas que acuden a la miel para quedarse atrapadas en semejante manjar, García no había tardado demasiado en revolotear a su alrededor sin ser consciente de que, en realidad, él era la presa.

Para Brown, García había elegido un hotel *boutique* con encanto. Acogedor y discreto, a las afueras de Madrid, lejos del bullicio de la gran urbe. Hacía una noche preciosa, aunque algo fría para ser primavera. Antes de subir a la habitación, se habían tomado una última copa en la terraza, decorada con mucha vegetación y un puñado de velas de diferentes tamaños encendidas por los rincones.

—¿Estás soltero? ¿Nadie espera al guapo Mason en casa? —preguntó García sin dar demasiados rodeos.

—Ningún hombre, aunque sí una mujer. —García torció el gesto al escucharlo. Después, bebió un sorbo de su copa.

—Ya sabía yo que no podías ser perfecto —repuso.

—Soy bisexual y tenemos una relación abierta —mintió—. Además, me resulta más conveniente presentar a una joven de provincias como mi prometida que a un señor, por muy apuesto que sea. Seguro que sabes a lo que me refiero. Este país sigue siendo muy homófobo, ¿no crees?

García sonrió. La explicación pareció convencerle. Él mismo tenía esa especie de acuerdo tácito con Riquelme en el terreno profesional, con el fin de captar clientes afines a cada uno de sus respectivos mundos. Una estrategia de *marketing* que llevaba veinticinco años dando excelentes resultados.

—Entonces, ¿tu chica sabe que estás aquí con un hombre? —preguntó para asegurarse.

—Tal vez ella esté con otro en Pontevedra —respondió—. Es una posibilidad. Así lo acordamos. Nada de compromisos; eso lo dejamos de cara a la galería. Tampoco puedo garantizarte que lo de esta noche vuelva a repetirse. No me gustaría que te hicieras ilusiones.

García sonrió. Al fin y al cabo, era lo que él siempre pensaba de cada uno de sus ligues. Aunque no estaba acostumbrado a que fuera el otro quien le planteara esa posibilidad sin paños calientes. Aquel comentario despertó en él el deseo de conquista, tal y como había pretendido Mason que ocurriera.

—Eso ya lo veremos —respondió.

Brown hizo ademán de pagar la cuenta y se llevó la mano a la cartera, pero García se lo impidió. Él corría con todos los gastos. Después, lo invitó a que lo acompañe a la *suite* que había reservado.

A García le gustaba el sexo practicado despacio con la cadencia que dedicaba también a saborear un buen vino. Los placeres estaban para gozarlos, opinaba, e invertía el tiempo que fuera necesario para ello. La habitación tenía las paredes recubiertas de madera de pino y moqueta de color arena en el suelo, era cálida y acogedora. Mason arrinconó a García contra la pared y le desabrochó la camisa lentamente. Haciendo de cada botón un ritual. Después, hizo lo propio con la suya, sin dejar de mirar a su amante a los ojos. La mirada felina de Brown secuestró a García al instante. El abogado tenía una erección visible desde sus pantalones. Entonces Mason apretó los genitales de García antes de desabrocharle el cinturón y meter la mano en su ropa interior. Con habilidad, jugueteó unos segundos con los testículos mientras la respiración de García se aceleraba. Dispuesto a proporcionarle el mayor placer que hubiera sentido en su vida, Brown lamió con lascivia cada uno de los pezones del hombre y los mordisqueó con cuidado. La piel de García se erizó al instante. El joven continuó jugando con su lengua, dibujando líneas curvas por el pecho del abogado en sentido descendiente hasta llegar a la ropa interior. Con cierta violencia, tiró de ella hacia abajo. El pene de García emergió erecto. Mason se arrodilló frente a él y comenzó por lamerle el glande unos segundos hasta que escuchó jadear a su amante. Entonces, se lo introdujo en la boca, haciendo movimientos de fricción y humedeciéndolo generosamente con su saliva.

García se dejó hacer unos minutos.

—Yo también quiero —dijo después—. No seas avaricioso.

Invitó a Mason a incorporarse y a tumbarse en la cama. Boca arriba, Brown también disfrutó de la felación que García le estaba haciendo; era un amante experimentado. Por lo general, Mason obtenía más placer cuando se la chupaba un hombre, aunque le gustara más el sexo con las mujeres. Sin embargo, no quería correrse tan pronto, así que interrumpió a García en cuanto notó que estaba muy excitado.

—Date la vuelta —le ordenó.

García se arrodilló sobre el colchón, con las manos apoyadas en el cabezal. Desde atrás, Mason jugueteó de nuevo con sus testículos y lo masturbó con energía, mientras García podía sentir el miembro duro del joven en sus nalgas. Después, lo colocó a cuatro patas y le practicó un *anilingus* haciendo movimientos circulares con la punta de la lengua. No tardó mucho en conseguir la excitación necesaria para lograr penetrarlo sin demasiada dificultad. Con la vigorosidad de la juventud, Mason Brown sodomizó a García hasta que este alcanzó el éxtasis. Repitieron un par de horas después, antes de que el servicio de habitaciones les sirviera una botella de cava y unas fresas.

A la mañana siguiente, fue García quien le habló a Mason durante el desayuno de la expansión de su bufete. Aquel esporádico encuentro con un abogado gallego de origen británico tan brillante y prometedor había resultado del todo providencial, había dicho; una cosa del destino. Mason se dejó querer y hasta se hizo de rogar. No estaba del todo convencido de que la idea de ser parte del equipo de García y Riquelme fuera del todo buena. Era demasiado precipitado; se trataba de una decisión importante que no debía tomar a la ligera fruto de un calentón.

—Te agradezco muchísimo el ofrecimiento, pero, no sé, no lo veo claro —se excusó como parte de su estrategia—. Tendría que mudarme, con lo caros que están los alquileres en Madrid.

—Por eso no te preocupes —dijo García—. El alojamiento corre a cargo del bufete como parte de tus honorarios.

—Y está el tema de mi novia —repuso Brown—. No va a ser fácil convencerla de que deje su trabajo en Pontevedra. Es muy suya para esas cosas.

—Algo le conseguiremos. A Riquelme le encantará saber que estás prometido con una chica encantadora. Eso déjamelo a mí. Sé muy bien cómo presentarle un candidato a mi socio. No hay más que hablar —sentenció García haciendo un movimiento en el aire con la mano, disipando cualquier duda—. Todo pasa por algo. Y tú y yo nos hemos tenido que conocer por este motivo, estoy convencido.

Y así fue como Mason Brown consiguió lo que pretendía: ser uno de los cuatro nuevos abogados que el prestigioso despacho tenía previsto incorporar como parte de su expansión.

# 39

# MADRID

Diciembre

Roque Gato dormitaba en la habitación del hospital cuando entró una enfermera a cambiarle el gotero. Era una mujer menuda y rechoncha, de mediana edad. Llevaba unas gafas de pasta color azul Klein que le daban un aspecto juvenil y se movía sigilosamente alrededor de su cama comprobando que todo estaba en condiciones. Apenas hizo ruido, pero Gato se despertó al escuchar su teléfono móvil sonar estrepitosamente en mitad del silencio.

—¡Oh! ¡Cuánto lo siento! —dijo la enfermera mientras se apresuraba a sacarlo del bolsillo de su bata y rechazar la llamada—. No es nada importante.

Roque intentó incorporarse. Se encontraba mucho mejor. Casi estaba totalmente recuperado y empezaba a sentir los músculos entumecidos por llevar días sin moverse más que para dar algún paseo por el pasillo del hospital, sujetando el gotero y vigilado por un agente de policía como si fuera a salir corriendo. Al ver que Gato se esforzaba por cambiar de postura, la enfermera se lo impidió.

—Yo le ayudo. No debe hacer esfuerzos —dijo mientras accionaba un mando a distancia que hizo que la cama se elevara. Después, le ahuecó las almohadas y le colocó la sábana sobre el pecho.

Aquel gesto, casi maternal, enterneció a Roque. No estaba acostumbrado a que alguien lo tratara con tanto mimo, aunque fuera su trabajo.

—Muchas gracias —respondió.

La mujer le sonrió. Había leído esa misma mañana el artículo de *Al Minuto* y sabía muy bien quién era aquel paciente. Además, en toda la planta no se hablaba de otra cosa: la historia de amor del convicto con la exnovia de un abogado que, para más inri, había intentado asesinarlo, según había denunciado. Esas cosas solo pasaban en las películas, o en los programas de televisión de telerrealidad, así que Roque Gato era el tema de conversación en los cambios de turno y en las pausas para las comidas. Todo el personal estaba enganchado a los pormenores de la vida del paciente con los ojos verdes más bonitos que habían visto nunca.

La enfermera se acercó a la ventana para descorrer un poco las cortinas.

—Hace un día precioso para ser invierno —dijo mientras lo hacía—. Aproveche estas vistas todo el tiempo que pueda. Supongo que en prisión no serán tan bonitas. Desde aquí se ve un trocito de la ciudad y un cielo despejado por el que revolotean un montón de pájaros, como los de su cuello.

La luz cegó a Roque, pero le agradó la luminosidad que de repente invadió la estancia. Instintivamente se llevó la mano al tatuaje. La mujer tenía razón. La prisión era gris y lúgubre; olía a cerrado y a frustración. Cualquier lugar, aunque fuera un hospital, era mejor que el presidio donde el cielo siempre estaba gris, aunque luciera el sol. Cualquier aroma era preferible al de la cárcel que se te metía en la nariz y se te pegaba a la piel. Durante los meses que llevaba encerrado había aprendido que las alambradas que encierran a los hombres sirven de descanso a los pájaros que se posan en ellas unos segundos antes de volver a alzar el vuelo. La libertad tiene alas, por eso había elegido aquel símbolo para su tatuaje.

—Es muy guapa —dijo de repente la enfermera sin venir a cuento—. La chica que viene a visitarlo —aclaró al ver el gesto de desconcierto de Gato.

—Sin duda, la mujer más hermosa del mundo —aseguró este.

—Debe de quererlo mucho para arriesgarlo todo por usted. No todas las mujeres lo dejarían todo por amor. Es una chica valiente, sí señor. Sin duda, una heroína. Yo no sería capaz... —se le escapó a la mujer en voz alta.

Roque enmudeció unos segundos. La enfermera estaba en lo cierto. Cora era capaz de amarlo con la fuerza de un ciclón y la delicadeza de la seda al mismo tiempo. No era etéreo, lo que ambos compartían era esa clase de amor que puede sentirse como algo material. Sus cuerpos parecían estar hechos para ensamblarse a la perfección. Su conexión había sido magnética desde el mismo momento en que habían coincidido en aquella biblioteca, como si se conocieran de una vida pasada y cada centímetro de su piel tuviera memoria y se acordara del otro; o como si el destino les hubiera preparado aquel encuentro retorciendo los acontecimientos a su antojo para que algo así ocurriera.

—¿Sabe qué es lo más bonito que ella me ha regalado? —preguntó Roque dejando escapar una reflexión.

Interesada en lo que pudiera contarle, la mujer se acercó a la cama y disimuló, haciendo como que ajustaba uno de los aparatos que monitorizaba al paciente, por si alguna compañera la vigilaba desde la cristalera. Después, le hizo un gesto a Gato para que respondiera a su propia pregunta.

—Su confianza —aseguró el mecánico—. No se puede ni imaginar lo duro que es vivir cuando nadie en este mundo cree en ti. Yo había perdido la esperanza de que algo cambiara. Durante un tiempo me había aferrado a la idea de que la verdad es importante y que siempre gana, pero la esperanza terminó por pudrirse. Y lo peor de todo es que no era la primea vez que me ocurría. La esperanza siempre me ha dado la espalda. Es en ese momento, cuando ya nada te importa (ni siquiera tú mismo), cuando empiezas a subsistir como una forma de dejarte morir lentamente... Porque no estamos hechos para vivir sin esperanza. La confianza de Cora me la devolvió intacta, como si nunca antes se hubiera dañado. Fue como una especie de milagro. Y con ella, me devolvió la ilusión. Cora es una mujer hermosa a la que me pasaría el día entero admirando, eso salta a la vista, pero yo me he enamorado de su generosidad y de su bondad. De esa fuerza arrolladora que lleva dentro y que la convierte en alguien invencible. Es la mujer más maravillosa que he conocido nunca.

La enfermera escuchaba a Roque con los ojos humedecidos. De buena gana le hubiera tomado la mano, pero no le pareció apropiado. La forma en la que hablaba de la joven la había emocionado y dejó escapar un suspiro. Ojalá alguien se hubiera referido a ella con esa misma pasión, había pensado al escuchar a su paciente.

—¿Y qué va a pasar cuando vuelva esta tarde a prisión? —preguntó la mujer preocupada por el destino de aquella hermosa relación.

—¿Esta tarde? —repitió desconcertado Roque, que desconocía que iba a ser trasladado tan pronto.

—¿No se lo han dicho? El doctor ha firmado el alta y lo ingresarán en la enfermería de la cárcel hasta que se recupere del todo. Nosotros ya hemos cumplido nuestro cometido y, por fortuna, la cosa no ha pasado a mayores y se ha recuperado usted muy rápido. Ha tenido mucha suerte. Ha estado a punto de morir. Y aquí está, como una rosa.

Angustiado, a Roque le invadió una sensación de ahogo. Sabía que en algún momento debía volver a cumplir su condena, no era estúpido, pero no pensaba que fuera a suceder tan pronto. Agradecía tanto estar fuera de prisión que por momentos se sentía libre. También temía lo que pudiera ocurrirle al volver a la cárcel. Aunque, con la denuncia de por medio, su situación era desconcertante. Entonces, pensó en Cora. Esperaba su visita esa misma tarde. Ella había acudido al hospital cada vez que se lo habían permitido, que no era tan a menudo como a ambos les hubiera gustado. Pero disfrutaban de estar juntos y hablar de sus vidas y de cosas sin importancia, tomados de la mano y robándole un beso a los ojos curiosos de tanto en tanto. Era lo más parecido a un noviazgo que podían tener y juntos habían encontrado la manera de tener una intimidad que en la cárcel resultaba imposible.

Roque estaba convencido de que tampoco Cora sabía que su traslado era inminente.

—¿Me haría usted un favor? —le preguntó a la enfermera. La mujer dudó sobre qué responder—. Se lo suplico —insistió Roque—. Solo necesito su teléfono para hacer una llamada. Tengo que avisarle.

El preso tenía prohibido utilizar el teléfono estando ingresado y esa era una norma que todo el personal sanitario conocía, pero la enfermera no pudo resistirse a la mirada de Roque. Sabía que, de acceder a ayudarle, no podría contárselo a ninguna de sus compañeras y tendría que guardar el secreto, pero le ganó la emoción de ser partícipe de aquella bonita historia de amor.

—Está bien —dijo echando mano al bolsillo de su bata—. Pero que sea rápido. Me colocaré delante para que no lo vean. Con esto me la estoy jugando. ¿Entendido?

Roque sujetó el aparato como si le quemara. Le sudaban las manos por los nervios y acertó a teclear el número de Cora, que se sabía de memoria. Al instante, el teléfono dio tono. Uno. Dos. Tres. Hasta en cinco ocasiones antes de que saltara el buzón de voz.

—¡Mierda! —lamentó Roque mientras la voz de Cora indicaba que no podía atender la llamada y que por favor dejara un mensaje.

La enfermera miraba inquieta a un lado y a otro. Nunca antes se había saltado las normas. No podían descubrirla haciendo aquello o de lo contrario se jugaba un expediente. Los segundos se le estaban haciendo eternos. Roque se apresuró a grabar justo después de que sonara el pitido que indicaba que debía hablar; le urgía sobremanera comunicarse con Cora.

—Soy yo, amor mío. Me trasladan esta misma tarde. Por favor, ten cuidado. Me muero de ganas de verte. Te quie…

Una compañera de la mujer tocó la cristalera con los nudillos para alertarla. La enfermera le arrebató el móvil a Roque sin dejarle terminar la frase y lo guardó rápidamente de nuevo en su bolsillo. Confió en que nadie se hubiera dado cuenta, pero estaba sudando de los nervios. Desde el otro lado del ventanal, su compañera le hizo un gesto para indicarle que se marchaba. Cambio de turno. La enfermera se despidió con la mano y, segundos después, se apresuró a salir de la habitación.

Lo primero que hizo Cora después de descubrir lo que contenía el teléfono de Edwin Santana fue dirigirse a las oficinas de Free Man en el barrio de Malasaña. El dispositivo le quemaba en el bolso. En el metro y de camino a su destino no había dejado de comprobar que seguía en su sitio. Por nada del mundo podía perderlo después de haber tenido la enorme fortuna de hallarlo providencialmente en la nave industrial abandonada. Tenía en su poder la prueba definitiva que exculpaba a Roque Gato de la muerte del joven dominicano y que, además, abalaba su versión de lo ocurrido aquella noche.

El trayecto se le hizo eterno. Por suerte para ella, la tienda que albergaba el despacho de los voluntarios de la asociación abría también los domingos y Silvestra, la asistenta jurídica que la había atendido días atrás, solía dedicarle unas cuantas horas de la mañana a su labor, le había dicho a la joven por teléfono. «La justicia no puede permitirse el lujo de descansar», habían sido sus palabras exactas y, además, no tenían tiempo que perder.

Cojeando, Cora atravesó a toda velocidad la tienda. Se limitó a saludar con la mano al joven que atendía a los clientes, haciéndole saber que no iba a comprar nada y que le urgía llegar a la trastienda. Allí, la puerta estaba entreabierta. Aun así, ella tocó con los nudillos al tiempo que asomaba la cabeza. En la improvisada oficina solo estaba Silvestra.

—Pasa. Te estaba esperando —dijo nada más verla—. Aún no me puedo creer lo que me has contado por teléfono. ¿Lo sabe Roque?

Cora negó con la cabeza mientras rebuscaba en el bolso hasta encontrar el teléfono del muchacho.

—Esta tarde voy a ir a visitarlo al hospital. Me muero de ganas por decírselo —respondió nerviosa mientras dejaba sobre la mesa de Silvestra el dispositivo—. Aquí está. Me pediste una prueba nueva para poder reabrir el caso y te he traído la definitiva. Estoy convencida de que con esto no tendrás ningún problema. Roque ha estado contando la verdad todo este tiempo. Su confesión se produjo bajo coacción o, al menos, consecuencia de una actuación negligente de su abogado de oficio. Silvestra —dijo Cora con vehemencia—, Roque es inocente.

Después de su alegato, se dejó caer en una de las sillas. Entonces, la abogada inspeccionó el teléfono.

—El patrón de desbloqueo es una «w». —le indicó la joven.

Silvestra lo dibujó y un par de segundos después, asentía con la cabeza mientras revisaba lo que la joven le había dicho con los ojos abiertos de par en par.

—¡No me lo puedo creer! —exclamó. Nunca antes, en toda su carrera, había estado ante un caso tan claro de negligencia—. Tienes toda la razón. Esta es la prueba definitiva. Lo sorprendente es que se le haya pasado por alto a la policía en el registro del lugar donde ocurrieron los hechos.

—No era fácil de encontrar, estaba bastante escondido. De no haber sido porque me cegó el reflejo de un rayo de sol en la pantalla, yo tampoco lo hubiera visto. Tuve que pisar un clavo para dar con él, pero esa es otra historia.

—No hay tiempo que perder. Un hombre lleva más de seis meses encarcelado por un delito que no ha cometido. Falló la policía, falló su defensa legal y, por si todo esto no fuera suficiente, también ha fallado el sistema penitenciario. Un inocente ha sido agredido dentro de la prisión en reiteradas ocasiones. Todo esto es una locura.

Cora se frotó las manos, satisfecha. Esas eran las palabras que esperaba escuchar. Por fin alguien iba a hacer algo por evitar aquella situación tan abusiva que a punto había estado de costarle la vida a Roque. Entonces, Silvestra se acordó de algo. Rebuscó entre la cantidad de papeles que tenía sobre la mesa hasta dar con un periódico.

—¿Y qué me dices de esto? —dijo refiriéndose al artículo sobre Mason y la denuncia interpuesta por Gato—. Era tu prometido, ¿cierto?

—Ahora es la policía la que tiene que hacer su trabajo —respondió Cora—. Y espero que lo hagan mejor que con Roque.

—Está bien. Nos ponemos manos a la obra con todo este asunto. Te invito a un café —dijo la abogada mientras recogía sus cosas—. Tenemos muchas cosas de las que hablar. Hay que accionar la maquinaria. Conozco un lugar estupendo justo a la vuelta de la esquina donde estaremos tranquilas.

Cora sonrió. Estaba contenta de que, por fin, la suerte comenzara a estar de su parte. Las dos mujeres atravesaron la tienda y, ya en la calle, el teléfono de la chica le alertó de que tenía un mensaje en su buzón de voz.

—Te habrán llamado mientras estabas dentro. En ese zulo no tenemos cobertura —dijo Silvestra.

El número de teléfono de donde provenía la llamada le era totalmente desconocido. Pero, aun así, activó el buzón. El corazón le dio un vuelco al escuchar la voz de Roque. No era portador de buenas noticias. Parecía angustiado. Esa misma tarde lo trasladaban de nuevo a prisión sin que Cora hubiera tenido la oportunidad de contarle lo que había encontrado.

# 40

# MADRID

Diciembre

Fermín llevaba más de veinte años trabajando como portero del edificio en el que se ubicaban las oficinas de García y Riquelme. Era un tipo afable, corpulento y calvo, y vestía un uniforme que incluía una gorra. A menudo, solía bromear diciendo que se había dejado el pelo en aquel trabajo, mientras se la quitaba y pasaba la mano por la cocorota. Era un buen profesional que se había ganado la confianza y la simpatía de todo el edificio día tras día, durante las últimas dos décadas. Y, a lo largo de todos esos años, había visto de todo. Una vez, hasta había tenido que declarar como testigo en un robo que se había producido una noche en pleno mes de agosto en una de las empresas dedicadas al *marketing* digital de la quinta planta. Algo sobre espionaje industrial, había dicho la policía. De esas cosas Fermín no entendía mucho, pero esa anécdota solía contarla siempre a sus amigos. Sin embargo, por lo general, era más bien reservado para sus cosas. La de portero era una profesión basada en la observación y la discreción, solía decirles a sus tres hijos ya adolescentes. Era primordial para desempeñar su labor saber ver y escuchar, pero, sobre todo, mantener la boca cerrada. Aunque aquella mañana esto último resultaba más complicado que de costumbre. Era lunes y todo el que pasaba por delante de Fermín camino del ascensor en aquel edificio de oficinas no hablaba de otra cosa: el artículo del periódico en el que se mencionaba al joven abogado de la última planta, Mason Brown, implicado en un turbio asunto con criminales.

El joven abogado entró en el edificio a la misma hora de siempre y lo hizo como cualquier otro día, ajeno por completo a que era la comidilla del edificio. Por supuesto que estaba al tanto de la noticia, pero confiaba en que nada de todo aquel asunto le salpicara. Solo era cuestión de tiempo y paciencia. Con el paso de los días todo terminaría por diluirse. Estaba convencido de que la policía no hallaría ninguna prueba que pudieran utilizar en su contra y, como consecuencia de ello, la prensa no tendría ningún hueso que roer a su costa. Pronto, nadie recordaría aquel asunto tan desagradable. Al fin y al cabo, tampoco estaba en su mano hacer nada más que dejarlo correr, tan seguro como estaba de que todo iba a quedar en nada. Eso sí, ya tendría tiempo de darle su merecido a ese periodista de tres al cuarto por meter las narices donde no le importaba y airear trapos sucios que no eran de la incumbencia de nadie. No era la primera vez que husmeaba en su vida y aquella actitud entrometida empezaba a tocarle las narices a Mason.

Pero aquel no era un día cualquiera. Fermín tenía órdenes directas de no permitirle el acceso al edificio bajo ningún concepto. Mason Brown tenía prohibida la entrada y, si se empeñaba en desobedecer, el portero estaba autorizado a llamar a la policía. Así que, nada más verlo aparecer por la puerta, se estiró el uniforme con decisión, se colocó la gorra y se aclaró la voz antes de dirigirse a él.

—Lo siento, señor Brown, pero no puede usted subir al bufete. Por favor, no me lo ponga difícil —dijo Fermín plantándose delante del abogado a quien doblaba en corpulencia.

—No digas tonterías —protestó Mason intentando sortear al portero sin conseguirlo. A cada movimiento de este, Fermín le interrumpía el paso—. ¡Quítate de en medio! —exclamó molesto—. ¡¿Quién cojones te crees que eres?!

Fermín colocó los brazos en jarras y aguantó la postura durante unos segundos ante el asombro del joven abogado. Aquel tipo lo estaba desafiando.

—No me haga llamar a la policía, por favor. No sería agradable para ninguno de los dos.

Abochornado por el espectáculo que estaban ofreciendo en plena hora de entrada al trabajo, con un ir y venir de gente en el *hall* del edificio, Brown echó mano de su teléfono móvil. Pensaba averiguar de primera mano qué era lo que estaba pasando.

—Seguro que se trata de un malentendido —dijo mientras buscaba el contacto de García, pero su jefe le cortó la llamada al instante. Empeñado en aclarar el asunto, lo intentó de nuevo, esta vez con Riquelme, pero este último tenía el teléfono apagado.

—Es inútil, señor Brown —apuntó Fermín, paciente—. Las órdenes han sido muy claras. Es mejor que hagamos esto de forma discreta —sugirió echando una mirada a su alrededor. Eran el centro de atención—. Por favor, acompáñeme. Me han indicado que le haga entrega de unos documentos.

—No puedo creer que esto me esté pasando a mí —masculló Mason.

Herido en su orgullo, el abogado enfureció, pero no tuvo más remedio que contener su ira y obedecer al portero, que se dirigió a un mostrador que había en un lateral del vestíbulo, delante de una pared de espejo. De un cajón que había en la parte interior, al lado del teléfono de recepción, sacó un sobre y se lo entregó al abogado.

—Es la carta de despido y su finiquito, según me han dicho —indicó—. Me temo que debe entregarme las llaves de la oficina y el mando del *parking*. Le han firmado un recibí. Respecto al piso, tiene usted hasta final de año para desalojarlo. El día uno de enero deberá estar libre. Le han dado unas semanas de margen para que pueda hacer la mudanza y encontrar otro alojamiento. Está todo detallado aquí dentro —dijo mientras golpeaba el sobre de color sepia con el dedo índice.

Profundamente humillado no solo por su despido sino también por las formas y porque sus jefes hubieran delegado la tarea en un simple portero, Mason le lanzó una mirada gélida a Fermín.

—No mate usted al mensajero, señor —dijo este—. Podrá comprender que esto supone un compromiso también para mí, pero yo me debo a los señores García y Riquelme. No tengo nada contra usted. No lo haga personal.

Airado, Mason agarró de un puñado el sobre y salió por la puerta mientras todo aquel con el que se cruzaba le dedicaba una mirada condescendiente. El miedo había cambiado de bando.

La sala de interrogatorios de la prisión era un lugar gris y húmedo. Solo había una mesa en el centro y dos sillas de metal a ambos lados de esta. Los anclajes para los grilletes sobresalían en un lateral, pero no fueron necesarios para interrogar al recluso que le había dado la paliza a Roque unos meses atrás; un hombre condenado a más de veinte años de cárcel por matar a una prostituta y que ya no tenía nada que perder.

Lo acompañaba su abogada, una mujer de unos cincuenta años que vestía traje de chaqueta gris con raya diplomática que le daba cierto aire masculino. El pelo, de un rubio artificial, lo llevaba recogido en un moño bajo y, de perfil, su nariz aguileña resaltaba por encima de cualquier otra de sus facciones. Apenas hizo un gesto mientras su cliente parecía divertido con la situación. Enfrente, dos agentes de policía, uno de ellos inspector y de mayor edad, investigaban la denuncia de Roque Gato.

—Mi cliente quiere estar seguro de que se le concederán los beneficios penitenciarios que hemos solicitado por escrito si accede a contarles quién le hizo el encargo —dijo la abogada—. Para que tenga una estancia más agradable durante los quince años que le quedan de condena. Y, por supuesto, inmunidad para este delito; para decirles lo que quieren saber, tendrá que confesar un acto delictivo y no queremos tener problemas con eso ni tampoco represalias dentro de la prisión. A ustedes solo les interesa el autor intelectual, porque, seamos francos, todos sabemos que aquí dentro podría haberlo hecho cualquiera.

Los dos agentes se miraron sin pronunciar palabra. Sabían que la abogada tenía razón. No eran amigos de negociar con reclusos, pero en ocasiones era la única forma de conseguir esclarecer según qué aspectos de un caso. Un mal menor.

—Eso ya está en manos del fiscal —dijo el de más edad—. Y no parece que vaya a haber mayor inconveniente.

Al escucharlo, el interno se frotó las manos para mostrar su satisfacción y brincó en el asiento excitado. La situación le resultaba fascinante. No solo le había pegado una paliza a aquel idiota y había cobrado por ello, sino que, además, se iba a beneficiar por contárselo a la policía.

—¡Cojonudo! —exclamó.

Su abogada le mandó callar dedicándole una mirada inquisidora.

—Pero lo queremos por escrito y con todos los detalles —aclaró el policía más joven.

La mujer tomó su cartera de piel y abrió la cremallera, dejando al descubierto un puñado de documentos. Había hecho sus deberes. De una carpeta de plástico extrajo un folio y se lo puso delante a los agentes, haciéndolo girar para que pudieran leerlo.

—Está todo aquí —indicó—. Pueden echarle un vistazo y, si están conformes, mi cliente lo firmará encantado. —El preso asintió.

El inspector se colocó las gafas y leyó con atención. El nombre de Mason Brown aparecía en el primer párrafo como el autor intelectual de la paliza que, por encargo, había recibido Roque Gato en el patio de la prisión y que este no había denunciado hasta meses más tarde. A cambio de aquel trabajo, la familia del recluso había recibido una suculenta cantidad de dinero en metálico. Las instrucciones habían sido claras: no debía matarlo, solo causarle daños físicos suficientes que sirvieran de advertencia para que se alejara de su novia.

—Está bien —concluyó el inspector mientras sacaba un bolígrafo del interior de su americana—. Solo falta tu autógrafo.

El preso tomó el bolígrafo y firmó donde su abogada le indicó.

—¿No sabrás nada del asunto del yogur con trazas de cacahuete verdad? De esa casi la palma —preguntó el policía más joven. El recluso comenzó a reír—. ¿Dónde está la gracia? ¿Se puede saber?

—Pues que lo sabe todo el mundo menos la policía. Como los cornudos, que son los últimos en enterarse. El tipo no tuvo bastante con la tunda que le di y, por lo visto, le seguía comiendo la boca a la chica.

—¿También fue un encargo? —insistió el inspector—. ¿Mason Brown ordenó que intoxicaran a Gato dándole el cambiazo en la comida?

—Yo solo sé que el picapleitos ese tiene al guaperas entre ceja y ceja. Y no lo culpo. Si me entero de que alguien se zumba a mi mujer, yo mismo me lo cargo —aseguró—. Con estas manos —dijo mostrándolas—. No necesitaría a nadie que lo hiciera por mí. Ese señorito finolis no quiere mancharse las suyas. Los ricos son unos cobardes y unos mierdas. ¿Que si fue un encargo? ¿Usted qué cree?

La abogada intervino inmediatamente. La conversación se le estaba yendo de las manos.

—Caballeros, este asunto debería ser parte de otra negociación. ¿No les parece? —interrumpió—. Aquí estamos para hablar de la paliza, no de alergias y yogures. No está bien aprovecharse de la buena voluntad y la actitud colaboradora de mi cliente. Si quieren información al respecto, podemos ver de qué manera arreglarlo.

Los agentes se revolvieron en la silla. Después, tomaron la confesión del recluso y salieron por la puerta dando por zanjada la negociación, con el convencimiento de que la intoxicación que casi había matado a Roque Gato también había sido provocada. Y sabían por experiencia que solo era cuestión de tiempo que otro interno hablara. Los acuerdos corrían como la espuma, así que estaban muy cerca de poder arrestar a Mason Brown por agresión e intento de asesinato.

# 41

# MADRID

Barrio de San Diego. Vallecas
Enero

Edwin Santana había sido uno de los elegidos para entrar a los Dominican Don't Play nada más cumplir los dieciséis años. No todo aquel que lo pretendía podía formar parte de la banda. El ingreso en el grupo era selectivo. Edwin estaba apadrinado por su hermano, dos años mayor que él, al que ya había fichado la policía por su actividad criminal junto a otros diez miembros más que controlaban parte del barrio de Vallecas. La organización era territorial. Las calles pertenecían a los Dominican Don't Play cuando no a los Trinitarios, sus enemigos. Pero el ingreso de Edwin aún estaba condicionado por una prueba de iniciación y Santana debía superarla con éxito antes de formar parte de pleno derecho de la organización de su hermano.

Por aquel entonces, la lucha por el territorio en el barrio de Vallecas se había topado con un inconveniente: un hombre que tenía un taller mecánico en la zona les estaba plantando cara. Se llamaba Roque Gato. Era un tipo duro que, según contaban, había tenido problemas con la justicia a la misma edad que Edwin. Ahora parecía reformado. Solitario y reservado, acudía cada día a su taller acompañado de su perra. La banda ya había tenido algún encontronazo con él. No parecía temerles en absoluto y eso suponía un problema para una organización territorial que pretendía ampliar los límites de sus dominios frente a los Trinitarios. Así que, aprovechando la iniciación del joven Santana, la banda le había encomendado darle un escarmiento y destrozarle el local. Pero, tras el fracaso de Edwin, le habían ordenado que le diera una paliza al mecánico hasta causarle la muerte si era preciso. Un obstáculo menos.

Edwin Santana se preparó a conciencia para aquel cometido la tarde anterior. La adrenalina le bullía en la sangre. Había conseguido que Roque Gato aceptara citarse con él a las afueras del barrio. La zona estaba muy controlada por la policía como consecuencia de los últimos actos vandálicos, así que había que salir del territorio para poder actuar al amparo de la noche. Santana había elegido una nave abandonada en San Diego, en un polígono industrial lo suficientemente grande y alejado de la ciudad como para poder cumplir con su objetivo. Pensaba acudir solo para no llamar la atención y para que, si se malograba su misión, nadie fuera testigo de ello. Por nada del mundo quería fracasar de nuevo delante de su hermano mayor ni de sus amigos. Para poder probar su hazaña si esta salía según lo previsto, como esperaba que ocurriera, Edwin pensaba grabarlo todo con su teléfono móvil. Una prueba gráfica era más que suficiente. Después de eso, ya sería un miembro más de los DDP.

Encerrado en su habitación, con la música a todo volumen, se vistió para la ocasión. Ropa cómoda y unas botas que le permitieran esconder un arma blanca en la caña. Se había hecho con un machete que le había vendido un colega, lo suficientemente grande como para matar y del tamaño justo para llevarlo camuflado en el calzado sin molestarle.

—¡Edwin! ¡La cena está lista en la mesa! —le gritó su madre desde la cocina—. ¡Y baja el volumen de esa música que me vas a volver loca!

El chico salió del cuarto sin pronunciar ni una sola palabra. Se acercó a la mujer, le dio un beso en la mejilla y tomó de la mesa un par de arepas de yuca que tan ricas cocinaba su madre. No podía sentarse a cenar —el tiempo le apremiaba—, así que lo haría por el camino.

—¡¿Se puede saber a dónde vas ahora?! —preguntó su madre mientras Edwin daba un portazo, sin saber que esa sería la última vez que vería a su hijo con vida.

Hacía mucho frío cuando Edwin llegó a la nave abandonada. Lo hizo un poco antes de la hora en la que se había citado con Roque. Debía prepararlo todo. Inspeccionó el espacio y comprobó que no había demasiada luz, pero sí la suficiente como para que la escena quedara grabada. La penumbra le pareció apropiada. Miró a su alrededor. Dado el estado en el que estaba el lugar, eligió una de las zonas interiores. Allí solo había escombros, pero no restos de maquinaria, ni muebles desvencijados que utilizaban los drogadictos de improvisado salón para sus chutes. Además, aquella parte del local tenía una pared de ladrillo en la que podría colocar su teléfono sin que llamara la atención.

Miró el reloj. Faltaban unos pocos minutos para la hora indicada, así que no tenía tiempo que perder. Ayudado de un par de ladrillos, se encaramó a la pared y colocó el móvil enfocando al lugar elegido. Previamente había iniciado la grabación. Después, comprobó que el machete seguía en su bota. Lo tomó y lo dejó en el suelo, sobre un bloque de hormigón, muy cerca de donde él se encontraba, para tenerlo a mano cuando lo necesitara. Acababa de hacerlo cuando escuchó ruidos. Eran pasos. Temiendo que se tratara de cualquier otra persona que no fuera Roque, Edwin se escondió detrás de una columna hasta que apareció el mecánico.

—¡Eh! ¡Tú! ¿Estás ahí? ¿Hay alguien? —preguntó Roque.

Edwin emergió de la oscuridad para plantarle cara, asegurándose de que se encontraba en el ángulo de la grabación.

—Estoy aquí. Acércate para que nos veamos las caras —dijo el chico envalentonado pero muerto de miedo en el fondo.

Con cuidado, Roque se adentró en la nave sorteando un puñado de obstáculos hasta llegar donde estaba Santana. No tenía intención de retarse con él, tan solo pretendía hablar tranquilamente.

Intentar solucionar aquel conflicto sin violencia. Tras los problemas que había tenido con los DDP en su taller y sabiendo que algunos miembros de la banda tenían atemorizado al barrio entero, Roque Gato había decidido tomar cartas en el asunto. Además, se veía reflejado en aquel chaval. También él había estado perdido a su edad y había necesitado que alguien le tendiera la mano y tirara de él para poder salir de su particular agujero negro. Así que allí estaba. En mitad de la nada, durante una noche fría, pretendiendo hacer entrar en razón a un adolescente para que no arruinara el resto de su vida.

—¡No te muevas! —le ordenó Edwin cuando Roque entró en el plano de la grabación—. Quédate ahí quieto.

Gato obedeció y enseñó las manos para demostrarle que estaba desarmado.

—Chaval, no busco pelea. Solo quiero que hablemos tú y yo a solas —dijo Roque.

—¿Quién te crees que eres? ¿Mi padre?

—Me llamo Roque Gato —dijo tendiéndole la mano desde la distancia. El mecánico hizo un ademán de acercarse un poco más para estrechársela a modo de saludo, pero el chico le increpó.

—¡He dicho que no des ni un paso más! ¡¿Estás sordo?! —exclamó. Gato se paró en seco. En ese momento se percató de la presencia del machete.

—No vas a necesitar eso —dijo dirigiendo la mirada al arma—. Podemos solucionar nuestros problemas como personas civilizadas. Eres demasiado joven para saber lo que estás haciendo. Lo sé porque yo también cometí muchos errores cuando tenía tu misma edad. Vas a arruinarte la vida. Piensa un poco en tu futuro. Esa gente con la que te juntas no es tu amiga. Aún estás a tiempo.

—¡Que no me des sermones, joder! —interrumpió nervioso Edwin.

En ese instante, Santana recogió el machete. Inquieto, no dejaba de moverse de un lado a otro. Estaba excitado. Roque supuso que se encontraba bajo los efectos de alguna sustancia estupefaciente. Sabía muy bien que eso lo convertía en alguien impredecible y peligroso.

—¡Eh, chaval! Vamos a mantener la calma, ¿de acuerdo? Por favor, suelta ese cuchillo. He venido hasta aquí para que hablemos. No quiero problemas, ¿vale? Déjame que me acerque un poco —dijo Roque con la intención de intentar desarmarlo—. No pretendo hacerte daño.

El hombre avanzó unos cuantos pasos. Lo hizo con cautela, pero Edwin retrocedía conforme se acercaba Roque. En uno de esos movimientos, el chico tropezó con la mala fortuna que cayó de espaldas y se golpeó violentamente contra el pico de un bloque de hormigón mientras el machete salía volando por los aires. El sonido del cráneo haciéndose añicos retumbó en el almacén abandonado. Roque se quedó helado e inmóvil. No fue capaz de reaccionar frente a lo que acababa de ocurrir. Durante unos segundos que se le hicieron eternos, aguardó a que el adolescente se moviera o diera alguna señal de vida, pero eso no ocurrió. Entonces, Roque se arrodilló frente a él. Aún no estaba muerto. Pudo sentir la agonía de Edwin y hubiera jurado que temblaba de miedo. O tal vez era Roque el que tiritaba por el horror de la escena. La sangre, caliente y espesa, brotaba a borbotones de la cabeza del chico hasta el punto de empaparle el cabello. La noche había caído, pero la luna iluminaba el antiguo almacén de construcción y se colaba por los ventanales rotos. Roque sudaba profusamente, fruto de la situación, mientras sentía que el corazón se le había helado.

—¡Hey, chico! ¡No me jodas! ¡No te mueras! ¡¿Me oyes?! —acertó a decir Roque al percibir que la mirada de Edwin abandonaba su cuerpo sin cerrar los ojos—. ¡No me hagas esto! ¡No puedes morirte, cabrón!

El joven emitió un sonido gutural impreciso como si se estuviera atragantando con su propia sangre. Entonces, Roque reaccionó. Dejó reposar la cabeza del moribundo con cuidado sobre el suelo y colocó su oído sobre el pecho del dominicano. No había lugar a dudas, su corazón no latía. Inmediatamente y presa del pánico, improvisó torpemente los movimientos que había visto en la televisión alguna vez para intentar reanimarlo, pero no tuvo éxito. El chico estaba muerto en mitad de un enorme charco de sangre.

—¡Mierda! ¡Mierda! —gritó el hombre al vacío.

Aterrorizado por lo que acababa de ocurrir, Roque Gato entró en pánico. Se miró las manos manchadas de sangre como si no fueran parte de su cuerpo y compulsivamente quiso limpiarse frotándose con los camales de los pantalones, mientras daba vueltas alrededor del cadáver de Edwin intentando pensar con algo de claridad.

La cámara del teléfono de Edwin Santana continuaba grabando toda la escena desde la pared de la nave sin que nadie lo supiera y recogió con todo detalle el accidente del joven y la posterior detención de Roque Gato, minutos después de la muerte del dominicano, cuando el vigilante de seguridad del polígono industrial irrumpió en el almacén alertado por las voces. Roque Gato fue sorprendido en el lugar del accidente con las manos manchadas de sangre y el guarda dio por hecho que acababa de sorprender infraganti al autor del crimen. Nadie quiso escuchar la versión del mecánico. Nadie se molestó en buscar ninguna evidencia que lo exculpara. El machete de Edwin nunca se encontró. Ese misterio jamás se resolvió. La policía no inspeccionó el lugar en profundidad hasta la mañana siguiente, a plena luz del día. Aquella noche se limitó a acordonarlo con una cinta. Al fin y al cabo, ya tenían al culpable. Así que cabía la posibilidad de que alguien se lo llevara. Pero la grabación del teléfono de la víctima avalaba la versión del acusado, la que había mantenido en todo momento hasta verse obligado a confesar presionado por su abogado de oficio. Roque Gato siempre había dicho la verdad, toda la verdad y nada más que la verdad. Todo había sido un terrible accidente. Nunca había tenido intención de causarle ningún daño a aquel chico y mucho menos provocarle la muerte. Aunque nadie quiso escucharlo jamás. De no haber sido por Cora, que providencialmente halló aquel dispositivo, jamás se hubiera podido demostrar la inocencia de Gato.

Pero el destino tenía otros planes para ambos.

# 42

# MADRID

Diciembre

Cora era de la opinión de que el amor es un viaje que, en ocasiones, tiene paradas en la decepción; pero un viaje, al fin y al cabo. Nada es previsible, por eso resulta tan emocionante enamorarse. Como cuando te subes a una montaña rusa y sientes el vértigo en el estómago. A pesar de esa punzada, no puedes evitar excitarte al ajustar el cinturón de seguridad y escuchar sonar la bocina que anuncia que el trayecto va a comenzar. Después, el amor te sacude, te agita arriba y abajo, te emociona, te deja disfrutar del paisaje, parado en lo más alto durante unos segundos, antes de volver a descender a toda velocidad. A veces, el viaje te marea y te aturde como lo hace también el amor y te hace desear no volver a repetir la experiencia nunca más; pero jamás cumples esa promesa porque, a pesar de todo, esa sensación resulta adictiva y, una vez que la has probado, ya no puedes esquivarla, aunque te empeñes en hacerlo. Porque no elegimos ni cuándo ni de quién nos enamoramos; es el amor el que te elige a ti. Escapa a nuestro control, aunque nos engañemos pensando lo contrario. Los seres humanos estamos condenados a enamorarnos una y otra vez como también estamos condenados a equivocarnos algunas veces antes de acertar.

De todo ello estaba convencida Cora, que creía haber estado enamorada de Mason. En el viaje que ambos habían mantenido durante tres años, nunca había conducido Cora. Después de todo lo vivido, la joven tenía la sensación de haber sido una pasajera a merced de las decisiones de su novio y no se había dado cuenta de ello hasta comprender que hay viajes que son de una sola dirección y el del amor es uno de ellos. No funciona volver atrás hasta la parada en la que te apeaste un día —a veces sin ni siquiera darte cuenta de ello—, porque, seguramente, en ese punto, es probable que ya hayas emprendido otro camino. Hay quien construye muros y no puentes con las piedras que entorpecen el recorrido. Y eso mismo es lo que les había pasado a Cora y a Mason sin ser conscientes hasta que esos mismos muros los habían atrapado y les impidieron avanzar. Hay quien deja cicatrices en lugar de huellas por donde pasa y así había ocurrido en el corazón de Cora.

Sin embargo, Cora daba por bueno todo lo vivido, incluso las decepciones y los miedos; también la incertidumbre y el dolor. Todo ello la había hecho más fuerte y la había obligado a decidir por sí misma. Había aprendido a hacerlo y en el proceso, se había percatado de cuánto se había echado de menos. Cora había vuelto a escucharse cuando siempre escuchaba a los demás antes que a sí misma. Y a ser su primera opción, porque el amor propio debería ser siempre el primer amor. Cora había vuelto a ser valiente, apostando por sus sentimientos y asumiendo el riesgo a equivocarse. Porque nadar a contracorriente puede resultar agotador y en ocasiones se había sentido como un salmón río arriba dando bocanadas de oxígeno para no ahogarse. Y todo eso lo había conseguido ella sola. Había tenido miedo, claro que sí, pero había sido capaz de transformarlo en coraje. Una energía poderosa que la impulsaba a seguir adelante. Y todo eso lo había hecho por amor.

De no haber sido por la decisión que había tomado un día de dejar Pontevedra y acompañar a Mason a Madrid, jamás hubiera conocido a Roque, el hombre de los ojos verdes y la mirada triste; nunca hubiera descubierto la verdadera cara de su prometido y un hombre inocente continuaría en la cárcel el resto de su injusta condena. Solo por esto último, ya merecía la pena todo lo vivido. Si miraba hacia atrás, todo cobraba sentido. Ahora sí. En el pasado quedaban los momentos de incertidumbre, de no entender qué era lo que estaba ocurriendo en su vida, de preguntarse por qué el destino se empeñaba en revolverla y agitarla como si estuviera dentro de una botella de cristal. Ahora, cada pieza había encontrado su lugar y no podía evitar sentirse muy satisfecha de lo que había conseguido. Se moría de ganas por contárselo a Flavia. Sabía que su abuela iba a estar orgullosa de ella. Además, pensaba hacer planes para disfrutar de las Navidades en Combarro junto a la *avoa*, se lo había ganado y se lo debía a la nona.

Tras dejar a Silvestra en Malasaña, dispuesta a trabajar por la excarcelación con carácter de urgencia de Roque, Cora había solicitado el permiso de la dirección de la prisión para poder visitar a Gato en la enfermería de la institución donde todavía permanecería unos días. No era la mejor situación, sabiendo que era inocente y teniendo las pruebas para demostrarlo, pero todo llevaba un proceso y los trámites judiciales requerirían tiempo, le había dicho Silvestra. Así que le había pedido paciencia dadas las fechas en las que se encontraban.

Nada más salir del metro, en cuanto tuvo cobertura, Cora marcó el número de la abuela para ponerla al tanto de las novedades. En mitad de un río de gente que abarrotaba las calles, para la joven solo existía su mundo. Impaciente, aguardó a que la llamada diera tono, pero la voz que respondió al otro lado de la línea no fue la de Flavia.

—¡Oh! ¡Qué bien que hayas llamado! Justo estaba agarrando el teléfono para marcar tu número. Me has leído el pensamiento —dijo Carmen, la cuidadora de Flavia, angustiada.

—¿Qué ocurre? ¿No está la abuela?

—No te vayas a asustar, ¿vale? Estamos en el hospital. Flavia acaba de entrar en el quirófano —explicó Carmen—. Cuando llegué a casa de madrugada la encontré en el suelo. Apenas balbuceaba. Ha debido de pasar buena parte de la noche tirada. Con el frío que hace.

A Cora se le encogió el corazón y tuvo que buscar asiento en la cornisa de un escaparate. Se llevó la mano a la boca para ahogar un lamento.

—¿Qué tiene? Has dicho que está en el quirófano. ¿Qué ha ocurrido?

—Dicen los médicos que se rompió la cadera —explicó la mujer—. Es posible que se levantara de la cama para ir al baño o para tomar algo y en ese momento sufriera el accidente. Temen que perdiera la conciencia. Parece que se ha golpeado la cabeza tal vez en la caída. La perra la ha salvado.

—¿Petra?

—Así es. Flavia solo llevaba puesto un camisón de tela muy fina, y ya sabes la humedad que hace en invierno por aquí. Pero Petra le ha dado calor todo el tiempo hasta que yo he llegado. Dicen los vecinos que no ha dejado de ladrar durante toda la noche, seguramente para llamar la atención. Al final, uno de ellos, alertado por el escándalo que estaba montando la criatura, ha tocado a la puerta. Al no abrirle, me han llamado a mí porque saben que tengo llaves. Vine lo más rápido posible —lamentó Carmen—. Y justo en este momento, cuando te iba a avisar, me has llamado tú.

Las buenas noticias de las que era portadora Cora se desvanecieron al instante como el humo. Era como si nada pudiera salir bien a la primera, como si los inconvenientes se empeñaran en perseguirla. Miró el reloj. Faltaba una hora para su visita en prisión y la separaban seis de su abuela. No tardó ni un segundo en decidirse.

—Salgo inmediatamente para Combarro —le dijo a Carmen—. Por favor, no te muevas de allí y mantenme informada de su evolución.

—Así lo haré —aseguró la cuidadora.

—Muchas gracias por todo. Te prometo que a partir de ahora Flavia nunca más volverá a quedarse sola —dijo Cora con lágrimas en los ojos.

❧❧❧

La sobrina de Riquelme no se encontraba bien. Aquella mañana, nada más despertar, tuvo que darse prisa para llegar a tiempo a la taza del váter. Por poco vomita en mitad del pasillo. Después de hacerlo, se miró al espejo. No tenía buen aspecto. Las ojeras no eran precisamente de haber pasado la noche de fiesta. Pero aun así, estaba pálida y tenía el estómago revuelto como si tuviera resaca.

No había pasado la noche con Mason. Desde que al abogado lo habían despedido, no había querido volver a verla. Evitaba sus llamadas y no respondía a sus mensajes. Le había enviado a su casa una caja con las cosas que la chica se había dejado en el ático y estaba atrincherado en el piso como un loco. Sami estaba segura de que se le había ido la cabeza por completo y lo creía capaz de hacer cualquier tontería. Seguro que se había puesto hasta las cejas de coca y que estaba borracho todo el día en compañía de alguna fulana. Además, el muy idiota la estaba despreciando y esa actitud a Samanta no le estaba gustando en absoluto. Era un tipo soberbio que no admitía la derrota y, por lo visto, tampoco sabía calibrar el poder de sus enemigos. El británico no era consciente de con quién se la estaba jugando.

Por eso, por despecho, le había contado lo suyo con Mason a su tío Riquelme, que había entrado en cólera al enterarse. El tipo al que acababan de despedir por estar implicado en asuntos penales también se acostaba con su sobrina. Por supuesto, ya se había encargado la rubia de vender el *affaire* a su conveniencia. El abogado llevaba tiempo molestándola con insistencia en el trabajo. Había logrado embaucarla con sus artes de seducción y finalmente se la había llevado a la cama. Un fin de semana completo encerrada en el ático que le pagaba el bufete. Eso le había dicho a su tío con lágrimas en los ojos. Sami había sido una víctima perfecta de aquel depredador con aspecto seductor.

Sabía muy bien que había prometido guardar el secreto, por las posibles consecuencias que su relación podía acarrearle al abogado en el trabajo, pero, una vez despedido, Sami había pensado que era la mejor forma de vengarse de él por comportarse como un idiota. No había nacido el hombre que la utilizara y se marchara de rositas, dejándola tirada como a un trapo.

La rubia decidió darse una ducha para espabilarse. Así que, todavía en el baño, se quitó la bata y se quedó desnuda frente al espejo. Le llamó la atención el aspecto de sus pechos. Parecían hinchados y con los pezones enormes. Se los tocó. Notó una punzada de dolor nada más rozar la piel. Dejó escapar un quejido. Entonces cayó en la cuenta. Desnuda, salió del servicio en dirección a la cocina. En la nevera tenía colgado un calendario con un imán donde apuntaba las cosas importantes. Buscó semanas atrás hasta dar con la fecha indicada. No podía creer lo que estaba viendo. Tan enfadada como estaba con el abogado, no había caído en la cuenta de que tenía un retraso de cuatro días. Las náuseas matutinas y la tirantez en el pecho apuntaban a un posible embarazo y, en caso de confirmarlo, el padre solo podía ser Mason.

Pascual Galindo tomaba café en el bar de la esquina de la redacción como de costumbre mientras repasaba los asuntos que había anotado en su libreta. Hacía tiempo hasta que el mecánico le devolviera su viejo Ford Focus. Había empezado a darle problemas y mucho se temía el periodista que estaba a punto de quedarse sin vehículo. Le daba pena tener que despedirse de su compañero que en tantas horas de guardia y vigilancia lo había acompañado. Además, era lo único que le quedaba de su vida anterior, cuando estaba casado y compartía casa con sus hijos, todavía pequeños. Pero el coche ya tenía más de veinte años y Gali sabía que era el momento de ir cerrando etapas, también en su vida.

Pensaba en ello cuando le sonó el teléfono. Era el agente de policía con el que había tenido sus más y sus menos respecto al asunto de Roque Gato y con el que, dado el devenir de los acontecimientos y las informaciones a las que había tenido acceso y que había compartido con la policía, había limado asperezas. Ambos estaban condenados a entenderse y, por qué no, también a colaborar.

—¡Vaya! ¡Qué grata sorpresa! —saludó Gali.

—Escúchame bien porque no te lo voy a repetir dos veces: vete echando leches al piso del abogado inglés. En menos de diez minutos van a detenerlo —aseguró en tono confidencial—. Esta te la debía, pero ya estamos en paz.

Inmediatamente colgó. A Gali ni siquiera le dio tiempo de apuntar nada en su cuaderno. En unos segundos, procesó la información. El chivatazo era de lo más suculento, puesto que había sido él quien había publicado en exclusiva la denuncia de Roque. Ahora la policía iba a detener al abogado. Y, a juzgar por el tono de la llamada, ningún otro medio lo sabía.

Nervioso, miró el reloj. El agente había dicho diez minutos. El ático de Mason estaba en el barrio Prosperidad de Madrid y él estaba sin coche.

—¡Joder! —se lamentó en voz alta.

Sin pensárselo dos veces, sacó un billete de cincuenta euros de la cartera. Era todo lo que le quedaba para pasar el mes, pero la ocasión lo merecía, se convenció. Se puso en pie en mitad del bar y lo agitó en el aire.

—¡Cincuenta pavos para quien me lleve a toda prisa a Prosperidad! ¡No tengo tiempo de esperar a un taxi y es una emergencia! —exclamó.

Todos los presentes lo observaban sorprendidos por lo insólito de la escena, pero nadie parecía reaccionar.

—¡Joder! ¡¿Nadie tiene un puto coche aquí?!

Entonces, un joven estudiante se levantó de la silla. Le brillaban los ojos como quien está viviendo una aventura.

—¡Yo, señor! —exclamó levantando el brazo.

Gali lo observó. Parecía un chiquillo y dudó de que incluso tuviera permiso de conducir, pero poco le importaban los legalismos en aquel momento. El tiempo le apremiaba.

—Está bien, chaval. Así me gusta. Soy periodista y vas a formar parte de una misión que algún día contarás a tus nietos —dijo mientras le entregaba el billete—. Quiero que pises el acelerador todo lo que puedas. ¿Serás capaz?

El joven se guardó el billete en el bolsillo y sintiendo la adrenalina, respondió excitado.

—Eso está hecho.

# 43

# PONTEVEDRA

Diciembre

Cora no hizo ninguna parada durante todo el trayecto y condujo lo más rápido que pudo, con la angustia alojada en el pecho. De haber podido volar, lo hubiera hecho. De tanto en tanto echaba un ojo a su teléfono, que había dejado tirado sobre el asiento del copiloto, pero este no daba señales de vida. Esperaba la llamada de Carmen que le había prometido que la iba a mantener informada, y las noticias parecían no llegar.

La ciudad la recibió como de costumbre, con una lluvia fina. Era su particular bienvenida. Por fin estaba en casa. Nada más llegar, se dirigió al Complejo Hospitalario Universitario de Pontevedra, situado a las afueras de la urbe, en la parroquia de Mourente. Pero justo cuando estaba por los alrededores, sonó su móvil, por fin. Ansiosa, Cora puso el manos libres sin dejar de conducir.

—Estoy llegando. Tardo apenas unos minutos —informó la joven—. ¿Qué tal ha ido la operación?

—Todo ha salido de maravilla. Le han colocado una prótesis de titanio y ya ha bromeado con ello incluso —respondió Carmen, a quien se le notaba el buen ánimo en el tono de su voz—. Esa es una buena señal, sin duda. Dice que cuando se muera de verdad, porque este solo ha sido un simulacro, que la vendas en el mercado de segunda mano. Que esa cosa que le han puesto debe costar un dineral.

Cora dejó escapar un suspiro, parada en un semáforo antes de acceder al *parking* del hospital. La lluvia había apretado y el parabrisas se afanaba por retirar el agua de la luna del coche sin dar abasto.

—Además —prosiguió Carmen—, los médicos han dicho que el golpe que se dio en la cabeza al caerse solo le ha causado una leve conmoción. Era lo que más les preocupaba. Por suerte, Flavia tiene la cabeza dura. Menudo susto.

—¿Le has contado que estoy de camino?

—Ha preguntado por ti nada más verme. Al despertar de la anestesia ya tenía tu nombre en la boca. No quiere confesarlo, ya sabes que es muy suya para estas cosas, pero está deseando darte un abrazo.

—Y yo a ella, te lo aseguro.

Cora aparcó a toda velocidad y ni siquiera aguardó a que uno de los ascensores del centro hospitalario llegara a la planta baja. Subió los peldaños de las escaleras de dos en dos hasta el segundo piso. Después, buscó el número de habitación que Carmen le había indicado por teléfono. Allí estaba Flavia, acompañada de su cuidadora.

El rostro de la nona se iluminó nada más verla aparecer. La chica se abalanzó a sus brazos y escondió su rostro en el cuello de Flavia; estaba llorando en silencio.

—Con cuidado —advirtió Carmen mientras se levantaba, tomaba su bolso y salía discretamente por la puerta. Abuela y nieta necesitaban quedarse a solas.

Flavia olía como siempre, a pesar de estar en el hospital: a flores y almíbar. El aroma de su piel abrazó a Cora y la transportó en el tiempo. No se había dado cuenta hasta ese instante de cuánto la había echado de menos. Entre sus brazos, siempre era una niña amada y protegida. Y, a ratos, necesitaba volver a sentirse así, a salvo de cualquier peligro. Cansada de luchar como estaba.

—Ya está, *riquiña*. Ya está. Que no me he muerto. Aún no —bromeó Flavia al notarla angustiada—. No quiero ni imaginarte en mi funeral.

—No digas eso, *avoa* —la riñó Cora, secándose las lágrimas con los puños de su jersey—. ¿Cómo te encuentras?

Flavia echó un vistazo a su alrededor. Tenía tubos y cables por todas partes y un trozo de titanio en la cadera.

—Pues para salir corriendo no estoy, la verdad. Pero no me puedo quejar. Me han drogado. Un enfermero muy guapo, por cierto, me ha dado un montón de calmantes. Y eso que les he advertido de que soy antidrogas. Tú ya sabes por qué. Pero ha dicho que eran órdenes del médico, así que ahora mismo estoy en la gloria —dijo la abuela.

Cora tomó asiento en la butaca que había dejado libre Carmen y tomó la mano de la nona, estaba tibia.

—Nos has dado un susto de muerte.

—*Lamento moito.*

—No tienes que disculparte —protestó Cora—. Eso faltaba. Soy yo la que debería pedirte perdón. No tendría que haberte dejado sola.

Flavia soltó la mano y le levantó el mentón a su nieta que había dejado la mirada perdida en algún lugar del suelo. Se sentía fatal por haber desatendido a su abuela. Si le hubiera ocurrido algo irreparable, no hubiera podido perdonárselo jamás.

—¡Hey! Escúchame. No estaba sola —dijo Flavia—. Petra me acompañó en todo momento. De no haber sido por esa criatura... es más lista que la *fame*. Por cierto, ¿dónde está la *cadela*? —preguntó preocupada.

—En casa de Carmen. Con sus hijos. Hasta que te encuentres mejor y te den el alta. Ahora solo tienes que pensar en tu recuperación. Vas a necesitar rehabilitación, pero no pienso volver a dejarte. ¿Me has entendido?

—¿Y qué pasa con lo que tienes en Madrid? —preguntó Flavia sin ponerle nombre propio.

—De eso mismo quería hablarte. Llamé para darte buenas noticias, pero como estabas en el quirófano pensé que era mejor venir en persona para hacerlo.

—No se lo digas a Carmen, pero lo he hecho adrede —bromeó la nona.

Cora rio divertida. El sentido del humor de la abuela era el mejor indicativo de su estado de ánimo. Después, suspiró profundamente intentando ordenar todos los acontecimientos para contárselos a Flavia.

—Lo he conseguido, *avoa* —dijo finalmente—. He logrado encontrar la prueba que demuestra que Roque es inocente. Él no mató a ese chico. Todo fue un accidente como siempre había contado. Nunca mintió al respecto, ni sobre ello ni sobre nada. Pero nadie le creyó y fue a la cárcel por un crimen que no había cometido solo por ser un joven humilde con una infancia difícil.

Flavia sonrió. Reconoció en los ojos de su nieta la emoción de quien está enamorado. Sus palabras estaban cargadas de fuerza y, pronunciadas por la chica, eran sentencias irrevocables.

—No te haces una idea de cuánto me alegra escuchar lo que me estás contando —aseguró la nona—. No quería ni pensar en la posibilidad de que fuera culpable. Sabía que eso te causaría un daño irreparable, pero también era consciente de que debías ser tú y nadie más quien llegara a esa conclusión. De nada hubiera servido advertirte de los riesgos que estabas asumiendo al enamorarte de ese joven. Lo supe en cuanto te escuché hablar de él. Estabas atrapada irremediablemente. Como mi pequeña Lu. Por eso he pedido al cielo que de verdad ese mozo fuera inocente y hallaras la forma de demostrarlo. ¿Me convierte en mala persona el haber dudado? —reflexionó Flavia en voz alta.

Cora enmudeció. No podía culpar a la abuela por no estar segura de lo que contaba Roque. Ni siquiera lo conocía. Incluso ella misma había desconfiado en algún momento con tantos sentimientos encontrados que había tenido. Todo había sido confuso y complicado, como estar en mitad de una tormenta que un buen día termina dejando paso a un sol radiante. Nadie podía culparlas por sentir frío bajo la lluvia. Así que podía entender a la nona a la perfección. Y le agradecía infinito que no hubiera intentado disuadirla, dejándola decidir por sí misma.

—Todos merecemos una segunda oportunidad —aseguró Cora convencida—. Tú me lo enseñaste.

—Ojalá Lu la hubiera tenido —se lamentó Flavia.

El teléfono de Cora interrumpió la conversación; había recibido un mensaje. Rebuscó en el bolso hasta encontrarlo y se sorprendió mucho al ver que se trataba de Pascual Galindo. El periodista le acababa de enviar una fotografía. Al abrirla, Cora enmudeció.

—¿Es él? —preguntó la abuela refiriéndose a Roque. La joven negó con la cabeza.

—Se trata de Mason —apuntó mientras esta torcía el gesto al escuchar el nombre del abogado que había estado molestándola insistentemente durante las últimas semanas sin que lo supiera su nieta.

—¿Qué le pasa ahora a ese *parvo*?

Era una instantánea del abogado saliendo del portal del edificio que habían compartido varios meses. Mason no estaba solo. Cabizbajo, lo sujetaban dos agentes de la Policía Nacional, uno por cada brazo. Llevaba las manos ocultas por una prenda de ropa. Cora supuso que era una estrategia para ocultar las esposas; iba engrilletado. Aparcado en la puerta, aguardaba un coche patrulla.

Debajo de la fotografía, Gali había escrito algo: «Imagen de la detención del abogado Mason Brown, en exclusiva. Esta te la debía. Está calentita. Me temo que, esta vez, el detenido no es inocente. Varios presos han hablado con la policía. No me gustaría estar en su pellejo porque tu ex lo tiene muy negro. A esto lo llamo yo justicia poética. Menudo giro ha dado esta historia. Dentro de una hora la contaré en la edición digital y mañana será portada de la impresa. Disfrútalo, querida. Feliz Navidad».

—La policía acaba de detener a Mason por agresión e intento de asesinato —explicó Cora—. Es una historia un poco larga, pero te la pienso contar con todo lujo de detalles.

—Me encantan las historias largas, como los buenos libros.

—Abuela, ¿y yo soy mala persona si me alegro de lo que le está pasando? —preguntó la joven tras sentir una punzada de satisfacción.

Flavia hizo un gesto para invitarla a que se le acercara. La chica obedeció.

—Si ahora mismo estuviera en casa, brindaríamos con unos chupitos de orujo de hierbas de mi amigo Moncho —aseguró Flavia, guiñándole un ojo—. ¿Responde eso a tu pregunta, *neniña*? Las meigas no aspiramos a ser unas santas.

El sonido de una campanilla se escuchó de fondo. Una enfermera, con un gorro de elfo adornado con un cascabel, había pasado por delante de la puerta de la habitación arrastrando un carrito. Era Navidad en todos los rincones. Algunos anhelos se hacían realidad y un puñado de ángeles conseguían sus alas. Flavia y Cora se miraron al instante. No necesitaron pronunciar ni una sola palabra para entenderse. Entrelazaron los dedos meñiques y pidieron sendos deseos en silencio y con los ojos cerrados.

Después, Cora volvió a esconder la cabeza en el cuello de Flavia para inspirar su perfume de nuevo, sintiéndose feliz y a salvo como hacía mucho tiempo que no se sentía.

—Te adoro, *avoa* —le dijo—. Gracias por quererme tanto y tan bien.

# 44

# PONTEVEDRA

Mayo siguiente

Hacía un día precioso de primavera; las flores despertaban los sentidos y la ciudad se vestía de colores variados. Era la época en la que las camelias abrían sus copas y le hacían la competencia en belleza a las rosas. Pontevedra olía a brisa marina y a fruta fresca. Invitaba a quedarse y a disfrutar del paso lento de las horas.

Roque andaba haciendo unos arreglos en los bajos de un Mercedes, tumbado sobre una plataforma con ruedas del que solo le asomaban las piernas. El dueño del coche era uno de sus primeros clientes y el mecánico se esmeraba en ofrecer un buen servicio para afianzar la relación profesional. Gracias a los contactos de Flavia, Roque había encontrado un local bien situado con un alquiler asequible donde empezar de nuevo en la capital de las Rías Baixas. La ciudad lo había acogido como un lugareño más y hasta bromeaba con Cora porque, en ocasiones, a Roque se le pegaba el acento gallego al hablar.

—¡Míralo qué *riquiño*! —solía decirle Flavia cuando eso ocurría, dándole un golpe a su nieta con el bastón para llamar su atención—. En *dous* días *fala galego* el madrileño este. Ya lo verás.

Entonces Roque se acercaba a la abuela y le plantaba un sonoro beso en la frente, agarrándole la cara con ambas manos.

—Porque amo a su nieta más que a mi vida que, si no, usted y yo íbamos a tener un problema —bromeaba el mecánico.

—¡Anda y no me seas zalamero! ¡Adulador! ¡Que te arreo con el palo! ¡Yo soy demasiada mujer para ti! ¡Que lo sepas! —contestaba

Flavia divertida mientras Petra, celosa, revoloteaba meneando la cola en busca de una caricia.

En una esquina del recinto donde trabajaba Roque estaba el cartel donde se podía leer «TALLER GATO»; era lo único que el mecánico había rescatado del negocio de Vallecas. El resto de las cosas las había dejado allí, junto a su pasado. Aún no había tenido tiempo de colocarlo; hacía tan solo un mes que se había instalado definitivamente en Pontevedra. Roque no había logrado su excarcelación hasta principios de año. A pesar de todas las evidencias que demostraban su inocencia, la burocracia había llevado su tiempo, como le había advertido Silvestra que podía ocurrir. Por fortuna para él y gracias a la intervención de la asociación Free Man, no había tenido que pasar las Navidades con los presos comunes, sino que, para compensar la demora en su excarcelación, Instituciones Penitenciarias lo había mantenido interno en el módulo de enfermería más tiempo del que en realidad requería su estado de salud.

Por suerte, su regalo de Reyes había sido, sin duda alguna, el mejor de toda su vida. Aquel día había recibido la noticia de que iba a ser puesto en libertad y de que sus antecedentes penales iban a ser cancelados con carácter de urgencia. Por fin, el juez había firmado el auto de sobreseimiento libre. A partir de aquel momento, las cosas bonitas no habían hecho más que sucederse a toda velocidad, como si todas ellas hubieran estado retenidas por algún motivo y las puertas de la buena suerte se hubieran abierto de par en par.

El día de su salida, en el *parking* de la prisión, apoyada en su coche lo esperaba Cora, en el mismo instante en el que había pisado la calle como un hombre libre. La chica le había llevado flores para recibirlo y allí mismo la había besado por primera vez sin tener que esconderse del mundo. Hasta los funcionarios que vigilaban la entrada los habían aplaudido, como si fueran los protagonistas de una película de amor.

Después, había aceptado la propuesta de Silvestra de formar parte de la asociación Free Man como voluntario. Y, como había planeado instalarse en Pontevedra junto a Cora y su abuela, Roque se había comprometido a viajar a Madrid una vez cada cuatro meses para impartir un taller de mecánica entre los chicos más jóvenes, hijos de las familias a las que había ayudado Silvestra. Era su particular manera de devolver el favor a aquellos que habían creído en su inocencia, equilibrando así un poco más la balanza de la justicia.

Además, había iniciado todo el papeleo para reclamar una indemnización por haber estado en prisión indebidamente.

—Batallaremos para que sea lo más cuantiosa posible. A la Administración no le gusta que salgan a la luz sus miserias —le había dicho Silvestra—. Pagarán, lo tenemos ganado. Te lo mereces. Con ese dinero podrás empezar una nueva vida.

Así que allí estaba. Empezándola en Pontevedra, junto a la mujer que le había devuelto la fe en la vida y en el amor.

Aquella mañana, Cora lo observaba sin ser vista, apoyada en la puerta del taller. Roque tenía la radio puesta, como de costumbre, y sonaba un bolero antiguo que Gato no conocía, pero que le hizo silbar siguiendo el ritmo de los acordes. Estaba de buen humor.

«Soy ese vicio de tu piel que ya no puedes desprender. Soy lo prohibido. Soy esa fiebre de tu ser que te domina sin querer. Soy lo prohibido», decía la canción.

Cora carraspeó sonoramente para alertar a Roque de su presencia y, de debajo del vehículo, apareció el hombre deslizándose con la carretilla. Llevaba una camiseta pegada que dibujaba su cuerpo a la perfección y unos pantalones vaqueros. Al ver que se trataba de su chica, sonrió divertido. Después, se incorporó y fue en su busca al ritmo de la música mientras se limpiaba las manos manchadas de grasa con un trapo.

—¿Bailas? —propuso agarrándola por la cintura con decisión.

«Soy el pecado que te dio nueva ilusión en el amor. Soy lo prohibido. Soy la aventura que llegó para ayudarte a continuar en tu camino», continuaba el bolero.

—¿Qué tal tu mañana? —preguntó Roque sin dejar de bailar pegando su cuerpo al de Cora—. ¿Has avanzado con tu novela?

Cora asintió.

—Ya está casi lista —respondió.

—Seguro que es fantástica. Va a ser un éxito. Estoy convencido.

Cora dejó reposar la cabeza en el pecho de Roque. Podía escuchar el latido de su corazón sonando al compás del bolero. Estaba satisfecha con la decisión que había tomado de contar la historia de amor entre ellos, de plasmarla en una novela. Siempre había deseado escribir sus propios libros para poder leérselos a Flavia como había hecho desde que era casi una niña con otros tantos. Tras lo ocurrido y de vuelta a casa, con la *avoa* recuperada y Roque en libertad exculpado de todos los cargos, Cora había sabido que era el momento de hacerlo, así que estaba escribiendo las últimas páginas de su propia historia. Y estaba feliz.

—Aún me falta elegir el título —dijo.

«Soy ese beso que se da sin que se pueda comentar. Soy ese nombre que jamás, fuera de aquí, pronunciarás. Soy ese amor que negarás para salvar tu dignidad. Soy lo prohibido», cantaba Gloria Guillot.

—Esta canción parece escrita para nosotros, ¿no te parece? —apuntó Roque—. Al fin y al cabo, lo nuestro empezó siendo un amor prohibido.

—Tal vez lo elija como título. Me gusta pensar que hemos sido como un bolero —dijo Cora—. Hay cierta belleza en ello. Un poco de poesía entre los barrotes de la prisión.

En ese momento, la locutora de la emisora saludó a los oyentes antes de presentar un nuevo tema musical y la pareja dejó de bailar. Abrazada a Roque, Cora lo miró a los ojos sin saber precisar en qué instante se había quedado atrapada en aquel verde esmeralda y él jugueteó con un mechón de su pelo que le caía sobre la cara.

Entonces Cora llevó su mano al cuello de Roque y acarició el dibujo de su tatuaje con la yema de los dedos. La alambrada transformada en pájaro, como si de un presagio se tratara. Las alas del amor y lo prohibido.

# ¿TE GUSTÓ
# ESTE LIBRO?

**escríbenos y
cuéntanos tu opinión en**

**f** /Sellotitania   **𝕏** /@Titania_ed

**⊙** /titania.ed

**#SíSoyRomántica**